Prix du Meilleur Polar
des lecteurs de POINTS

Les éditions POINTS organisent chaque année
le Prix du Meilleur Polar des lecteurs de Points.

Pour connaître les lauréats passés
et les candidats à venir, rendez-vous sur

www.meilleurpolar.com

Arnaldur Indridason est né à Reykjavik en 1961, où il vit actuellement. Diplômé en histoire, il a été journaliste et critique de cinéma. Il est l'auteur de romans policiers, dont plusieurs best-sellers internationaux, parmi lesquels *La Cité des Jarres*, paru en Islande en 2000 et traduit dans plus de vingt langues (prix Clé de verre du roman noir scandinave, prix Mystère de la critique 2006 et prix Cœur noir), *La Femme en vert* (prix Clé de verre du roman noir scandinave, prix CWA Gold Dagger 2005 et Grand Prix des lectrices de « Elle » 2007), *La Voix*, *L'Homme du lac* (Prix du polar européen 2008), *Hiver arctique*, *Hypothermie* et *Betty*.

Arnaldur Indridason

LA RIVIÈRE NOIRE

ROMAN

*Traduit de l'islandais
par Éric Boury*

Éditions Métailié

TEXTE INTÉGRAL

TITRE ORIGINAL
Myrká

Published by agreement with Forlagid, www.forlagid.is
© Arnaldur Indridason, 2008

ISBN 978-2-7578-2829-8
(ISBN 978-2-86424-758-6, 1re publication)

© Éditions Métailié, 2011, pour la traduction française

1

Il enfila un jeans noir, une chemise blanche et une veste confortable, mit ses chaussures les plus élégantes, achetées trois ans plus tôt, et réfléchit aux lieux de distraction que l'une de ces femmes avait évoqués.

Il se prépara deux cocktails assez forts qu'il but devant la télévision en attendant le moment adéquat pour descendre en ville. Il ne voulait pas sortir trop tôt. S'il s'attardait dans les bars encore presque vides, quelqu'un remarquerait sa présence. Il préférait ne pas courir ce risque. Le plus important c'était de se fondre dans la foule, il ne fallait pas que quelqu'un s'interroge ou s'étonne, il devait n'être qu'un client anonyme. Aucun détail de son apparence ne devait le rendre mémorable ; il voulait éviter de se distinguer des autres. Si, par le plus grand des hasards, on lui posait ensuite des questions, il répondrait simplement qu'il avait passé la soirée seul chez lui à regarder la télé. Si tout allait comme prévu, personne ne se rappellerait l'avoir croisé où que ce soit.

Le moment venu, il termina son deuxième verre puis sortit de chez lui, très légèrement éméché. Il habitait à deux pas du centre-ville. Marchant dans la nuit de l'automne, il se dirigea vers le premier bar. La ville grouillait déjà de gens venus chercher leur distraction de fin de semaine. Des files d'attente commençaient à se former devant les établissements les plus en vogue. Les videurs bombaient le torse et les gens les priaient de les laisser entrer. De la musique descendait jusque dans les rues. Les odeurs de cuisine des restaurants se mêlaient à celle de l'alcool qui coulait dans les bars. Certains étaient plus soûls que d'autres. Ceux-là lui donnaient la nausée.

Il entra dans le bar au terme d'une attente plutôt brève. L'endroit ne comptait pas parmi les plus courus, pourtant il aurait été difficile d'y faire entrer ne serait-ce que quelques clients supplémentaires ce soir-là. Cela lui convenait. Il se mit immédiatement à parcourir les lieux du regard à la recherche de jeunes filles ou de jeunes femmes, de préférence n'ayant pas dépassé la trentaine ; évidemment, légèrement alcoolisées. Il ne voulait pas qu'elles soient ivres, mais simplement un peu gaies.

Il s'efforçait de rester discret. Il tapota une fois encore la poche de sa veste afin de vérifier que le produit était bien là. Il l'avait plusieurs fois tâté tandis qu'il marchait et s'était dit qu'il se comportait comme ces cinglés qui se demandent perpétuellement s'ils ont bien fermé leur porte, n'ont pas oublié leurs clefs, sont certains d'avoir éteint la cafetière ou encore n'ont pas laissé la plaque électrique allumée dans la cuisine. Il était en proie à cette obsession dont il se souvenait avoir lu la description dans un magazine féminin à la mode. Le même journal contenait un article sur un autre trouble compulsif dont il souffrait : il se lavait les mains vingt fois par jour.

La plupart des clients buvaient une grande bière. Il en commanda donc également une. Le serveur lui accorda à peine un regard. Il régla en liquide. Il lui était facile de se fondre dans la masse. La clientèle était principalement constituée de gens de son âge, accompagnés d'amis ou de collègues. Le bruit devenait assourdissant quand ils s'efforçaient de couvrir de leurs voix le vacarme criard du rap. Il scruta les lieux et remarqua quelques groupes de copines ainsi que quelques femmes, attablées avec des hommes qui semblaient être leurs maris, mais n'en repéra aucune seule. Il sortit sans même terminer son verre.

Dans le troisième bar, il aperçut une jeune femme qu'il connaissait de vue. Il se dit qu'elle devait être âgée d'une trentaine d'années ; elle avait l'air seule. Elle était assise à une table de l'espace fumeur où se trouvaient d'autres personnes, mais qui n'étaient sûrement pas avec elle. Elle but une margarita et fuma deux cigarettes tandis qu'il la surveillait de loin. Le bar était bondé, mais il semblait bien qu'elle n'était sortie s'amuser avec aucun de ceux qui tentaient d'engager la conversation avec elle. Deux hommes avaient tenté une approche ; elle leur avait répondu non de la tête et ils étaient repartis. Le troisième prétendant se tenait face à elle. Tout portait à croire qu'il n'avait pas l'intention de s'en laisser conter.

C'était une brune au visage plutôt fin, même si elle était un peu ronde ; ses épaules étaient recouvertes d'un joli châle, elle portait une jupe qui l'habillait avec goût ainsi qu'un t-shirt de couleur claire sur lequel on lisait l'inscription « San Francisco » : une minuscule fleur dépassait du F.

Elle parvint à éconduire l'importun. Il eut l'impression que l'homme éructait quelque chose à la face de la jeune femme. Il la laissa se remettre et attendit un moment avant de s'avancer.

– Vous y êtes déjà allée ? demanda-t-il.

La brune leva les yeux. Elle ne parvenait pas vraiment à se souvenir où elle l'avait vu.

– À San Francisco, précisa-t-il, son index pointé vers le t-shirt.

Elle baissa les yeux sur sa poitrine.

– Ah, c'est de ça que vous parlez, observa-t-elle.

– C'est une ville merveilleuse. Vous devriez aller y faire un tour, conseilla-t-il.

Elle le dévisagea, se demandant sans doute si elle devait lui ordonner de décamper comme elle l'avait fait avec les autres. Puis, elle sembla se rappeler l'avoir déjà croisé quelque part.

– Il se passe tellement de choses là-bas, à Frisco, il y a de quoi visiter, poursuivit-il.

Elle consentit un sourire.

– Vous ici ? s'étonna-t-elle.

– Eh oui, charmé de vous y voir. Vous êtes seule ?

– Seule ? Oui.

– Sérieusement, pour Frisco, vous devriez vraiment y aller.

– Je sais, j'ai…

Ses mots se perdirent dans le vacarme. Il passa sa main sur la poche de sa veste et se pencha vers elle.

– Le vol est un peu cher, concéda-t-il. Mais, je veux dire… j'y suis allé une fois, c'était superbe. C'est une ville merveilleuse.

Il choisissait ses mots à dessein. Elle leva les yeux vers lui et il s'imagina qu'elle était en train de compter sur les doigts d'une seule main le nombre de jeunes hommes qu'elle avait rencontrés et qui utilisaient des termes comme « merveilleux ».

– Je sais, j'y suis allée.

– Eh bien, me permettez-vous de m'asseoir à vos côtés ?

Elle hésita l'espace d'un instant, puis lui fit une place.

Personne ne leur prêtait une attention particulière dans le bar et ce ne fut pas non plus le cas quand ils en sortirent, une bonne heure plus tard, pour aller chez lui, en empruntant des rues peu fréquentées. À ce moment-là, les effets du produit avaient déjà commencé à se faire sentir. Il lui avait offert une autre margarita. Alors qu'il revenait du comptoir avec la troisième consommation, il avait plongé sa main dans sa poche pour y prendre la drogue qu'il avait versée discrètement dans la boisson. Tout se passait pour le mieux entre eux, il savait qu'elle ne lui poserait aucun problème.

La Criminelle fut contactée par téléphone deux jours plus tard. Ce fut Elinborg qui reçut l'appel et prit les choses en main. Des agents de la circulation avaient déjà fermé cette rue du quartier de Thingholt quand elle arriva sur les lieux, en même temps que les gars de la Scientifique. Elle vit le médecin régional de Reykjavik qui descendait de sa voiture. La Scientifique était tout d'abord la seule habilitée à accéder à la scène de crime afin de procéder à ses relevés. Elinborg l'avait gelée, pour reprendre l'expression consacrée des professionnels.

Elle s'était occupée du reste en attendant patiemment leur feu vert pour entrer dans l'appartement. Des journalistes de la presse écrite, de la télévision et de la radio s'étaient rassemblés sur place et elle les observait en plein travail. Ils se montraient insistants, certains étaient même insultants envers les policiers qui leur barraient l'entrée du périmètre. Elle en avait reconnu deux ou trois qui travaillaient pour la télévision, un présentateur minable récemment promu journaliste et un autre qui animait une émission politique.

Elle se demandait ce qu'il fabriquait en compagnie de cette clique. Elinborg se souvenait qu'à ses débuts, lorsqu'elle était l'une des rares femmes dans les rangs de la Criminelle, les journalistes étaient plus polis et, surtout, nettement moins nombreux. Elle préférait ceux des quotidiens. Les représentants de la presse écrite s'accordaient plus de temps, ils étaient plus discrets et moins présomptueux que ceux qui avaient leur caméra à l'épaule. Certains étaient même de bonnes plumes.

Les voisins épiaient depuis leurs fenêtres ou étaient sortis sur le pas de leur porte, les bras croisés dans la fraîcheur de l'automne. L'expression de leur visage affichait clairement qu'ils n'avaient aucune idée de ce qui avait pu se passer. Les policiers avaient commencé à les interroger et à leur demander s'ils avaient remarqué des choses inhabituelles dans la rue, des mouvements suspects aux abords de la maison, des allées et venues, s'ils connaissaient la victime, s'ils étaient déjà allés chez elle.

Elinborg avait autrefois loué un appartement dans Thingholt, avant que l'endroit ne devienne à la mode. À l'époque, ce vieux quartier construit sur la colline au-dessus du centre lui avait beaucoup plu. Les constructions datant d'époques diverses retraçaient l'histoire de l'architecture sur tout un siècle, certaines étaient de simples maisons de prolétaires, d'autres d'imposantes bâtisses construites par des négociants. La classe ouvrière et la bourgeoisie y avaient toujours vécu en bonne intelligence jusqu'à ce que le quartier se mette à attirer des jeunes qui refusaient l'extension perpétuelle de l'agglomération et préféraient venir se nicher au plus près du cœur de la capitale. Des artistes et toutes sortes de bobos étaient venus s'y installer. Quant aux nouveaux riches, démesurément riches, ils avaient acquis les anciens palais des grossistes d'autrefois. Désormais, les habitants arboraient le code postal du quartier comme signe de reconnaissance. C'était le 101 Reykjavik.

Le chef de la Scientifique apparut au coin de la maison d'où il appela Elinborg. Il lui demanda d'être vigilante et lui rappela de ne toucher à rien.

– Ce n'est vraiment pas beau à voir, précisa-t-il.

– Ah bon ?

– On se croirait dans un abattoir.

L'appartement disposait d'une entrée séparée donnant sur le jardin et invisible depuis la rue. Situé au rez-de-chaussée, on y accédait directement par une allée recouverte de dalles qui menait vers l'arrière de la maison. La première chose qui apparut à Elinborg fut le cadavre d'un homme jeune, gisant au milieu du salon, et dont le pantalon était baissé sur les chevilles. Il n'avait pour vêtement qu'un t-shirt maculé de sang portant l'inscription « San Francisco ». Du F dépassait une toute petite fleur.

2

Sur le chemin du retour, Elinborg s'arrêta dans un magasin d'alimentation. En général, elle accordait assez de temps aux courses et évitait les chaînes à prix cassés, qui n'offraient qu'un choix restreint de produits dont la qualité était, par ailleurs, à la hauteur de la dépense. Mais là, elle était pressée. Ses deux fils l'avaient appelée pour lui demander si elle allait leur cuisiner le dîner qu'elle leur avait promis, ce qu'elle avait confirmé en précisant toutefois qu'il serait un peu tardif. Elle s'efforçait de faire à manger chaque soir. Cela lui permettait de s'asseoir autour d'une table et de passer un moment avec sa famille, même si cela ne durait que le quart d'heure au cours duquel les gamins engloutissaient leur repas. Elle savait également que si elle ne préparait rien, les garçons s'achèteraient des saletés hors de prix avec le peu d'argent qu'ils étaient parvenus à gagner en travaillant pendant l'été ou même qu'ils s'arrangeraient pour que leur père le fasse. Teddi, son compagnon, n'était vraiment pas doué pour la cuisine, il était tout juste capable de cuire des œufs sur le plat et de préparer quelque chose qui ressemblait à de la bouillie de flocons d'avoine, mais cela n'allait pas plus loin. En revanche, il ne rechignait pas à débarrasser et ne renâclait pas devant les tâches ménagères. Elinborg était en quête d'un plat qui ne nécessiterait que peu de préparation ; elle trouva une farce de poisson qui lui semblait correcte, attrapa un paquet de riz, des oignons, prit divers autres produits qui manquaient à la maison et retourna à sa voiture au bout de dix minutes.

Une heure plus tard, la famille s'installa à la table de la cuisine. Le fils aîné râla devant les boulettes de poisson en précisant qu'ils en avaient déjà mangé la veille au soir. Il n'aimait pas les oignons qu'il tria soigneusement sur le bord de son assiette. Le cadet tenait plus de son père et avalait tout ce qu'on lui donnait. La fille, la benjamine, prénommée Theodora, avait téléphoné pour demander l'autorisation de manger chez son amie avec laquelle elle faisait ses devoirs.

– Il n'y a pas autre chose que cette sauce au soja ? s'enquit l'aîné.

Il s'appelait Valthor et venait d'entrer au lycée. Il avait tout de suite su à quoi il se destinait et choisi la voie commerciale au terme de sa scolarité obligatoire. Elinborg pensait qu'il s'était récemment trouvé une petite amie même s'il n'avait pas abordé le sujet : il restait plutôt secret. Il n'avait toutefois pas été nécessaire à sa mère de mener une longue enquête pour confirmer ses soupçons. Un préservatif était tombé de la poche d'un des pantalons du jeune homme alors qu'elle mettait une machine en route. Elle ne lui avait posé aucune question, c'était le cycle de la vie, mais elle avait été soulagée de voir qu'il se comportait de façon raisonnable. Elle n'était jamais parvenue à l'amener à se confier à elle. Leurs relations étaient assez tendues, ce gamin avait toujours été très indépendant, parfois jusqu'à l'insolence. C'était là un trait de caractère qu'Elinborg ne supportait pas et elle se demandait de qui il le tenait.

Teddi s'en tirait mieux avec lui. Le père et le fils partageaient la passion des voitures.

— Non, répondit-elle tout en versant ce qui restait de vin blanc dans son verre. Je n'ai pas eu le courage d'en préparer une autre.

Elle regarda son fils et se demanda si elle devait l'informer de sa découverte, mais se fit la réflexion qu'elle était trop fatiguée pour supporter une dispute avec lui. Sans doute ne serait-il pas franchement ravi d'apprendre qu'elle était au courant.

— Tu nous avais promis du steak pour ce soir, rappela-t-il.

— Et ce cadavre que vous avez trouvé, c'est qui ? demanda le cadet, prénommé Aron.

Il avait suivi le journal télévisé et brièvement aperçu sa mère devant la maison du quartier de Thingholt.

— Un homme d'une trentaine d'années, répondit Elinborg.

— Il a été assassiné ? interrogea l'aîné.

— Oui.

— Aux infos, ils ont dit qu'ils n'étaient pas encore certains qu'il s'agisse d'un meurtre, précisa Aron. Ils ont seulement dit qu'on soupçonnait que c'en était un.

— C'en est bien un, répondit Elinborg.

— Et qui était cet homme ? glissa Teddi.

— Il n'est pas connu de nos services.

— Comment a-t-il été tué ? demanda Valthor.

Elinborg lui lança un regard.

— Tu sais parfaitement que tu ne dois pas me poser ce genre de questions.

Valthor haussa les épaules.

— C'est pour une affaire de drogue qu'il a été… ? risqua Teddi.

– On ne pourrait pas parler d'autre chose ? demanda-t-elle. Pour l'instant, nous n'avons presque rien.

Ils savaient en effet qu'ils devaient se garder d'être trop pressants car elle préférait rester discrète sur son travail. Les hommes de la famille s'étaient toujours beaucoup intéressés aux activités de la police et quand ils la savaient sur une affaire importante, ils ne pouvaient s'empêcher de l'interroger sur les détails et allaient même jusqu'à donner leur point de vue. En général, leur curiosité faiblissait quand les enquêtes traînaient en longueur, alors ils la laissaient tranquille.

Ils étaient très friands de séries policières à la télé. Plus jeunes, les garçons avaient été aussi impressionnés qu'excités par le fait que leur mère travaille à la Criminelle, comme ces gens exceptionnels qu'on voyait dans les feuilletons. Ils n'avaient toutefois pas tardé à comprendre que ce qu'elle leur racontait ne correspondait en rien à ce qu'ils connaissaient. Les héros des séries avaient généralement un physique et des attitudes de mannequins, ils étaient excellents tireurs et leurs paroles faisaient mouche à chaque fois qu'ils se frottaient à des malfrats calculateurs. En outre, ils résolvaient les enquêtes les plus complexes à la vitesse de l'éclair et citaient la littérature mondiale entre deux courses-poursuites. Les plus atroces des meurtres étaient perpétrés à chaque épisode, parfois il y en avait même deux, trois ou quatre, le salaud était toujours attrapé à la fin et il recevait un châtiment amplement mérité.

Les garçons savaient qu'Elinborg travaillait énormément afin de doper un peu son salaire minable, comme elle disait. Elle leur avait affirmé n'avoir jamais pris part à aucune course-poursuite. Elle ne possédait pas de pistolet et encore moins de fusil automatique, du reste, la police islandaise n'utilisait pas d'armes à feu. Les malfrats, quant à eux, étaient généralement des malheureux, de pauvres types, pour reprendre l'expression de Sigurdur Oli, et la plupart étaient bien connus des services de police. La majorité des affaires concernait des cambriolages et des vols de voitures. La brigade des stupéfiants s'occupait du trafic de drogue et les crimes graves comme les viols atterrissaient régulièrement sur le bureau d'Elinborg. Les meurtres étaient rares, même si leur nombre variait d'une année à l'autre : parfois, il n'y en avait aucun, d'autres années, il pouvait y en avoir jusqu'à quatre. Ces derniers temps, la police avait remarqué une dangereuse évolution : les crimes étaient plus prémédités, le recours aux armes plus fréquent et la violence plus impitoyable.

En général, Elinborg rentrait éreintée dans la soirée et elle préparait le dîner, réfléchissait aux recettes sur lesquelles elle travaillait, car la cuisine était sa grande passion, ou bien elle s'allongeait sur le canapé et s'endormait devant la télévision.

À ces moments-là, les garçons quittaient parfois leurs séries policières des yeux pour regarder leur mère et se disaient que la police islandaise n'était décidément pas à la hauteur.

La fille d'Elinborg n'était pas du même bois que ses frères. Il était vite apparu que Theodora était exceptionnellement douée, ce qui lui avait d'ailleurs valu un certain nombre de problèmes à l'école. Elinborg avait refusé de lui faire sauter une classe parce qu'elle voulait la voir grandir en compagnie d'enfants de son âge, mais le programme n'était absolument pas en adéquation avec ses capacités. Cette gamine avait constamment besoin d'être occupée : elle faisait du basket, étudiait le piano et allait chez les scouts. Elle ne regardait que peu la télévision et, contrairement à ses frères, ne s'intéressait pas spécialement au cinéma ou aux jeux vidéo. En revanche, c'était une véritable papivore qui lisait du matin au soir. Écumant les bibliothèques, Elinborg et Teddi avaient eu toutes les difficultés du monde à lui fournir des livres en quantité suffisante quand elle était plus jeune et, dès qu'elle avait atteint l'âge requis, elle s'était arrangée pour se les procurer elle-même. Aujourd'hui âgée de onze ans, elle avait, quelques jours plus tôt, tenté d'exposer à sa mère le contenu d'*Une brève histoire du temps*.

Il arrivait qu'Elinborg parle de ses collègues à Teddi quand elle pensait que les enfants ne l'entendaient pas. Ces derniers savaient cependant que l'un d'eux s'appelait Erlendur. Cet homme leur paraissait un peu énigmatique : parfois, ils avaient l'impression que leur mère n'avait aucune envie de travailler avec lui, parfois, il leur semblait qu'elle ne pouvait se passer de sa présence. Les gamins l'avaient bien souvent entendue s'étonner de voir qu'un aussi mauvais père de famille, solitaire et rigide, puisse être aussi bon policier. Elle l'admirait dans son travail, même si l'homme ne lui plaisait pas toujours. Un autre qu'elle mentionnait à l'oreille de Teddi s'appelait Sigurdur Oli. C'était apparemment un drôle d'oiseau, d'après ce que les enfants avaient compris. Quand son nom venait dans la conversation, leur mère poussait souvent un profond soupir.

Elinborg était sur le point de s'endormir quand elle entendit du bruit dans le couloir. Toute la famille était au lit à l'exception du fils aîné, toujours devant son ordinateur. Elle ignorait s'il était en train de faire ses devoirs ou s'il traînait sur les forums de discussion et autres blogs. Il ne s'endormirait sans doute qu'au milieu de la nuit. Valthor avait des horaires tout à fait personnels, il se couchait au petit matin et dormait régulièrement jusqu'au soir quand la chose était possible. C'était pour Elinborg une source d'inquiétude. Elle savait cependant qu'il était inutile d'en discuter avec lui. Elle avait essayé à maintes reprises, mais il s'était montré désagréable et intransigeant quant à son indépendance.

Elle avait pensé à l'homme du quartier de Thingholt toute la soirée. Même si elle l'avait voulu, elle n'aurait pu décrire à ses fils ce qu'elle avait vu. La victime avait été égorgée, les meubles du salon étaient maculés de sang. On attendait le rapport détaillé du médecin légiste. La police pensait que l'agresseur avait agi avec préméditation : il était venu sur les lieux dans le but précis de s'en prendre à cet homme. On n'avait pas vraiment décelé de traces de lutte. La blessure semblait avoir été pratiquée avec assurance en travers de la gorge, à l'endroit exact où elle causerait le plus de dégâts. Le cou de la victime portait également d'autres entailles, ce qui semblait indiquer que son agresseur l'avait maintenue immobile un certain temps. Il était très probable que l'agression avait été rapide et que l'homme avait été attaqué par surprise. La porte de l'appartement n'avait pas été forcée, ce qui pouvait signifier qu'il avait ouvert à son assassin. Cependant, il était également envisageable qu'une personne l'ait accompagné chez lui ou soit venue lui rendre visite et qu'elle l'ait attaqué de cette manière ignoble. Apparemment, rien n'avait été dérobé et aucun objet n'avait été renversé. Il était peu probable qu'il s'agisse de cambrioleurs, même si on ne pouvait pas exclure l'hypothèse qu'il les ait surpris, avec les conséquences que l'on sait.

Le corps de la victime s'était pour ainsi dire vidé de son sang, lequel avait séché sur le sol de l'appartement. Ce détail indiquait que son cœur avait continué de battre et qu'elle avait continué de vivre pendant un certain temps après l'agression.

Elinborg n'avait pu envisager de cuire à la poêle du muscle de bœuf après avoir vu ça, même s'il lui avait fallu essuyer les reproches de son fils aîné.

3

Runolfur, l'homme du quartier de Thingholt, était âgé d'une trentaine d'années. Il était inconnu des services de police, son casier judiciaire était vierge. Employé dans une compagnie de téléphonie, il était arrivé à Reykjavik une dizaine d'années plus tôt. Il habitait seul et avait encore sa mère, qui avait déclaré n'entretenir que peu de relations avec lui. Cette dernière vivait en province. Un policier et un pasteur avaient été envoyés chez elle pour l'informer du décès de son fils. Il était apparu que le père de la victime avait péri dans un accident quelques années plus tôt, son véhicule avait percuté un camion sur la lande de Holtavörduheidi. Runolfur était fils unique.

Le propriétaire de son appartement n'avait pas tari d'éloges. Il payait toujours son loyer à temps, était correct sous tous rapports, on n'entendait jamais aucun bruit dans son appartement, il partait au travail tous les matins. Le bailleur semblait n'avoir pas de termes assez forts pour décrire l'ensemble de ses qualités.

– Et avec tout ce sang, observa-t-il en lançant à Elinborg un regard contrit. Je vais devoir appeler une entreprise de nettoyage. Je suppose qu'il faudra que je change tous les revêtements de sol. Qui peut donc faire des choses de ce genre ? Je vais avoir du mal à louer après ça.

– Vous n'avez pas entendu de bruit chez lui ? demanda-t-elle.

– Non, je n'entendais jamais rien, répondit le propriétaire.

Ce chauve à la bedaine imposante, aux épaules tombantes et aux bras courts, qui portait une barbe blanche d'une semaine, occupait le premier étage, seul. Il avait précisé qu'il louait depuis des années l'appartement du dessous, dans lequel Runolfur avait emménagé environ deux ans plus tôt.

C'était le propriétaire qui avait découvert le cadavre et contacté la police. Il était descendu chez son locataire pour lui remettre des courriers administratifs qui lui avaient été distribués par erreur et qu'il avait glissés dans la boîte aux lettres de la porte. En passant devant la fenêtre du salon, il avait aperçu les pieds nus d'un homme qui gisait sur le sol dans une mare de sang. Il avait jugé préférable d'appeler directement la police.

– Étiez-vous à votre domicile samedi soir ? demanda Elinborg tandis qu'elle s'imaginait ce bailleur quelque peu fouineur plongeant ses yeux dans l'appartement. Il n'avait pas dû avoir la tâche facile. Les rideaux étaient tirés aux fenêtres et on ne voyait que par une petite fente.

L'enquête préliminaire avait conclu que le meurtre avait été commis dans la nuit du samedi au dimanche. Elle indiquait également qu'une personne était présente chez la victime avant l'agression et que l'attaque ne provenait apparemment pas d'un individu qui se serait introduit de force dans l'appartement. Il semblait que la personne qui était avec la victime ait été une femme et que Runolfur ait eu des rapports sexuels peu de temps avant sa mort. On considérait que le t-shirt qu'il portait au moment où on l'avait découvert n'était pas le sien, mais celui d'une femme, la taille étant nettement trop petite. En outre, on avait trouvé sur ce vêtement des cheveux bruns, les mêmes que ceux prélevés sur le canapé. Sur sa veste il y avait aussi des cheveux, provenant sans doute de la même personne. Il était probable qu'il avait invité quelqu'un pour la nuit. Dans son lit, on avait retrouvé des poils pubiens.

On pouvait facilement quitter l'appartement sans être vu en passant par le jardin, puis par celui de l'immeuble d'à côté, un bâtiment à trois étages dont la façade donnait sur la rue voisine. Personne n'avait remarqué le moindre passage suspect dans les jardins la nuit du crime.

— En général, je suis chez moi tous les jours, observa le propriétaire.

— Vous nous avez affirmé que Runolfur était sorti samedi soir, n'est-ce pas ?

— En effet, je l'ai aperçu qui marchait dans la rue. Ce devait être vers onze heures. Ensuite, je ne l'ai pas revu.

— Vous n'avez pas remarqué à quel moment il est rentré ?

— Non, j'étais sans doute déjà endormi.

— Donc, vous ne savez pas s'il est revenu seul ou accompagné ?

— Non.

— Runolfur n'avait pas de compagne, n'est-ce pas ?

— Non, pas plus que de compagnon, d'ailleurs, précisa le propriétaire avec un étrange sourire.

— Et cela n'a jamais été le cas tout le temps que vous lui avez loué cet appartement ?

– Non.

– Mais vous savez peut-être s'il avait des amies à qui il arrivait de venir passer la nuit ?

Le propriétaire se gratta le crâne. La scène se passait au tout début de l'après-midi. Tranquillement assis dans le canapé face à Elinborg, il venait de déguster de la saucisse de cheval dont elle avait vu les restes sur une assiette dans la cuisine. Une forte odeur de cuisson stagnait dans l'appartement et Elinborg craignait qu'elle ne s'incruste dans le manteau tout neuf qu'elle venait de s'acheter en solde. Elle préférait ne pas trop s'attarder ici.

– Eh bien, pas vraiment, répondit le propriétaire. Je crois bien ne l'avoir jamais vu en galante compagnie. Autant que je me souvienne.

– Vous ne le connaissiez pas très bien, n'est-ce pas ?

– Non. J'ai vite compris qu'il voulait qu'on le laisse tranquille, qu'il préférait sa solitude. Par conséquent… nous n'avions que peu de relations.

Elinborg se leva. Elle aperçut Sigurdur Oli qui parlait avec les voisins, à la porte d'entrée de la maison d'en face. D'autres policiers avaient été chargés d'interroger les habitants du quartier.

– Quand pourrai-je faire récurer cet appartement ? s'enquit le bailleur.

– Sous peu, répondit Elinborg. Nous vous tiendrons au courant.

Le corps de Runolfur avait été enlevé dès la veille au soir, mais la Scientifique n'en avait pas encore terminé au moment où Elinborg et Sigurdur Oli étaient passés le lendemain matin. L'appartement était manifestement celui d'un jeune homme soigneux qui avait à cœur de se constituer un environnement aussi chaleureux qu'agréable. Il avait même été jusqu'à poser des plaques de protection au bas des murs, ce qui n'était pas fréquent chez les jeunes, il avait également placé un joli tapis sur le parquet, un canapé et des fauteuils assortis. La salle de bain était petite, mais sans faute de goût ; la chambre était meublée d'un grand lit et on ne voyait pas la moindre tache dans la cuisine, ouverte sur le salon. Il n'y avait pas de livres, pas plus que de photos de famille, mais un grand écran plat et trois affiches de films encadrées : *Spiderman*, *Superman* et *Batman*. Sur l'une des tables trônaient d'imposantes figurines représentant divers super-héros de bandes dessinées.

– Où étiez-vous donc quand c'est arrivé ? leur reprocha Elinborg tandis qu'elle promenait son regard sur les affiches.

– Pas mal du tout, observa Sigurdur Oli devant les posters.

– Ces films-là sont un ramassis d'imbécillités, non ? répondit Elinborg.

Sigurdur Oli se baissa vers la chaîne hi-fi apparemment récente. À côté étaient posés un téléphone portable et un iPod.

– Un Nano, observa Sigurdur Oli. Le meilleur, tout simplement.

– Ce truc tout fin ? renvoya Elinborg. Mon fils cadet affirme que c'est bon pour les tapettes. Je ne vois pas trop ce qu'il entend par là, je n'y connais rien.

– Ça ne m'étonne pas de toi, répondit Sigurdur Oli tout en se mouchant.

Il n'était pas de la meilleure humeur, se débattant depuis un certain temps avec une grippe tenace.

– Tu y vois quelque chose à redire ? rétorqua Elinborg tandis qu'elle ouvrit le réfrigérateur.

L'indigence de l'intérieur n'attestait pas de grandes

prouesses culinaires de la part de son propriétaire. On y trouvait une banane et un poivron, des fromages, de la confiture, du beurre de cacahuète importé d'Amérique, des œufs et une brique de lait écrémé ouverte.

– Il n'avait pas d'ordinateur ? demanda Sigurdur Oli à l'un des deux hommes de la Scientifique encore présents sur les lieux.

– Nous l'avons emmené pour l'examiner, répondit le collègue. Pour l'instant, nous n'y avons rien trouvé qui puisse expliquer ce bain de sang. Vous êtes au courant pour le Rohypnol ?

L'homme les toisa à tour de rôle. Âgé d'une trentaine d'années, il n'était ni rasé ni coiffé : dépenaillé, voilà le mot que cherchait Elinborg. Sigurdur Oli, qui était toujours tiré à quatre épingles, lui avait confié, plein de mépris, que cet aspect repoussant était aujourd'hui devenu presque de rigueur.

– Le Rohypnol ? répondit Elinborg en secouant la tête.

– On en a trouvé dans la poche de sa veste et il y en a aussi une certaine quantité là, sur la table du salon, précisa leur collègue, vêtu d'une combinaison blanche et de gants en latex.

– Vous voulez parler de la drogue du viol ?

– Oui, répondit le gars de la Scientifique. Ils viennent de nous communiquer les conclusions des analyses par téléphone et nous devons prendre cette donnée en compte. Comme je viens de vous le dire, il en avait dans la poche de sa veste, ce qui signifie peut-être que…

– Qu'il s'en serait servi samedi soir, compléta Elinborg. Le propriétaire de l'appartement l'a vu partir en ville dans la soirée. Autrement dit, il en avait sur lui quand il est sorti s'amuser ?

– On dirait bien, pour peu qu'il ait porté cette veste-là,

et tout porte à le croire. Le reste de ses vêtements est rangé dans les placards. La veste et cette chemise sont sur le dossier de cette chaise, son caleçon et ses chaussettes dans la chambre à coucher. Il gisait là, dans le salon, le pantalon sur les chevilles, mais ne portait pas de sous-vêtements. On dirait qu'il est allé à la cuisine pour prendre un verre d'eau. D'ailleurs, il y en a un qui est resté à côté de l'évier.

– Il est réellement sorti s'amuser avec du Rohypnol dans sa poche ? interrogea Elinborg, pensive.

– Il semble qu'il ait eu un rapport sexuel juste avant de mourir, répondit le gars de la Scientifique. Nous pensons que la capote que nous avons trouvée lui appartenait. Il la portait quasiment sur lui, mais l'autopsie nous confirmera tout ça.

– La drogue du viol, répéta Elinborg. Soudain, une récente affaire de viol sur laquelle elle avait enquêté et où ce produit avait été évoqué lui revint en mémoire.

Un brave homme qui longeait en voiture la rue Nybylavegur à Kopavogur avait aperçu une jeune femme de vingt-six ans et légèrement vêtue qui vomissait sur l'accotement. Celle-ci avait été incapable de lui dire d'où elle venait et ne se rappelait pas non plus où elle avait passé la nuit. Elle avait demandé au conducteur qui avait eu pitié d'elle de la ramener à son domicile. Elle était dans un tel état qu'il avait voulu l'emmener directement aux urgences, mais elle lui avait répondu que c'était inutile.

Cette femme n'avait aucune idée de ce qu'elle faisait sur Nybylavegur. Elle s'était couchée dès son retour chez elle et avait dormi toute la journée. Au réveil, elle était toute courbatue. Son sexe la brûlait, ses genoux étaient à vif, mais elle ne se souvenait toujours pas des événements de la nuit précédente. Il ne lui était jamais arrivé de perdre la mémoire après avoir abusé de l'alcool et, même si elle ne parvenait pas à se rappeler l'endroit où elle avait passé la nuit, elle était certaine de n'avoir pas bu en quantité déraisonnable. Elle avait pris une longue douche pour se nettoyer sous toutes les coutures. L'une de ses amies l'avait appelée dans l'après-midi pour lui demander où elle était passée. Elles étaient sorties à trois pour s'amuser ce soir-là et la jeune femme avait perdu de vue les deux autres. Son amie lui avait expliqué qu'elle l'avait vue partir en compagnie d'un inconnu.

– Ouah, avait-elle observé, je n'en ai pas le moindre souvenir. Je ne me rappelle pas ce qui s'est passé.

– Qui était-ce ? lui avait demandé son amie.

– Aucune idée.

Les deux jeunes femmes avaient discuté un long moment et peu à peu, elle s'était souvenu qu'elle avait effectivement rencontré un homme qui lui avait payé un verre. Elle ne le connaissait pas et ne se rappelait que très confusément son apparence, mais elle l'avait trouvé sympathique. Elle avait à peine vidé son verre qu'un autre était apparu sur la table. Elle s'était absentée aux toilettes et, à son retour, l'inconnu lui avait proposé d'aller ailleurs. C'était le dernier souvenir qu'elle conservait de cette soirée.

– Où es-tu allée avec lui ? lui avait demandé son amie.

– Je ne sais pas. Je… enfin…

– Et tu ne le connaissais pas du tout ?

– Non.

– Tu crois qu'il aurait versé quelque chose dans ton verre ?

– Dans mon verre ?

– Eh bien, étant donné que tu as tout oublié. Tu sais qu'il existe ce genre de…

Son amie avait hésité.

– … ce genre de violeurs.

Un peu plus tard, son amie l'avait accompagnée à l'accueil d'urgence pour les victimes de viols à l'Hôpital national de Fossvogur. Au moment où l'enquête avait été confiée à Elinborg, la jeune femme était convaincue d'avoir été violée par l'inconnu du bar. L'examen médical révéla qu'elle avait eu un rapport sexuel au cours de la nuit, mais aucune trace de cette saleté n'avait été décelée dans son sang. Il ne fallait pas s'en étonner : la substance la plus fréquemment utilisée par les violeurs, le Rohypnol, disparaissait de l'organisme en l'espace de quelques heures.

Elinborg lui avait présenté des photos de violeurs condamnés dans le passé, mais elle n'en avait reconnu aucun. Elle l'avait accompagnée au bar où cet inconnu l'avait abordée, mais le personnel n'avait gardé souvenir ni de la jeune femme ni de l'homme qu'elle était censée y avoir rencontré. Elinborg savait que les viols sous l'emprise de cette drogue étaient des affaires très complexes. On n'en décelait aucune trace dans le sang ni dans les urines. Le poison avait généralement disparu de l'organisme au moment où la victime était examinée, mais elle présentait toutefois un certain nombre de signes attestant du fait que son violeur l'avait droguée : perte de mémoire, présence de sperme dans les voies vaginales, contusions diverses sur le corps. Elinborg avait expliqué à cette femme qu'on l'avait sans doute droguée avec ce genre de produit. Il n'était pas exclu que son agresseur lui ait fait ingérer de l'acide botulique, dont les effets sont similaires à ceux du Rohypnol. C'est une drogue inodore, incolore et qui existe aussi bien sous forme liquide qu'en poudre. Elle s'attaque au système nerveux central, rendant la victime incapable de se défendre. Celle-ci souffre de troubles de la mémoire, quand elle ne la perd pas tout simplement.

– Tout cela nous complique la tâche pour traduire ces salauds en justice, avait-elle expliqué. Les effets du Rohypnol durent entre trois et six heures, ensuite, il disparaît de l'organisme sans laisser de traces. Il suffit de quelques milligrammes pour plonger celui qui l'a ingéré dans une forme de somnolence et les effets sont décuplés quand le produit est absorbé avec de l'alcool. Ensuite peuvent survenir des hallucinations, des accès de mélancolie et des étourdissements. Cela va parfois même jusqu'à des convulsions.

Elinborg scrutait avec attention cet appartement de Thingholt et réfléchissait à l'agression subie par Runolfur. Elle réfléchissait à la haine qui semblait l'avoir motivée.

– Il avait une voiture ? demanda-t-elle à ses collègues de la Scientifique.

– Oui, elle était garée juste devant, répondit l'un d'eux. Nous sommes en train de l'examiner dans notre hangar.

– Il va falloir que je vous confie des prélèvements effectués sur une jeune femme qui a récemment été victime d'une agression analogue. J'ai besoin de savoir s'il est possible qu'il en ait été l'auteur, s'il l'a emmenée dans sa voiture jusqu'à Kopavogur pour la déposer là-bas.

– Cela va de soi, répondit son collègue. Il y a encore une chose…

– Laquelle ?

– Tout ce qui se trouve dans cet appartement appartient à un homme, l'ensemble des vêtements, des chaussures, des manteaux et imperméables…

– Oui.

– À l'exception de ce qui est plié là, indiqua-t-il en montrant du doigt une chose informe qui avait été placée dans un sachet zippé de la Scientifique.

– Qu'est-ce que c'est ?

– Ça ressemble à un châle, répondit l'homme tandis qu'il saisissait le sachet en plastique. Nous l'avons retrouvé, tout tirebouchonné sous le lit de la chambre. Voilà qui viendrait confirmer l'hypothèse selon laquelle notre homme était en galante compagnie.

Il ouvrit le sachet pour l'approcher du nez d'Elinborg.

– Il s'en dégage une odeur assez particulière, observat-il. De la cigarette, du parfum et aussi quelque chose qui ressemble à… des épices…

Elinborg plongea son nez dans le sachet.

– Nous allons bien trouver ce que c'est, reprit-il.

Elinborg inspira profondément le châle en laine de couleur violette. Elle sentit l'odeur âcre de la fumée de cigarette, le parfum féminin et, son collègue avait parfaitement raison, elle y décelait clairement une épice qu'elle connaissait très bien.

– Tu sais ce que c'est ? interrogea Sigurdur Oli qui la regardait, interloqué.

Elle lui répondit d'un hochement de tête.

– C'est ma préférée, observa-t-elle.

– Ta préférée ? s'étonna le gars de la Scientifique.

– Tu veux dire, ton épice préférée ? suggéra Sigurdur Oli.

– En effet, acquiesça Elinborg. Enfin, il s'agit plutôt d'un mélange. Un mélange indien. On dirait bien que… cela me fait penser à du tandoori. Il me semble que c'est l'odeur du tandoori.

4

Les voisins avaient pour la plupart été très coopératifs. La police s'était efforcée d'interroger de manière systématique tous ceux qui habitaient dans un certain périmètre autour de la maison, peu importe qu'ils considèrent ou non avoir quelque chose à dire. C'était à elle de juger de l'utilité des informations qui lui étaient communiquées. Le crime avait eu lieu dans le bas du quartier de Thingholt ; la plupart des habitants avaient affirmé qu'endormis à ce moment-là, ils n'avaient rien remarqué d'inhabituel. Personne ne connaissait le locataire. Personne n'avait noté d'allées et venues suspectes ni quoi que ce soit de notable aux abords de cette maison. On s'était d'abord concentré sur ceux qui habitaient dans le voisinage immédiat, puis on avait élargi le champ. Elinborg avait discuté avec les collègues chargés de récolter les témoignages, elle s'était plongée dans les procès-verbaux et arrêtée sur le récit d'une femme qui vivait à la limite de la zone concernée. Elle avait décidé de lui rendre visite en personne, même si les informations qu'elle détenait risquaient d'être des plus minces.

– Je ne suis pas sûr que cela vaille le coup, lui avait précisé le collègue qui était allé l'interroger.

– Ah bon ?

– Elle est plutôt bizarre, avait-il prévenu.

– Comment ça ?

– Elle n'a pas arrêté de me bassiner avec des ondes électromagnétiques censées être à l'origine de ses maux de tête permanents.

– Des ondes électromagnétiques ?

– Elle m'a même raconté qu'elle les avait mesurées avec des aiguilles. Les ondes en question proviendraient des murs de son appartement.

– Tiens donc !

– Je ne suis pas certain qu'elle t'apprendra grand-chose.

L'intéressée vivait au premier étage d'une maison à deux niveaux dans une rue voisine de celle de Runolfur, mais à une certaine distance de son domicile. Voilà pourquoi il était peu probable que ce qu'elle pensait avoir vu ait de l'importance. Cela avait toutefois piqué la curiosité d'Elinborg et, puisque la police n'avait pas grand-chose à se mettre sous la dent, elle se disait qu'elle pouvait bien accorder un peu d'attention à cette femme et l'amener à se rappeler ce qu'elle avait vu.

Petrina, c'était son prénom, approchait les soixante-dix ans. Elle vint ouvrir à Elinborg en robe de chambre, les pieds chaussés de Crocs éculés. Elle avait les cheveux hirsutes, un visage hâve et ridé, des yeux injectés de sang et tenait une cigarette à la main. Son accueil était des plus chaleureux, elle précisa qu'elle était soulagée de voir quelqu'un lui témoigner enfin un peu d'intérêt.

– Ce n'est pas trop tôt ! s'exclama-t-elle. Je vais vous montrer ça. Je peux vous dire que ce sont des ondes comme qui dirait massives !

Petrina disparut à l'intérieur de son appartement, suivie d'Elinborg qui fut immédiatement incommodée par la forte odeur de cigarette. À l'intérieur régnait la pénombre, tous les rideaux étaient tirés. Elle supposa qu'on pouvait apercevoir la rue depuis la fenêtre du salon. La femme alla jusqu'à sa chambre à coucher et lui demanda de venir. Elinborg traversa le salon, passa devant la cuisine et la rejoignit. Petrina se tenait sous une malheureuse ampoule nue qui pendait au plafond. Le lit et la table de chevet étaient installés au centre de la pièce.

– Si cela ne tenait qu'à moi, j'abattrais toutes ces cloisons, observa-t-elle. Je n'ai pas les moyens de faire isoler ces circuits électriques. Je suppose que j'y suis rudement sensible. Tenez, regardez-moi ça.

Interloquée, Elinborg regardait les murs de la chambre entièrement recouverts de papier en aluminium culinaire du sol au plafond.

– Cela me donne d'affreux maux de tête.

– Vous avez installé tout ça vous-même ? s'enquit Elinborg.

– Moi-même ? Évidemment. Ce papier alu limite les dégâts, mais il ne suffit pas. Il faut que vous y regardiez de plus près.

Elle attrapa deux aiguilles en fer qu'elle posa dans le creux de sa paume. Les deux extrémités pointèrent vers Elinborg, immobile à la porte, avant de s'élever lentement vers le mur.

– C'est à cause des circuits électriques, observa Petrina.

– Ah bon ? répondit Elinborg.

– Vous voyez que ce papier alu a son utilité. Suivez-moi !

Petrina se faufila entre son hôte et le cadre de la porte, les cheveux dressés en l'air avec ses aiguilles à la main, comme une caricature de savant fou. Elle entra dans le salon pour y allumer la télé. La mire de la Radio Télévision Islandaise apparut à l'écran.

– Remontez votre manche, commanda-t-elle. Elinborg s'exécuta.

– Maintenant, approchez votre bras jusqu'ici, sans toucher le poste.

Elinborg approcha son avant-bras de l'écran, sentit le duvet se hérisser sur sa peau et perçut le puissant champ électromagnétique généré par l'appareil. Elle était familière du phénomène pour en avoir déjà fait l'expérience chez elle quand la télé était allumée et qu'elle se tenait juste à côté.

– Les murs de ma chambre me faisaient exactement le même effet, reprit Petrina. Ils me tiraient littéralement par les cheveux. J'avais l'impression de dormir à côté d'une télé allumée toutes les nuits. Ils ont refait cet appartement, voyez-vous. Ils ont mis des cloisons en bois, posé du contreplaqué et entre les deux, il y a tout un tas de circuits électriques.

– Dites-moi, qui croyez-vous que je sois ? interrogea précautionneusement Elinborg en abaissant sa manche.

– Vous ? Eh bien, vous êtes une employée de la Compagnie de distribution d'énergie, n'est-ce pas ? Ils m'ont dit qu'ils m'enverraient quelqu'un. C'est bien vous, non ?

– Désolée, mais ce n'est pas là-bas que je travaille.

– Vous étiez censés effectuer des mesures dans l'appartement, s'entêta Petrina. Vous étiez censés passer aujourd'hui. Je ne peux plus supporter de vivre comme ça !

– Je travaille pour la police, annonça Elinborg. Un crime a été commis dans la rue juste en dessous de la vôtre et on m'a dit que vous aviez vu quelqu'un en bas, devant votre maison.

– Un policier est déjà venu m'interroger ce matin, répondit Petrina. Pourquoi donc revenez-vous me voir ?

Et où est l'homme que la Compagnie de distribution d'énergie a promis de m'envoyer ?

– Je n'en sais rien, mais si vous voulez, je peux l'appeler pour vous.

– Il devrait être là depuis belle lurette.

– Peut-être qu'il va passer plus tard. Cela ne vous dérange pas si je vous demande ce que vous avez vu ?

– Ce que j'ai vu ? Qu'est-ce que j'ai vu ?

– D'après ce que vous avez déclaré à mon collègue ce matin, vous avez aperçu un homme qui passait dans cette rue la nuit de samedi à dimanche. Je me trompe ?

– J'ai essayé encore et encore de faire venir ces gens ici pour qu'ils sondent les murs, mais ils ne m'écoutent pas.

– Vos rideaux sont toujours tirés ?

– Évidemment, répondit Petrina en se grattant la tête.

Les yeux d'Elinborg avaient maintenant eu le temps de s'habituer à la pénombre des lieux et elle distinguait plus nettement le désordre de cet appartement meublé de vieilleries, dont les murs étaient décorés de tableaux encadrés et les tables couvertes de photos de famille. Sur l'une d'elles, on ne voyait que des jeunes. Elinborg supposa qu'il s'agissait des enfants, petits-enfants, neveux et nièces de Petrina. Les cendriers étaient tous pleins à ras bord et elle remarqua la présence de quelques brûlures ici et là sur la moquette de couleur claire. Petrina plongea la cigarette qu'elle venait de terminer dans l'un des cendriers. Elinborg fixait l'une des brûlures en se disant que la vieille femme avait dû laisser tomber plus d'un mégot par terre. Elle se demanda si elle ne ferait pas mieux de contacter les services sociaux. Petrina mettait sans doute en danger la vie de ses voisins autant que la sienne.

– Puisqu'ils restent toujours fermés, comment pouvez-vous voir la rue en contrebas ? interrogea Elinborg.

– Eh bien, je les ouvre, répondit Petrina en toisant l'enquêtrice comme s'il lui manquait une case. Que m'avez-vous dit que vous faisiez comme métier, déjà ?

– Je suis officier de police, répéta Elinborg, et je viens vous interroger sur un homme que vous affirmez avoir aperçu devant votre maison dans la nuit de samedi à dimanche. Vous vous souvenez ?

– Je ne dors pas beaucoup à cause de toutes ces ondes, voyez-vous. Alors je fais les cent pas en les attendant. Regardez mes yeux. Vous voyez ?

Petrina approcha son visage de celui d'Elinborg pour lui montrer son regard injecté de sang.

– Ce sont les ondes, voilà ce qu'elles font aux yeux. Saloperies d'ondes ! Sans parler de ce mal de tête permanent qu'elles me donnent.

– Ces maux de tête ne proviendraient-ils pas plutôt de la cigarette ? glissa poliment Elinborg.

– Donc, j'étais assise là, à la fenêtre et je les attendais, reprit Petrina en faisant comme si elle n'avait pas entendu la remarque. J'ai attendu toute la nuit et toute la journée de dimanche. D'ailleurs, j'attends encore.

– Et vous attendez quoi ?

– Enfin, les hommes de la Compagnie de distribution d'énergie, évidemment. Je croyais que c'étaient eux qui vous envoyaient.

– Bon, vous étiez assise à cette fenêtre et vous regardiez la rue. Vous pensiez qu'ils allaient venir en pleine nuit ?

– C'est que je n'ai aucune idée du moment où ils viendront. Enfin, j'ai aperçu l'homme dont je vous ai parlé ce matin. Je me suis dit que c'était peut-être la Compagnie de distribution d'énergie qui me l'envoyait, mais bon, il a passé son chemin. D'ailleurs, j'ai failli l'appeler.

– L'aviez-vous déjà vu passer ici avant cela ?

– Non, jamais.

– Pourriez-vous me le décrire avec plus de précision ?

– Il n'y a rien à décrire. Pourquoi vous intéresse-t-il ?

– Un crime a été commis dans le voisinage et il faudrait que je parvienne à le retrouver.

– Impossible, répondit Petrina, péremptoire.

– Et pourquoi donc ?

– Parce que vous ne savez pas qui c'est, s'offusqua Petrina, consternée devant la bêtise d'Elinborg.

– En effet, voilà pourquoi je vous demande de m'aider un peu. C'était un homme, n'est-ce pas ? Vous avez déclaré ce matin qu'il portait une veste de couleur sombre ainsi qu'un bonnet sur la tête. C'était une veste en cuir ?

– Non, ça je n'en sais rien. Enfin, il avait ce bonnet, c'est vrai. Je suppose qu'il était en laine.

– Vous avez remarqué quel type de pantalon il portait ?

– Il n'avait rien de particulier, répondit Petrina. C'était un de ces machins de sport avec les jambes qui s'ouvrent jusqu'aux genoux. Ça ne vaut même pas la peine d'en parler.

– Avez-vous vu s'il était en voiture ?

– Non, je n'ai remarqué aucune voiture.

– Et il était seul ?

– Oui, il était seul. Je n'ai fait que l'apercevoir, il a vite traversé la rue, même s'il boitait.

– Il boitait ? répéta Elinborg qui ne se souvenait pas avoir entendu ce détail dans le récit du policier qui avait interrogé Petrina plus tôt dans la journée.

– Oui, il était boiteux, ce pauvre diable, et il avait comme une antenne autour de la jambe.

– Et vous avez eu l'impression qu'il était pressé ?

– Ah ça, oui, sacrément. Mais bon, tout le monde passe rudement vite devant chez moi. Les ondes, comprenez-vous ! Il n'avait sûrement pas envie d'avoir des ondes plein la jambe.

– Vous dites qu'il avait une antenne autour de la jambe, comment ça ?

– Je n'en sais rien.

– Et il était très évident qu'il claudiquait ?

– Oui.

– Et qu'il ne voulait pas avoir des ondes plein la jambe ? Qu'entendez-vous par là ?

– Eh bien, c'est pour ça qu'il boitait. À cause de ces ondes massives. Il avait des ondes massives dans la jambe.

– Et vous les avez senties ?

Petrina hocha la tête.

– Au fait, qui m'avez-vous dit que vous étiez ? Vous ne travaillez pas à la Compagnie de distribution d'énergie, non ? Vous savez ce que je crois ? Vous voulez le savoir ? Tout ça, c'est à cause de cet uranium. De ces quantités astronomiques d'uranium qui nous tombent dessus dès qu'il pleut.

Elinborg sourit. Elle aurait mieux fait d'écouter le policier qui lui avait dit que ça ne valait sans doute pas le coup d'interroger plus longuement ce témoin. Elle remercia Petrina, la pria de l'excuser pour le dérangement, lui promit de contacter la Compagnie de distribution d'énergie et de pousser un peu ces gens à venir mesurer les ondes qui lui rendaient l'existence si pénible. Elle n'était toutefois pas certaine que les employés de cette entreprise étaient les personnes adéquates pour débarrasser la pauvre femme de ses maux de tête.

Les témoins n'étaient pas légion. Un homme d'une quarantaine d'années qui avait traversé à pied le quartier de Thingholt en rentrant à son domicile situé dans la rue Njardargata les avait contactés. En proie à une tenace gueule de bois, il avait tenu, tant que sa mémoire était encore fraîche, à les informer qu'il avait aperçu une femme seule à l'intérieur d'une voiture à l'arrêt. Elle était assise à la place du passager et il avait eu l'impression qu'elle s'efforçait de ne pas se faire remarquer. Il n'avait pas été à même d'en dire plus. Il avait donné le nom de la rue où le véhicule était stationné, et qui se trouvait à une certaine distance de la scène du crime. Il ne s'était pas senti capable de fournir une description précise de la femme, dont il avait toutefois noté qu'elle devait approcher la soixantaine et qu'elle portait un manteau. Il n'avait fourni aucune autre précision. Il ne se souvenait pas du véhicule, ni de la couleur, ni de la marque ; du reste, avait-il dit, il n'y connaissait rien en voitures.

5

Accompagné par le ronflement des hélices, le vol avait été aussi bref que confortable. Assise côté fenêtre comme à chaque fois qu'elle empruntait les lignes intérieures, Elinborg avait essayé de regarder le paysage, mais le temps nuageux de cette fin d'après-midi ne lui avait permis que par intermittences d'apercevoir une montagne, une vallée, une rivière qui serpentait sur la terre toute blanche. Plus elle avançait en âge, plus elle avait peur en avion, sans être capable d'en expliquer réellement le pourquoi. Dans sa jeunesse, un voyage dans les airs n'avait pas plus d'intérêt à ses yeux qu'un tour en voiture. Avec les années, elle avait développé cette phobie qu'elle mettait sur le compte de la maternité et des responsabilités accrues qu'elle avait dans l'existence. En général, elle préférait les vols intérieurs, même s'il y avait quelques exceptions à cette règle. Elle gardait en mémoire un voyage hivernal vers Isafjördur par un temps déchaîné, et qui avait ressemblé à la première partie d'un film catastrophe. Croyant sa dernière heure arrivée, elle avait fermé les yeux et passé en revue l'ensemble de ses prières jusqu'au moment où le train d'atterrissage s'était posé sur la piste verglacée. Alors, des passagers qui ne se connaissaient ni d'Ève ni d'Adam étaient tombés dans les bras les uns des autres. Quand elle se rendait à l'étranger, elle prenait bien garde à choisir une place côté couloir et à ne pas trop réfléchir à la manière dont cette lourde carlingue parvenait à s'élever dans les airs puis à s'y maintenir, bourrée de bagages et de passagers.

La police locale avait envoyé deux hommes l'accueillir à l'aéroport. Ensuite, ils étaient partis en voiture jusqu'au village de pêcheurs où résidait la mère de Runolfur. Un mince voile de neige recouvrait la terre, ce qui renforçait les jaunes et les rouges dont s'était parée la végétation. Silencieuse sur la banquette arrière, elle admirait les couleurs automnales sans parvenir à se concentrer sur la beauté de cette nature. Elle pensait à son fils Valthor. Elle ressentait à son égard une certaine mauvaise conscience et se demandait quelle attitude adopter. Environ un mois plus tôt, elle avait découvert par hasard qu'il tenait un blog sur Internet. Elle était entrée dans sa chambre pour y ramasser les vêtements qui traînaient par terre et elle avait vu sur l'écran de son ordinateur qu'il écrivait des choses sur lui-même et sur sa famille. Elle avait reculé d'un bond en l'entendant arriver et fait comme si de rien n'était en le croisant à la porte. Elle avait mentalement noté l'adresse de la page et, malgré les tiraillements de sa conscience, fini par se décider à l'entrer sur l'ordinateur de bureau installé dans la salle-télé. Elle avait eu l'impression de fourrer son nez dans les lettres intimes de son fils jusqu'au moment où elle avait compris que n'importe qui pouvait lire ces textes. Elle fut prise de sueurs froides en voyant à quel point il se dévoilait. Il n'avait jamais dit à ses parents ni même vaguement mentionné à la maison un seul mot des choses qu'il avait consignées là. La page abritait un certain nombre de liens vers d'autres blogs. Elinborg en ouvrit quelques-uns et constata que l'impudique journal de son fils Valthor était loin d'être une exception. On aurait dit que ces gens n'avaient pas la moindre retenue quand il s'agissait d'écrire sur eux-mêmes, leurs amis et leur famille, leurs activités et leurs agissements, leurs désirs, leurs sentiments, leurs opinions, en résumé, tout ce qui pouvait leur venir à l'esprit au moment où ils se retrouvaient face à leur ordinateur. Ils semblaient ne s'imposer aucune forme de censure. Ils racontaient absolument tout. Elinborg n'avait jamais pris le temps de se plonger dans des blogs à moins qu'ils ne concernent directement son travail et elle ne soupçonnait pas que ses propres enfants puissent en tenir un.

Elle avait plusieurs fois visité celui de Valthor depuis qu'elle l'avait trouvé. Elle y avait lu des choses à propos de la musique qu'il écoutait, des films qu'il avait vus, de ce qu'il faisait avec ses amis, de l'école, de la manière dont il envisageait ses études, de celle dont il percevait certains enseignants : en bref, de tout ce qu'il n'abordait jamais en famille. Il citait même Elinborg à propos d'un sujet plutôt épineux : il parlait de sa sœur surdouée en précisant qu'il était difficile de lui trouver un programme scolaire adapté parce que tous les cours de soutien étaient conçus pour les cancres, enfin, tels étaient les mots que Valthor prêtait à sa mère !

Elinborg avait été saisie d'une colère subite en voyant qu'il la citait sur le Net. Ce gamin n'avait pas le droit de colporter ainsi ses opinions à tous les vents. Par endroits, il citait également Teddi, mais cela concernait principalement leur passion commune : les voitures. Par ailleurs, le jeune homme avait rapporté une plaisanterie des plus douteuses, et qu'il avait attribuée à son père.

– Non mais, ça va vraiment pas, soupira-t-elle.

C'était toutefois sa vantardise dans un autre registre

qui avait le plus étonné Elinborg. Le blog affichait sans la moindre ambiguïté le succès que Valthor remportait auprès des jeunes filles. Ce n'était manifestement pas le fait du hasard si Elinborg avait trouvé un préservatif dans la poche de son jeans. Il passait son temps à mentionner des filles qu'il connaissait et à raconter en détail des soirées, des bals au lycée, des virées au cinéma et des nuits à la belle étoile dont Elinborg ignorait absolument tout. Sous la rubrique *Commentaires*, apparaissaient les réactions à ses écrits et Elinborg avait cru saisir qu'au moins deux, si ce n'étaient trois de ses amies se disputaient âprement le trésor.

La voiture passa le long d'un bosquet qui avait pris de jolies couleurs d'automne et Elinborg maudit à voix basse la seule pensée du blog de Valthor.

– Excusez-moi, vous disiez ? s'enquit le policier assis au volant.

Le second était à la place du passager et semblait s'être assoupi. Ils lui avaient communiqué quelques renseignements sur la mère de Runolfur et sur le village où elle habitait, puis ils avaient gardé le silence tout le reste du trajet.

– Rien, pardonnez-moi, j'ai un petit rhume, répondit Elinborg en attrapant un mouchoir dans son sac. Y a-t-il une antenne de la police dans cet endroit ?

– Non, nous n'en avons pas les moyens financiers. Tout coûte cher. Mais il ne se passe jamais rien là-bas, en tout cas, rien d'important.

– C'est encore loin ?

– Une demi-heure, répondit le conducteur.

Puis ils se turent jusqu'à la fin du voyage.

La mère de Runolfur vivait dans l'une des deux rangées de maisons jumelées que comptait le village.

Elle attendait la visite de la police et accueillit Elinborg sur le pas de sa porte, avec un air las et morne. Elle laissa la porte ouverte et retourna à l'intérieur de la maison sans même la saluer. Elinborg franchit le seuil et referma derrière elle. Elle tenait à s'entretenir en tête à tête avec cette femme.

Le jour commençait à décliner. La météo nationale avait annoncé des averses de neige pour la fin de l'après-midi. Quelques rayons de soleil traversèrent les épais nuages l'espace d'un instant et illuminèrent le salon avant de s'évanouir. La pénombre revint d'un coup. La femme s'installa dans le fauteuil orienté vers le poste de télévision. Elinborg prit place sur le canapé.

– Je ne veux pas connaître les détails, observa la mère de Runolfur dont Elinborg connaissait le prénom : Kristjana. Le pasteur m'en a assez dit. J'ai renoncé à suivre les informations. Il y était question d'une agression sauvage à l'arme blanche. Je préfère ne pas avoir de détails.

– Je vous présente toutes mes condoléances, déclara Elinborg.

– Je vous en remercie.

– Cette nouvelle a évidemment été un choc pour vous.

– Je ne suis même pas capable de vous dire ce que je ressens, observa Kristjana. Quand mon mari est mort, cela m'a semblé incompréhensible, mais cette… cette chose-là… c'est…

– N'y a-t-il personne qui pourrait rester un peu à vos côtés ? interrogea Elinborg, voyant que la femme ne terminait pas sa phrase.

– Nous l'avons eu sur le tard, répondit Kristjana, comme si elle n'avait pas entendu la question. J'avais presque quarante ans. Baldur, mon mari, en avait quatre de plus. Nous nous sommes rencontrés alors que nous avions une certaine maturité. J'avais déjà vécu en concubinage et Baldur avait perdu sa femme. Ni l'un ni l'autre nous n'avions d'enfant. Voilà pourquoi Runolfur était… Enfin, nous n'en avons pas eu d'autre.

– Je sais que la police d'ici vous a déjà posé cette question quand elle est venue vous annoncer son décès, mais je voudrais vous la poser une nouvelle fois : connaissez-vous quelqu'un qui aurait pu lui vouloir du mal ?

– Non, je l'ai déjà dit. Je suis incapable de m'imaginer que quiconque ait pu vouloir lui faire du mal. Je n'arrive tout simplement pas à comprendre qu'une personne ait pu faire une chose pareille. Je crois que cette chose est arrivée à Runolfur comme n'importe quel accident, comme il vous arrive un accident de la route. C'est comme ça que Baldur est parti. Ils m'ont dit qu'il s'était probablement endormi au volant. Le pauvre homme qui conduisait le camion a raconté qu'il avait cru voir que mon mari avait les yeux fermés. Je ne me suis pas apitoyée sur mon sort, même si je me suis retrouvée toute seule. Il ne faut pas se plaindre.

Kristjana se tut. Elle prit l'un des mouchoirs dans la boîte posée sur la table à côté d'elle et le serra entre ses doigts.

– On ne peut pas passer sa vie à s'apitoyer sur son sort, répéta-t-elle.

Elinborg observait ces mains usées qui serraient le papier, ces cheveux noués en queue de cheval, ces yeux vifs. On lui avait dit que Kristjana avait environ soixante-dix ans et qu'elle avait passé sa vie entière dans ce lieu reculé. Les policiers qui l'avaient accompagnée lui avaient expliqué qu'elle était connue pour n'avoir jamais mis les pieds à Reykjavik où elle affirmait n'avoir rien à faire et ce, même si son fils y vivait depuis plus de dix ans. Une brève investigation avait révélé qu'il ne lui rendait que rarement visite, en réalité, presque jamais. Une foule de gens avait quitté la région au cours des décennies précédentes, tout comme le fils de Kristjana. Elinborg avait l'impression que, d'une certaine manière, cette femme était restée figée dans l'espace et le temps. Son univers n'avait pas changé tandis que l'Islande s'était radicalement transformée. Dans ce sens, Kristjana lui rappelait Erlendur, qui n'était jamais parvenu à se débarrasser de son passé, qui d'ailleurs ne le désirait pas, qui pensait selon d'anciens schémas et agissait en vertu de principes antiques, rivé qu'il était à des valeurs qui, peut-être, disparaissaient à toute vitesse sans que quiconque le remarque ou ne le regrette.

Comment allait-elle donc pouvoir parler à cette femme de la drogue du viol qu'on avait découverte dans la poche de son fils ?

– À quand remontent les dernières nouvelles que vous avez eues de lui ? demanda-t-elle.

Kristjana hésita, comme si elle était forcée de se creuser la tête afin de chercher la réponse à une question pourtant évidente.

– Disons, à un peu plus d'un an, déclara-t-elle finalement.

– Plus d'un an ? s'étonna Elinborg.

– Il ne m'appelait pas très souvent, observa Kristjana.

– Certes, mais vous n'aviez réellement aucune nouvelle de lui depuis plus d'un an ?

– Non.

– À quand remonte votre dernière rencontre ?

– Il est passé ici il y a trois ans, il s'est arrêté très brièvement, à peine une heure. Il n'a parlé à personne d'autre qu'à moi. Il m'a dit qu'il passait dans le coin, mais qu'il était pressé. J'ignore où il allait, d'ailleurs, je ne lui ai pas posé la question.

– Vos relations n'étaient pas bonnes ?

– Non, cela n'a rien à voir. C'est juste qu'il ne recherchait pas spécialement ma compagnie, répondit Kristjana.

– Et vous, il ne vous arrivait jamais de l'appeler ?

– Il passait son temps à changer de numéro. J'ai fini par renoncer. De plus, comme il ne manifestait pas plus d'intérêt que ça, je ne voulais pas l'importuner. Cela ne me dérangeait pas de le laisser tranquille.

Il y eut un long silence.

– Savez-vous qui lui a fait ça ? interrogea enfin Kristjana.

– Nous n'en avons aucune idée, répondit Elinborg. L'enquête n'en est qu'à son début, par conséquent...

– Et il se pourrait qu'elle soit longue, n'est-ce pas ?

– Probablement. Si je comprends bien, vous ne saviez pas grand-chose de sa vie privée, de ses amis, des femmes qu'il fréquentait ou...

– Non, je ne savais pratiquement rien, en effet. Il vivait avec une femme ? Ce n'était pas le cas la dernière fois que nous avons discuté tous les deux. C'était l'un des sujets que j'abordais avec lui. Je lui demandais s'il n'allait pas finir par se marier, fonder une famille et tout ça. Il ne me répondait pas grand-chose, il se disait sans doute que je radotais.

– Nous pensons qu'il vivait seul, précisa Elinborg. Son propriétaire n'a jamais remarqué qu'il ait habité avec quelqu'un. Avait-il conservé des amis au village ?

– Ils ont tous déménagé. Les jeunes partent. Il n'y a rien de neuf. On parle de fermer l'école et d'emmener les gamins en car jusqu'au village voisin. Ici, tout est marqué par la mort. Peut-être devrais-je m'en aller moi aussi. Partir vers cette merveilleuse Reykjavik. Je n'ai jamais mis les pieds là-bas et je n'en ai aucune intention. On ne voyageait pas tant que ça, dans le temps, et la vie a voulu que je n'y aille pas. Quand j'ai eu cinquante ans, c'est même devenu une sorte de défi. Et ça ne me dérange pas, je ne me sens pas privée. Je n'ai jamais rien eu à faire là-bas. Rien du tout. Mais vous, vous y avez peut-être grandi ?

– En effet, observa Elinborg. D'ailleurs, je m'y plais beaucoup et je comprends les gens qui viennent s'y installer. Votre fils n'avait gardé contact avec personne ici ?

– Non, répondit Kristjana sans l'ombre d'une hésitation, pas que je sache.

– A-t-il eu des problèmes au village, des démêlés avec la justice, s'est-il fait des ennemis ?

– Ici ? Absolument pas. Je n'ai pas su grand-chose de lui après son départ. Comme je viens de vous le dire, je ne connaissais pas assez l'existence qu'il menait pour répondre à ce genre de questions. Malheureusement. Il était comme il était.

Elle fixa intensément Elinborg.

– Que sait-on de ce que deviennent nos enfants ? En avez-vous ?

Elinborg hocha la tête.

– Que savez-vous de ce qu'ils trafiquent ? observa Kristjana.

Elinborg pensa à Valthor.

– Que sait-on de ce à quoi ils s'occupent ? poursuivit-elle. Je sais évidemment que ce n'est pas dans l'air du temps de dire ce genre de choses, mais je ne connaissais pas bien mon fils, j'ignorais ses activités quotidiennes, je ne savais rien de ce qu'il pensait. Sous bien des rapports, il m'était inconnu et incompréhensible. Je suppose que je ne suis pas une exception. Les enfants quittent la maison et petit à petit, ils vous deviennent étrangers, sauf...

Kristjana avait mis le mouchoir en pièces entre ses doigts.

– Il faut être solide, reprit-elle. J'ai appris ça très vite, dans mon jeune temps. Il ne faut pas s'apitoyer sur son sort. Je suppose que je serai assez forte pour traverser cette épreuve comme toutes les autres.

Elinborg pensa au Rohypnol. Quand on en trouvait dans la poche d'un jeune homme sorti s'amuser et rentré à la maison en compagnie d'une femme, la situation était plutôt limpide.

– À l'époque où il vivait ici, poursuivit-elle en s'approchant lentement du sujet, a-t-il fréquenté des jeunes femmes ?

– Je n'en sais rien, s'agaça Kristjana. Quelle question ! Des femmes ? Comment voulez-vous que je sache s'il fréquentait des femmes ? Pourquoi me demandez-vous ça ?

– Ne pourriez-vous pas me renvoyer vers des personnes qu'il connaissait, ici au village, et que je pourrais interroger ? continua calmement Elinborg.

– Répondez-moi ! Pourquoi me posez-vous des questions concernant ses conquêtes féminines ?

– Nous ignorons tout de lui, mais...

– Mais... ?

– Il est possible qu'il ait utilisé des techniques inhabituelles, précisa Elinborg, en ce qui concerne... justement... les femmes.

– Comment ça, des techniques inhabituelles ?

– De la drogue.

– De la drogue, quel genre de drogue ?

– On appelle parfois ce type de produits « drogue du viol ».

Kristjana la dévisagea.

– Il est également possible qu'il se soit contenté d'en vendre, mais nous n'excluons pas l'autre hypothèse. Nous pouvons évidemment nous tromper. Nous n'avons encore que bien peu d'éléments. Nous ignorons pourquoi il avait ces produits dans sa poche au moment où on a découvert son corps.

– De la drogue du viol, répéta Kristjana.

– Elle porte le nom de Rohypnol. Elle affaiblit la victime, l'endort et lui fait perdre la mémoire. Nous préférons que vous soyez au courant. C'est le genre d'information qui filtre facilement dans les journaux.

L'averse de neige s'abattit sur la maison avec une telle violence qu'elle bouchait la vue aux fenêtres, la pénombre était encore plus présente. Kristjana demeura un long moment silencieuse.

– Je ne vois pas pourquoi il aurait eu ce genre de choses sur lui, observa-t-elle enfin.

– Non, bien sûr que non.

– Cela ne s'arrêtera donc jamais !

– Je comprends combien c'est éprouvant pour vous.

– Maintenant, je me demande ce qui est le pire.

– Comment ça ?

Kristjana observait la neige qui tombait à la fenêtre du salon.

– Qu'il ait été assassiné ou qu'il ait commis un viol.

– Nous ne sommes pas certains qu'il se soit rendu coupable de cette chose-là, corrigea Elinborg.

Kristjana la fusilla du regard.

– Non, vous n'êtes jamais sûrs de rien.

6

Elinborg dut passer la nuit sur place. Elle trouva une chambre spacieuse dans une petite pension située sur la hauteur à l'orée du village, appela Sigurdur Oli pour lui rendre compte de son entrevue avec Kristjana, qui ne lui avait pas appris grand-chose. Elle téléphona à Teddi qui s'était arrêté dans une chaîne de restauration rapide pour y acheter le dîner et discuta avec Theodora. La petite tenait absolument à lui parler d'une excursion que les scouts prévoyaient de faire d'ici deux semaines au lac d'Ulfljotsvatn. Elles conversèrent un long moment toutes les deux. Les garçons étaient absents, partis au cinéma. Elinborg s'adressa la réflexion qu'elle pourrait d'ici peu lire le compte rendu de leur expédition.

Non loin de la pension se trouvait un établissement qui avait toutes les fonctions possibles : brasserie, magasin d'alimentation, bar des sports, location de vidéo et même pressing ! Au moment où elle y entra, elle crut voir un homme tendre son linge par-dessus le comptoir en disant qu'il aimerait bien récupérer tout ça pour jeudi. Le menu offrait tout ce à quoi on pouvait s'attendre : sandwichs, hamburgers, frites et sauce cocktail, steak d'agneau et poisson frit. Elinborg paria sur le poisson. Seules deux des tables étaient occupées. Trois hommes sirotaient leur bière à l'une d'elles tout en regardant le foot sur l'écran plat fixé au mur. À l'autre, un couple âgé, des touristes tout comme elle, dégustait du poisson frit.

Theodora commençait à lui manquer ; elle ne l'avait pas vue depuis deux jours. Elinborg ne pouvait s'empêcher de sourire en pensant à sa fille qui formulait parfois de si étonnantes remarques sur l'existence. Elle s'exprimait dans une langue très soignée, ce qui lui conférait un charme suranné. C'est pourquoi elle craignait que les autres gamins ne se moquent d'elle à l'école, mais ses inquiétudes ne semblaient pas justifiées. « Pourquoi a-t-il donc cet air de bonnet de nuit ? » avait-elle observé en parlant d'un présentateur télévisé éteint. « C'est amusant », observait-elle lorsqu'elle lisait quelque chose de drôle dans les journaux. Elinborg s'imaginait que cette façon de parler était due à sa fréquentation des livres.

Le poisson n'était pas mauvais et le pain bien frais qui l'accompagnait vraiment exceptionnel. Elle laissa de côté les frites, elle n'avait jamais aimé ça et demanda s'ils faisaient de l'expresso quand elle eut terminé son repas. La serveuse, une femme sans âge qui s'occupait également de la cuisine, fabriquait le pain, remettait les vidéos aux clients et lavait le linge, ne tarda pas à lui apporter comme par magie un expresso tout à fait convenable qu'elle dégusta tout en pensant à ses terres cuites à tandoori et aux épices pour concocter les plats du même nom. La porte de l'établissement s'ouvrit. Quelqu'un venait regarder le rayon vidéo.

Elle se creusait la tête à propos du vêtement trouvé dans l'appartement de Runolfur. Sa présence n'indiquait pas nécessairement qu'il ait été en galante compagnie au moment de l'agression ; cela ne signifiait pas non plus que c'était une femme qui était la coupable. On pouvait envisager que ce châle ait traîné sous le lit depuis plusieurs jours. Pourtant, il était difficile de fermer les yeux sur le fait que Runolfur avait sans doute eu recours à la drogue du viol ce soir-là, qu'une femme l'avait peut-être suivi jusque chez lui et que quelque chose s'était produit entre eux, qui avait conduit à cette sauvage agression. Les effets du produit s'étaient dissipés, la femme était revenue à elle et avait pris ce qui lui tombait sous la main. L'arme du crime, un couteau, n'avait pas été retrouvée dans l'appartement et l'agresseur n'avait laissé derrière lui aucun indice autre que celui, évident, de la colère et de la haine sans bornes qu'il vouait à la victime.

Si Runolfur avait effectivement violé la propriétaire de cette étole et que celle-ci s'en était ensuite prise à lui, en quoi cet élément pouvait-il être utile à la police ? À quel endroit cette pièce de tissu avait-elle été achetée ? La police irait la montrer dans les magasins, mais le vêtement ne semblait pas franchement neuf et il n'était pas sûr qu'il les mène où que ce soit. Celle qui le portait mettait du parfum : pour l'instant, ils ignoraient encore lequel, mais ce n'était qu'une question de temps et on irait enquêter auprès des commerçants qui le proposaient à la vente. Il se dégageait également du tissu une forte odeur de tabac, probablement due à la fréquentation des bars et discothèques : on pouvait par ailleurs imaginer que sa propriétaire fumait. Runolfur avait un peu plus de trente ans. La femme qu'il avait rencontrée devait être à peu près du même âge. C'était une brune aux cheveux courts, ceux qui avaient été trouvés sur les lieux du crime l'étaient également.

On pouvait penser qu'elle travaillait dans un restaurant de spécialités indiennes. Elinborg était assez familière de cette cuisine, elle avait publié un livre avec quelques recettes de ce type, accompagnées de beaucoup d'autres, et qui s'intitulait *Des feuilles et des lys*. Elle s'était intéressée à cette cuisine-là et se pensait assez bien documentée. Elle possédait deux jeux de terres cuites indiennes destinées à la confection de ces plats. En Inde, on plaçait le récipient dans la terre et on le chauffait à l'aide de charbon de bois afin de s'assurer que la viande soit cuite de façon homogène et à une température très élevée. Elinborg avait parfois enterré ses terres cuites dans son jardin, mais en général, elle se contentait de les mettre au four ou de les placer sous des charbons de bois dans un vieux barbecue. C'était surtout la marinade qui faisait la différence pour les papilles. Elinborg mélangeait toutes sortes d'épices en quantité précise et selon son goût dans du yaourt nature : si elle voulait que le plat prenne une couleur rouge, elle prenait des graines d'annate en poudre et si elle le préférait jaune, elle utilisait du safran. En général, elle s'amusait avec un mélange de piment de Cayenne, de coriandre, de gingembre et d'ail en plus du *garam masala* qu'elle confectionnait à partir de cardamome, de cumin, de cannelle, d'ail et de poivre noir séchés ou grillés qu'elle relevait d'un soupçon de muscade. Elle s'était également essayée à y incorporer quelques plantes aromatiques issues de la flore islandaise avec des résultats assez concluants en utilisant par exemple du thym arctique, des racines d'angélique, des feuilles de pissenlit et du céleri des montagnes. Elle enduisait la viande, le plus souvent du porc ou du poulet, avec la marinade et laissait ensuite reposer pendant quelques heures avant de la placer dans son plat en terre cuite.

Parfois, quelques gouttes du mélange tombaient sur les charbons incandescents et on percevait encore plus clairement la forte odeur de tandoori qu'elle avait sentie dans ce châle. Elle s'imaginait que sa propriétaire travaillait dans le domaine de la cuisine indienne, mais il était également possible que, tout comme elle, elle se passionne pour les cuisines venues d'Extrême-Orient et peut-être plus spécialement pour le tandoori. Peut-être possédait-elle aussi une terre cuite et l'ensemble des épices qui rendaient ces plats à ce point irrésistibles.

Le couple âgé avait quitté les lieux et les trois hommes était partis dès la fin de leur match de football. Elinborg s'attarda encore un moment avant de se lever pour aller régler sa note à la femme derrière le comptoir qu'elle remercia pour ce succulent repas. Elles discutèrent du pain qu'Elinborg avait trouvé délicieux et l'hôtesse se permit de lui demander ce qui l'amenait au village. Elle le lui dit.

— Il était à l'école primaire avec mon fils, observa l'hôtesse.

À l'étroit dans son débardeur noir, elle avait des bras bien en chair et une opulente poitrine sous son grand tablier.

— Ça m'a fait froid dans le dos, ajouta-t-elle en précisant qu'elle avait appris la découverte de son corps aux informations.

Le nom de Runolfur était sur toutes les lèvres.

— Vous le connaissiez peut-être ? s'enquit Elinborg.

Elle jeta un œil à la fenêtre : il s'était remis à neiger.

— Ici, tout le monde se connaît. Runolfur était un garçon comme les autres, peut-être un peu difficile. Il a quitté le village à la première occasion, comme la plupart des jeunes. Je n'ai pas grand-chose à dire de lui. Je sais que Kristjana se montrait assez dure. Elle avait la main leste quand il faisait des bêtises. C'est une sacrée bonne femme. Elle a travaillé à l'usine de poisson jusqu'à ce qu'ils mettent la clef sous la porte.

– Avait-il conservé quelques amis ici ?

La femme aux bras charnus s'accorda un instant de réflexion.

– Ils sont tous partis, enfin, je crois. La population a diminué de moitié en à peine dix ans.

– Je comprends, observa Elinborg. Eh bien, je vous remercie.

Elle s'apprêtait à sortir quand son regard se posa sur un présentoir où des cassettes vidéo voisinaient avec quelques DVD, dans le recoin près de la porte. Elinborg ne regardait que peu de films, et le faisait surtout quand ses fils rentraient à la maison avec quelque chose d'intéressant. Elle laissait de côté les policiers et n'avait que peu d'indulgence pour les romances. Les comédies convenaient mieux à son caractère. Theodora partageait ses goûts et parfois, elles louaient toutes les deux des films comiques pendant que Teddi et les garçons regardaient des films d'action.

Elinborg parcourut le présentoir et tomba sur un ou deux titres qui lui disaient vaguement quelque chose. Une jeune fille d'une vingtaine d'années en quête d'un film lui lança un regard et la salua.

– Vous êtes le flic de Reykjavik ? demanda-t-elle.

Elinborg supposa que la nouvelle de son arrivée s'était répandue comme une traînée de poudre.

– Oui, répondit-elle.

– Il y en a un ici qui le connaissait, annonça son interlocutrice.

– Le connaissait ? Vous voulez dire… ?

– Runolfur. Il s'appelle Valdimar, c'est le propriétaire du garage.

– Et vous, comment vous appelez-vous ?

– Moi ? Je suis juste venue ici pour louer un film, répondit-elle en passant devant Elinborg pour sortir.

Elinborg affronta l'averse de neige et trouva un petit garage situé tout au nord du village. Une clarté faiblarde filtrait par la porte coulissante à demi ouverte du bâtiment presque vétuste. Le nom du garage était effacé de l'écriteau accroché au-dessus de la porte menant à l'accueil. Elinborg eut l'impression que quelqu'un y avait tiré un coup de fusil. Elle traversa le bureau pour entrer dans l'atelier. Un homme d'une trentaine d'années apparut à l'arrière d'un imposant tracteur. Il portait une casquette de hand-ball élimée sur la tête et un bleu de travail dont la couleur sombre avait viré au noir tant il était crasseux. Elinborg déclina son identité et sa qualité. L'homme serrait une pièce poisseuse entre ses doigts quand il la salua et il hésitait à lui tendre la main. C'était un échalas, maigre au point d'en être presque ridicule.

– J'ai appris que vous étiez ici, précisa-t-il. Pour Runolfur.

– J'espère ne pas vous importuner, répondit Elinborg en regardant sa montre qui indiquait presque vingt-trois heures.

– Vous ne me dérangez absolument pas, rassura Valdimar. Je m'occupe juste de ce tracteur. Je n'ai rien d'autre à faire. Vous désiriez me parler de Runolfur ?

– On m'a dit que vous étiez amis quand il vivait au village, aviez-vous gardé des contacts avec lui ?

– Non, très peu après son départ. Je lui ai rendu visite une fois quand je suis allé à Reykjavik.

– Vous ne connaissez personne qui aurait pu lui en vouloir ?

– Non, absolument pas et, comme je viens de vous le dire, je n'avais plus aucun contact avec lui. Il y a

59

des années que je ne suis pas allé à Reykjavik. J'ai lu dans la presse qu'on lui avait tranché la gorge.

– C'est exact.

– Savez-vous pour quelle raison ?

– Non, nous n'avons que peu d'éléments pour l'instant. Je suis venue ici pour interroger sa mère. Dites-moi, quel genre de garçon c'était ?

Valdimar reposa la pièce, ouvrit sa thermos de café et versa la boisson brûlante au fond d'une tasse. Il lança un regard à Elinborg comme pour lui en proposer, mais elle déclina son offre.

– Ici, tout le monde se connaît, évidemment, répondit-il. Il était un peu plus âgé que moi, nous n'avons donc pas vraiment joué ensemble étant gamins. Il était plutôt calme par rapport à certains d'entre nous qui ont grandi ici. Enfin, il recevait peut-être aussi une éducation plus stricte que la nôtre.

– Mais vous étiez amis ?

– Non, on ne peut pas aller jusque-là, disons plutôt qu'on se connaissait bien. Il est parti d'ici très jeune. Les choses changent, même dans un petit village comme le nôtre.

– Il a déménagé pour aller au lycée, ou… ?

– Non, il est simplement parti travailler à Reykjavik. Il en avait toujours eu envie, il répétait constamment qu'il irait dès qu'il en aurait l'occasion. Et même qu'il partirait à l'étranger. Il ne voulait pas gâcher sa vie ici. Il disait que c'était un endroit de merde. Moi, je n'ai jamais trouvé que c'était un village de merde, je m'y suis toujours senti bien.

– Est-ce qu'il s'intéressait aux bandes dessinées et aux histoires de super-héros ?

– Pourquoi cette question ?

– Parce que nous avons trouvé chez lui des éléments qui l'indiquent, expliqua Elinborg sans décrire les affiches de films ni les statuettes présentes dans l'appartement de Runolfur.

– Je ne peux pas vous dire, je n'ai jamais remarqué ça à l'époque où il vivait ici.

– On m'a raconté que sa mère était une sacrée bonne femme et vous avez fait allusion à une éducation stricte.

– Il ne lui en fallait pas beaucoup pour s'emporter, répondit Valdimar.

Il trempa prudemment ses lèvres dans son café et attrapa un gâteau sec dans sa poche pour l'y plonger.

– Elle avait ses méthodes bien à elle pour l'éduquer. Je ne l'ai jamais vue lever la main sur lui, mais il m'a confié qu'elle n'hésitait pas. Enfin, il n'en parlait pas, il ne m'a dit ce genre de chose qu'une seule fois. C'était sans doute un sujet embarrassant pour lui, je suppose qu'il en avait honte. Ils ne se sont jamais bien entendus. Elle n'utilisait pas les bonnes méthodes. Elle était mal embouchée et avait l'habitude de l'humilier devant nous.

– Et son père ?

– C'était plus ou moins un pauvre type. Il n'a jamais été bien vaillant.

– Il est mort dans un accident.

– Cela ne remonte qu'à quelques années. Runolfur avait déjà déménagé à Reykjavik.

– Avez-vous une idée de la raison pour laquelle il a connu ce destin ?

– Non, je n'en sais rien. C'est simplement tragique, c'est terrible de voir de telles choses se produire.

– Aviez-vous connaissance de femmes dans sa vie ?

– De femmes ?

– Oui.

– À Reykjavik ?

– Ou de façon générale.

– Non, je ne sais rien là-dessus. Il s'agit d'une histoire de femmes ?

– Non, répondit Elinborg. Enfin, nous l'ignorons. Nous ne savons pas du tout ce qui a pu se passer.

Valdimar reposa son café et prit une clef à tube dans sa caisse à outils. Il semblait ne jamais être pressé, ses mouvements étaient lents et mesurés. Il attrapa un écrou dans une autre caisse, chercha jusqu'à trouver la taille adéquate. Elinborg regardait le tracteur. Il n'y avait probablement aucune raison de céder à la précipitation dans ce garage. Et pourtant, cet homme était encore au travail à cette heure tardive.

– Mon compagnon est mécanicien, annonça-t-elle.

La chose lui avait échappé avant même qu'elle n'ait eu le temps de s'en rendre compte. En général, elle ne racontait rien de personnel aux inconnus, mais il faisait bon dans l'atelier et cet homme était avenant, il inspirait confiance, il était sympathique. En outre, la neige au-dehors avait redoublé d'intensité. Elle ne connaissait personne dans ce village et sa famille lui manquait.

– Eh bien, observa Valdimar, je suppose qu'il a aussi les mains toutes noires, non ?

– Je le lui interdis, répondit Elinborg avec un sourire. Je crois bien qu'il a été l'un des premiers mécaniciens d'Islande, si ce n'est de la planète, à porter des gants.

Valdimar baissa les yeux sur ses mains crasseuses. Elle remarqua de vieilles blessures sur le dos de sa main et sur ses doigts dont elle savait, vivant avec Teddi, qu'elles étaient le signe qu'il avait dû lutter avec des pièces rétives. Il n'avait pas toujours été suffisamment concentré sur ce qu'il faisait, l'effort avait été trop intense ou alors, l'outil était usé.

– Il doit falloir une femme pour ça, commenta-t-il.

– Je lui achète aussi des crèmes qui font des prodiges, reprit Elinborg. Mais vous, vous n'avez pas voulu partir comme tout le monde ?

Elle remarqua que Valdimar tentait de réfréner un sourire.

– Je ne vois pas le rapport avec toute cette histoire, objecta-t-il.

– En effet, c'est juste une question que j'avais envie de vous poser, précisa Elinborg, presque gênée.

L'homme produisait cet effet sur elle, il semblait tellement entier, honnête et humble.

– J'ai toujours vécu ici et je n'ai jamais eu la moindre envie de déménager, répondit-il. Je n'aime pas trop le changement. Je suis allé quelquefois à Reykjavik et ce que j'y ai vu ne m'a pas séduit. Toute cette course pour attraper le vent, tout cet argent dépensé dans des objets inertes et sans âme, de plus grandes maisons, de plus belles voitures. C'est tout juste si les gens parlent encore notre langue, ils passent leur temps à traîner dans les chaînes de restauration rapide et à engraisser. Je ne suis pas sûr que tout ça soit très islandais. Je crois que nous sommes en train de nous noyer dans de mauvaises habitudes importées de l'étranger.

– J'ai un ami qui pense un peu comme vous.

– Il a bien raison.

– Évidemment, vous avez votre famille ici, glissa Elinborg.

– Je ne suis pas très famille, répondit Valdimar, soudain disparu derrière son tracteur. Je ne l'ai jamais été et ce n'est pas maintenant que ça va changer.

– On ne sait jamais, s'enhardit Elinborg.

L'homme leva les yeux de sa tâche.

– Vous aviez besoin de savoir autre chose ? interrogea-t-il.

Elinborg sourit et secoua la tête. Elle le pria de l'excuser du dérangement puis ressortit sous la neige.

Quand elle rentra à la pension, elle croisa la femme qui l'avait servie au restaurant. Cette dernière n'avait pas encore ôté son tablier. Le prénom « Lauga » était inscrit sur son petit badge. Étant donné qu'elle sortait du bâtiment, Elinborg se fit la réflexion qu'elle possédait peut-être aussi des parts dans cette entreprise. Le terme de « fusion » lui vint aussitôt à l'esprit.

– On m'a dit que vous étiez allée interroger Valdi, déclara Lauga tandis qu'elle lui tenait la porte. Vous a-t-il appris quelque chose ?

– Très peu, répondit Elinborg, étonnée de la rapidité avec laquelle le détail de ses pérégrinations se répandait dans le village.

– En effet, il n'est pas très doué pour la conversation, mais c'est un gentil garçon.

– Il semble qu'il passe pas mal de temps à travailler, il s'est remis à la tâche quand je l'ai quitté.

– Il n'a pas grand-chose d'autre à faire, précisa Lauga. Et c'est sa passion, depuis toujours. Il bichonnait son tracteur, n'est-ce pas ?

– En effet.

– Je crois bien qu'il est dessus depuis dix ans. Je n'ai jamais vu un engin agricole recevoir autant d'attentions. Il le traite comme si c'était un animal de compagnie. D'ailleurs, c'est de là qu'il tient son sobriquet : les gens d'ici le surnomment Valdi Ferguson.

– Ah oui ? Eh bien, je dois repartir pour Reykjavik assez tôt demain matin, alors…

– Bien sûr, veuillez m'excuser, je n'avais pas l'intention de vous tenir la jambe toute la nuit.

Elinborg lui adressa un sourire et promena son regard sur le village désert qui s'évanouissait peu à peu sous la neige.

– Je suppose que le taux de criminalité n'est pas très élevé dans les parages, observa-t-elle tandis que Lauga refermait la porte de la pension.

– Non, c'est le moins qu'on puisse dire, répondit-elle avec un sourire. Il ne se passe jamais rien ici.

Elinborg se serait endormie dès le moment où elle avait posé sa tête sur l'oreiller si son esprit n'avait pas été maintenu en éveil par un détail qui l'interpellait et dont la signification lui échappait, pour peu qu'il en ait une. La jeune fille qu'elle avait croisée par hasard devant le présentoir de cassettes vidéo lui avait parlé en chuchotant d'une voix très basse, un peu comme si elle ne voulait pas que quiconque puisse entendre leur brève conversation.

7

Elinborg atterrit à Reykjavik le lendemain vers midi. Accompagnée d'une professionnelle de l'accueil d'urgence pour les victimes de viols, elle se rendit directement chez la jeune femme retrouvée sur Nybylavegur, et qui avait probablement été droguée par son agresseur. La spécialiste, prénommée Solrun, avait dans les quarante ans ; Elinborg la connaissait assez bien pour avoir plusieurs fois travaillé avec elle. Elles discutèrent du nombre croissant de viols sur lesquels la police était amenée à enquêter. Ce type d'agressions variait en quantité d'une année sur l'autre : parfois, on en comptait vingt-cinq et, l'année suivante, elles atteignaient le chiffre de quarante-trois. Elinborg se tenait au courant des statistiques, elle savait qu'environ soixante-dix pour cent des viols étaient commis dans le cercle privé et que la moitié des victimes connaissaient leurs agresseurs. Les cas où des inconnus s'en prenaient spontanément à des femmes étaient en augmentation, même si leur nombre demeurait limité : entre cinq et dix par an. Les plaintes déposées pour ce type de violences étaient loin d'être systématiques, mais il arrivait souvent que plus d'un homme soit impliqué. Chaque année, on recensait entre six et huit cas où on supposait que la victime avait été droguée avec cette saleté de produit.

– Tu en as discuté avec elle ? interrogea Elinborg.

– Oui, elle nous attend, répondit Solrun. Elle est encore très mal. Elle est revenue chez ses parents et préfère ne parler à personne, elle se referme complètement. Elle consulte un psychologue deux fois par semaine et je l'ai également orientée vers un psychiatre. Il lui faudra du temps pour se remettre.

– Elle est sans doute très perturbée.

– Plutôt, oui.

– Et je suppose que le mépris que la justice affiche envers ces femmes n'est pas fait pour arranger les choses, observa Elinborg. Ici en Islande, quand ils sont condamnés, les violeurs passent en moyenne un an et demi en prison. C'est triste de voir que ces hommes peuvent se comporter comme des bêtes sauvages sans écoper d'une peine digne de ce nom.

La mère de la jeune femme les accueillit à la porte et les conduisit au salon. Le père n'était pas encore rentré, mais il ne tarderait plus. La maîtresse de maison s'éclipsa pour informer sa fille de leur arrivée. Elles entendirent l'écho d'une brève dispute, puis la mère et la fille apparurent dans la pièce. Elinborg avait entendu la victime protester et dire qu'elle ne voulait pas de ça, qu'elle refusait de parler une nouvelle fois à la police et qu'elle souhaitait qu'on la laisse tranquille.

Elinborg et Solrun se levèrent quand les deux femmes entrèrent. Unnur, la victime, avait déjà discuté avec chacune d'elles. Pourtant, même si elle les connaissait, elle ne répondit pas à leur salutation.

– Pardonnez-nous d'insister à ce point, s'excusa Solrun, mais nous n'en avons pas pour bien longtemps. Vous pouvez d'ailleurs mettre fin à cet entretien quand vous voulez.

Solrun et Elinborg se rassirent. L'enquêtrice prenait

garde à ne pas gaspiller un temps précieux en banalités inutiles. Elle voyait qu'Unnur n'allait pas bien, même si elle s'efforçait de n'en rien laisser paraître, assise aux côtés de sa mère. Elle essayait de faire bonne figure. La profession d'Elinborg l'avait rendue familière des conséquences à long terme qu'entraînait toute agression physique et elle mesurait la profondeur des blessures psychiques qu'elle laissait derrière elle. Dans son esprit, le viol était l'un des pires actes qu'un individu puisse commettre, il équivalait presque à un meurtre.

Elle sortit de sa poche une photographie de Runolfur que la police avait prélevée sur son permis de conduire.

– Reconnaissez-vous cet homme ? demanda-t-elle en la présentant à Unnur.

La jeune femme la prit et y jeta un regard furtif.

– Non, répondit-elle. J'ai vu sa photo à la télévision, mais je ne le connais pas.

Elinborg reprit le cliché.

– Vous pensez que c'est lui qui m'a agressée ? interrogea Unnur.

– Nous l'ignorons, répondit Elinborg. Nous savons qu'il était en possession de ce produit qu'on appelle drogue du viol quand il est sorti en ville, le soir où il a été assassiné. Ce sont des informations qui n'ont pas été rendues publiques et vous ne devez les dévoiler à personne. Mais je tiens à vous dire la vérité. Voilà, maintenant, vous savez pourquoi nous avions besoin de vous rencontrer.

– Je ne suis même pas sûre que je serais capable de vous le montrer, même si je l'avais devant moi, observa Unnur. Je ne me souviens de rien. De rien du tout. Je ne me rappelle que très vaguement l'homme avec qui j'ai discuté au bar. Je ne le connaissais pas, mais ce n'était pas ce Runolfur.

– Pourriez-vous envisager de nous accompagner à son appartement pour y jeter un œil ? Peut-être que cela vous aiderait à vous souvenir ?

– Moi... non, je... en fait, je n'ai pas mis les pieds dehors depuis que c'est arrivé, répondit Unnur.

– Elle refuse de franchir la porte de la maison, précisa sa mère. Il vous suffirait peut-être de lui montrer des photos des lieux ?

Elinborg hocha la tête.

– Cela nous arrangerait bien que vous puissiez nous accompagner, reprit-elle. Il avait une voiture que nous aimerions également vous montrer.

– Je vais y réfléchir, répondit Unnur.

– Ce qui frappe le plus quand on entre chez lui, ce sont les grandes affiches de films hollywoodiens qui tapissent les murs. Des super-héros comme Superman et Batman. Est-ce que cela vous dit...

– Je ne me souviens de rien.

– Il y a encore une chose, annonça Elinborg en sortant de son sac le châle qui avait été placé dans un sachet zippé destiné à conserver les pièces à conviction. Nous avons retrouvé cette étole sur le lieu du crime. Pouvez-vous me dire si vous la reconnaissez ? Je n'ai malheureusement pas le droit de la déballer, mais vous pouvez ouvrir le zip.

Elle lui tendit le sachet.

– Je ne porte jamais de châle. Je n'en ai eu qu'un seul de toute ma vie et ce n'est pas celui-là. Vous l'avez trouvé dans son appartement ?

– Oui, confirma Elinborg. C'est un deuxième détail que nous n'avons pas rendu public.

Unnur commençait à comprendre vers où menaient toutes ces questions.

– Il était en compagnie d'une femme quand… au moment de son agression ?

– C'est possible, répondit Elinborg. En tout cas, il y en a eu au moins une qui est venue le voir à son domicile.

– Avait-il déjà administré la drogue à sa victime ou bien s'apprêtait-il à le faire ?

– Nous l'ignorons.

Le silence s'installa dans le salon.

– Vous croyez que c'est moi ? interrogea Unnur au bout d'un certain temps.

La mère fixait sa fille. Elinborg secoua la tête.

– Absolument pas, répondit-elle. Vous ne devez pas vous imaginer une chose pareille. Je vous en ai déjà dit beaucoup plus que je ne le devrais et il ne faut pas que vous vous mépreniez sur le sens de mes propos.

– Vous pensez que je l'ai agressé.

– Non, répondit Elinborg d'un ton ferme.

– J'en serais incapable, même si je le voulais, observa Unnur.

– Que signifient toutes ces questions ? s'emporta subitement la mère. Accuseriez-vous ma fille d'avoir tué cet homme ? Elle ne sort même pas de la maison. Elle est restée enfermée chez nous tout le week-end !

– Nous le savons très bien, vous donnez à mes paroles un sens qui ne s'y trouve pas, assura Elinborg.

Elle hésita. Les regards de la mère et de la fille étaient rivés sur elle.

– En revanche, nous avons besoin de prélever l'un de vos cheveux, annonça-t-elle finalement. Solrun est prête à le faire. Nous voulons savoir si vous êtes passée par l'appartement de cet homme le soir de votre agression. Cela nous dira si c'est lui qui vous a fait avaler ce poison avant de vous amener à son domicile.

– Je n'ai rien fait, plaida Unnur.

– Non, bien sûr que non, convint Solrun. Il ne s'agit pour la police que d'exclure l'hypothèse selon laquelle vous seriez passée chez lui.

– Et si j'y étais effectivement allée ?

Elinborg frissonna aux propos de la jeune femme. Elle ne parvenait pas à s'imaginer ce qu'elle pouvait ressentir à ne pas savoir ce qui s'était produit au cours de la nuit où elle avait subi ce viol.

– Dans ce cas, nous en saurons plus sur les événements qui ont précédé le moment où vous avez été retrouvée à Nybylavegur. Je sais que tout cela est aussi difficile que douloureux, mais nous sommes toutes en quête de réponses.

– Je ne suis même pas sûre d'avoir envie de savoir, objecta Unnur. Je m'efforce d'agir comme si rien n'était arrivé, comme si cela n'avait pas été moi. Comme si cela était arrivé à quelqu'un d'autre que moi.

– Nous avons déjà abordé ce sujet, observa Solrun. Vous feriez mieux de ne pas enterrer tout cela au fond de vous. Cela vous prendra d'autant plus de temps pour comprendre que vous n'avez pas la moindre responsabilité dans cette histoire. L'agression n'a été motivée par aucun de vos actes, vous n'avez aucun reproche à vous faire. Vous avez été sauvagement agressée. Vous n'avez pas besoin de vous cacher, ni de vous exclure de la vie sociale comme si vous étiez devenue impure. Vous ne l'êtes pas et ne le serez jamais.

– J'ai... j'ai simplement peur, expliqua Unnur.

– Évidemment, répondit Elinborg. C'est parfaitement compréhensible. Je me suis occupée plus d'une fois de femmes dans votre situation. Je leur dis toujours que la question est également la manière dont elles envisagent ces criminels. Pensez un peu à l'im-

71

portance que vous leur accordez en restant recluse ici.
Ils ne devraient pas avoir le pouvoir de vous enfermer
dans une prison. Montrez clairement que vous êtes plus
forte que la volonté qu'ils ont eue de vous anéantir.

Unnur dévisageait Elinborg

— Mais c'est tellement… terrible de savoir… on ne
peut plus jamais… On m'a pris quelque chose que je
ne parviendrai jamais à récupérer, plus jamais, et ma
vie ne sera plus jamais la même…

— C'est justement l'essence de la vie, glissa Solrun.
Et cela vaut pour tout le monde. Plus jamais nous n'aurons ce que nous avons eu. Voilà pourquoi nous tour-
nons notre regard vers l'avenir.

— Cette chose vous est arrivée, reprit Elinborg, apai-
sante. Il ne faut pas s'y arrêter. Sinon, ce sont les sales
types qui gagnent. Il ne faut pas les laisser s'en tirer
à si bon compte.

Unnur lui rendit le châle.

— Elle fume. Je ne fume pas. Et il y a une autre
odeur, un parfum qui n'est pas le mien. Ensuite, il y
a une épice…

— Un mélange tandoori, confirma Elinborg.

— Vous croyez que c'est cette femme qui l'a assassiné ?

— C'est possible.

— Bravo, éructa Unnur entre ses dents. Elle a bien
fait de le tuer ! Elle a eu raison de zigouiller ce porc !

Elinborg lança un regard complice à Solrun.

Il lui semblait que la jeune femme était déjà en voie
de rémission.

Quand Elinborg rentra chez elle, tard dans la soirée, c'était le conflit ouvert entre les deux frères. Aron,
le cadet qui était d'une certaine manière toujours mis

à l'écart par l'aîné, s'était permis d'aller consulter Internet sur l'ordinateur de Valthor. Ce dernier avait déversé sur lui un tel flot de gentillesses qu'Elinborg avait dû intervenir pour lui demander de bien vouloir cesser cela immédiatement. Theodora écoutait de la musique sur son iPod, assise à la table de la salle à manger où elle faisait ses devoirs sans se laisser perturber par ses frères. Allongé de tout son long sur le canapé, Teddi regardait la télévision. En revenant du travail, il s'était fendu d'une halte dans une boutique où il avait acheté des morceaux de poulet frit dont les emballages étaient éparpillés dans la cuisine, agrémentés de quelques frites froides et de petits récipients de sauce cocktail.

– Pourquoi ne débarrasses-tu pas toutes ces saletés ? lui cria Elinborg.

– Laisse, répondit-il, je m'en occupe tout à l'heure. Je regarde juste cette série-là…

Elinborg n'avait pas le courage d'argumenter. Elle alla donc s'asseoir à côté de Theodora. Elles s'étaient récemment rendues ensemble à un rendez-vous avec l'un de ses professeurs qui souhaitait lui proposer des cours complémentaires. Cet homme avait véritablement à cœur de lui concocter un parcours scolaire qui serait à son niveau. Ils avaient envisagé de lui faire suivre le programme des trois classes supérieures du collège en une seule année, ce qui lui permettrait d'entrer au lycée d'autant plus vite.

– Ils ont dit aux actualités que vous aviez découvert de la drogue du viol chez l'homme qui a été assassiné, annonça Theodora en retirant ses écouteurs.

– Je me demande comment ils parviennent à obtenir ces renseignements, soupira Elinborg.

– C'était une de ces pourritures ? interrogea Theodora.

– Peut-être, répondit Elinborg. S'il te plaît, ne me pose plus de questions sur cette affaire.

– Ils ont également dit que vous étiez à la recherche d'une femme qui avait passé la nuit chez lui.

– Oui, il est possible qu'une personne qui se trouvait dans son appartement l'ait agressé. Maintenant, plus un mot, commanda Elinborg, bienveillante. Qu'as-tu mangé à l'école ?

– De la soupe au pain. Sacrément mauvaise.

– Tu es trop difficile.

– Mais je mange la tienne.

– Cela ne veut rien dire, c'est un vrai délice !

Elinborg avait raconté à sa fille combien elle avait elle-même été difficile dans son enfance. Elle avait grandi dans un environnement islandais traditionnel où on l'avait nourrie tout aussi traditionnellement. Décrire tout cela à Theodora revenait à lui donner un cours sur le mode de vie dans l'Islande d'autrefois. La mère d'Elinborg était femme au foyer, elle faisait les courses pour la maisonnée et préparait le déjeuner tous les midis. Son père, employé de bureau aux Affaires maritimes de la ville, rentrait à la maison pour manger et s'allonger dans le canapé tout en écoutant les nouvelles radiophoniques qui débutaient à midi vingt précises par égard envers les hommes qui, comme lui, assuraient seuls la subsistance de leur famille. Le générique des nouvelles commençait en général au moment où il avalait sa dernière bouchée et où il allait s'allonger.

Le midi, sa mère cuisinait du poisson au court-bouillon, préparait des tartines beurrées, des boulettes de viande ou du rôti, parfois de la purée, mais il y avait toujours au menu des pommes de terres cuites à l'eau. À chaque jour de la semaine correspondait en général un plat pour le dîner. Le samedi, c'était la morue qu'elle mettait à dessaler dans une bassine de la buanderie, la même que celle dans laquelle son mari prenait ses bains de pieds. Aujourd'hui encore, Elinborg préférait s'abstenir de consommer ce plat. Le dimanche, il y avait de la viande grillée, du gigot ou du baron d'agneau accompagnés de sauce brune qu'elle concoctait à partir des sucs. Le steak se mangeait avec des pommes de terre caramélisées. Parfois, c'était des tranches de gigot ou du filet mignon. Du chou rouge cuit, vinaigré et sucré ainsi que des petits pois accompagnaient toutes les viandes grillées. Du petit salé avec des rutabagas bouillis ou bien de la saucisse de cheval à la sauce blanche sucrée pouvaient s'inviter au menu sans crier gare, mais cela ne se produisait que rarement. Le lundi soir, c'était poisson sans exception, sauf les rares fois où il y avait assez de restes du dimanche ; dans ce cas, il était au menu du mardi : il était souvent pané et passé à la poêle, accompagné de margarine fondue et de mayonnaise. Le mercredi était le jour du poisson faisandé, qui dans l'esprit d'Elinborg était particulièrement immangeable. Une bonne quantité de graisse de mouton fondue ne suffisait pas à atténuer l'odeur de ce mets délicat que sa mère faisait bouillir jusqu'à embuer l'ensemble des vitres de la maison au point de boucher la vue. Les œufs de poisson et le foie étaient également au menu du mercredi, cela améliorait quelque peu l'ordinaire. Certes, la membrane qui entourait ces œufs n'était pas des plus appétissantes et, pour ce qui était du foie de morue, Elinborg n'y touchait simplement pas. Le jeudi où elle goûta pour la première fois de sa vie des spaghettis bien loin d'être al dente resta gravé dans sa mémoire. Elle les trouva parfaitement insipides, même si leur goût s'était amélioré quand elle y avait ajouté un peu de sauce tomate.

Le vendredi, on avait droit à des côtes de porc ou à des côtelettes d'agneau panées et baignant dans la margarine fondue, tout comme le poisson pané.

Ainsi s'écoulaient l'une après l'autre les semaines gastronomiques qui devinrent des mois, puis des années dans l'enfance d'Elinborg. Il n'arrivait que rarement qu'on déroge à l'habitude. Si on décidait d'acheter du rapide, ce qui se produisait peut-être une fois tous les deux ans, c'était son père qui rapportait à la maison du mouton fumé en tranches posées sur du pain au malt ou des sandwichs aux crevettes. Elinborg avait dix-neuf ans quand le premier morceau de poulet grillé avait franchi la porte du foyer familial dans une boîte, accompagné de frites. C'était là une autre journée mémorable. Ni l'un ni l'autre de ces aliments n'avait été à son goût et ses parents n'en avaient jamais racheté. Elle aimait beaucoup lire quand il était question de nourriture et la seule chose qu'elle se rappelait des livres pour enfants ou des romans était bien souvent les descriptions culinaires ou les recettes, celle de la compote ou la façon dont on fabriquait le bacon, par exemple. Elle se souvenait encore du jour où elle était tombée sur un texte qui parlait de fromage fondu. Il lui avait fallu un certain temps pour saisir le phénomène. Il ne lui était jamais venu à l'esprit que ce produit pût être consommé autrement que froid sur une tranche de pain, directement sorti du frigo.

Elinborg n'aimait pas nombre d'aliments et causait à sa mère de constantes déceptions. Cette femme vénérait le saint bouillon. Elle considérait toute chose immangeable tant qu'elle n'avait pas été bouillie jusqu'à la moelle. Elle était capable de vous faire cuire un filet d'aiglefin pendant vingt minutes, voire une demi-heure. Elinborg passait son temps à lutter contre les arêtes, morte de peur à l'idée de mourir étranglée à la table de la cuisine. Elle trouvait la graisse des côtelettes panées mauvaise et la viande, cuite au point de prendre une couleur entièrement grise, tout à fait insipide. Les pommes de terre caramélisées représentaient pour elle une aberration. Elle ne pouvait se résoudre à consommer le foie d'agneau à la sauce aux oignons, plat réservé au mardi à moins que sa mère ne le supprime au profit d'un cœur et de quelques rognons. Lesquels étaient, dans son esprit, impropres à la consommation humaine. La liste était sans fin.

Elinborg ne s'était nullement étonnée de voir son père victime d'un infarctus alors qu'il était âgé d'un peu plus de soixante ans. Il avait survécu. Ses parents vivaient toujours au même endroit, dans sa maison d'enfance, ils avaient tous les deux cessé de travailler, ils étaient bien portants et n'avaient besoin d'aucune assistance. Sa mère continuait de bouillir le poisson faisandé jusqu'à ce qu'on n'y voie plus rien aux fenêtres.

Quand ils eurent compris qu'Elinborg était irrémédiablement difficile d'un point de vue alimentaire et qu'elle eut acquis les compétences pour se débrouiller par elle-même dans la cuisine, ils lui avaient laissé choisir ce qu'elle voulait manger. C'est ainsi qu'elle s'était mise à se préparer des repas à partir des matières premières que sa mère achetait sans déroger à ses habitudes. Elle avait son morceau d'aiglefin, quelques côtelettes ou un peu de farce de poisson, laquelle était souvent au menu du jeudi après la malheureuse expérience italienne ; elle se confectionnait des plats à sa guise. Elle s'était intéressée à la cuisine. Il y avait toujours quelqu'un pour lui offrir des livres de recettes à Noël ou pour son anniversaire. Elle s'était inscrite à un club et lisait les recettes publiées dans les journaux. Elle n'avait pas nécessairement envie de devenir chef, mais simplement de se préparer des plats qu'elle jugeait comestibles.

Au moment où elle avait quitté le foyer familial, elle avait marqué de son influence la culture culinaire de la famille, mais divers autres détails s'étaient transformés sans son intervention. Désormais, son père n'avait plus besoin de revenir le midi pour s'allonger dans le canapé et écouter les informations. Sa mère s'était mise à travailler. Le soir, elle rentrait épuisée, soulagée qu'Elinborg ait le courage de préparer à manger. Employée dans un magasin d'alimentation qui ne désemplissait pas de la journée, elle prenait un bain chaud chaque soir, les pieds rougis et gonflés. Elle était cependant d'humeur plus joyeuse qu'avant, elle avait toujours été sociable et appréciait le contact humain. Elinborg avait passé son baccalauréat, quitté la maison et loué un petit appartement en sous-sol. L'été, elle occupait un emploi dans la police, c'était son oncle paternel qui le lui avait trouvé. Elle avait décidé d'étudier la géologie à l'université. Au cours de ses années au lycée, elle avait beaucoup aimé voyager en Islande accompagnée de camarades et l'une de ses amies, férue de géologie, l'avait encouragée à s'inscrire avec elle dans cette filière. Au début, Elinborg avait été passionnée, mais au terme de ses études, trois ans plus tard, elle était convaincue qu'elle n'exercerait pas dans sa spécialité.

Elle observait Theodora qui faisait ses devoirs et se demanda ce qu'elle deviendrait à l'âge adulte. Sa fille s'intéressait aux matières scientifiques, la physique et la chimie, et évoquait déjà l'idée d'un cursus universitaire dans l'un de ces domaines. Elle voulait également partir étudier à l'étranger.

– Dis-moi, Theodora, est-ce que tu as un blog ? interrogea Elinborg.

– Non.

– Tu es peut-être encore trop jeune.

– Non, c'est juste que je trouve ça idiot. Je trouve déplacé de raconter tout ce que je fais, tout ce que je dis et tout ce que je pense. Cela ne regarde personne et je n'ai pas envie de mettre tout ça sur le Net.

– Oui, on s'étonne de voir à quel point certaines personnes se livrent.

Theodora leva les yeux de ses cahiers.

– Tu as lu le blog de Valthor ?

– Je ne savais même pas qu'il en avait un. Je viens de le découvrir par hasard.

– Il n'y écrit que des âneries, observa Theodora. Je lui ai dit clairement que je refusais qu'il me nomme.

– Et ?

– Il m'a répondu que j'étais débile !

– Connais-tu un peu ces filles dont il parle ?

– Non. Il ne me dit jamais rien. Il raconte tout sur lui au monde entier, mais ne me dit jamais rien. Il y a longtemps que j'ai renoncé à essayer de lui parler.

– Crois-tu que je devrais lui avouer que je lis son blog ?

– En tout cas, demande-lui d'arrêter d'écrire sur nous. Il parle aussi de toi, tu le sais ? Et de papa. J'ai failli te le dire, mais finalement je ne voulais pas cafter.

– Comment est-ce que ça fonctionne… peut-on considérer que je l'espionne si je lis ce qu'il écrit ?

– Tu vas le lui dire ?

– Je ne sais pas.

– Dans ce cas, oui, peut-être que tu l'espionnes. Moi, je l'ai lu pendant des mois et des mois jusqu'au moment où j'ai été folle de rage en lisant un truc qu'il avait écrit sur nous et je l'en ai informé. Il m'avait appelée une « chieuse de surdouée ». De toute façon, je ne vois

79

pas pourquoi il met tout ça sur le Net si on n'a pas le droit de lire ses conneries sans être accusé d'espionnage.

– Des mois et des mois ? Depuis combien de temps est-ce qu'il fait ça ?

– Plus d'un an.

Elinborg ne pensait pas espionner son fils en lisant ce qu'il exposait à la vue de tous. Elle se refusait toutefois à intervenir car elle estimait qu'il devait endosser la responsabilité de ses actes. En revanche, elle s'inquiétait de constater qu'il écrivait également sur les membres de sa famille et sur ses amis les plus proches.

– Ce garçon ne me raconte rien non plus, poursuivit Elinborg. Je devrais peut-être lui parler. Ou ton père pourrait s'en charger.

– Laisse-le donc tranquille.

– C'est vrai, il est presque adulte, il est en filière commerciale au lycée... J'ai l'impression d'avoir perdu le contact avec lui. Autrefois, nous parvenions à discuter tous les deux. Mais c'est bien fini. Maintenant, on doit se contenter de lire un blog.

– Valthor a déjà quitté la maison, là-haut, observa Theodora en martelant son index sur sa tempe.

Sur quoi, elle se remit à ses devoirs.

– Avait-il des amis ? demanda-t-elle à sa mère au bout d'un moment sans lever les yeux de ses livres.

– Tu veux parler de Valthor ?

– Non, de l'homme qui a été assassiné.

– Je suppose que oui.

– Et tu les as interrogés ?

– Non, pas moi, d'autres policiers sont chargés de les retrouver. Pourquoi... pour quelle raison me poses-tu cette question ?

Cette gamine avait parfois le don de tenir des propos déconcertants.

– Quel métier cet homme exerçait-il ?

– Il était technicien dans une compagnie téléphonique.

Theodora la regarda, l'air pensif.

– Ils rencontrent des gens, remarqua-t-elle.

– Oui, ils entrent chez les gens.

– Ils entrent chez les gens, répéta Theodora tout en continuant sans peine à résoudre son équation mathématique.

Le portable d'Elinborg sonna dans le vestibule où son manteau était accroché à l'intérieur d'un placard. C'était son numéro professionnel. Elle alla répondre.

– Ils viennent de nous envoyer les premières conclusions de l'autopsie de Runolfur, annonça Sigurdur Oli sans même prendre la peine de la saluer.

– Oui, répondit Elinborg.

Rien ne l'agaçait plus que l'impolitesse au téléphone, même quand elle provenait de ses proches collaborateurs. Elle consulta sa montre.

– Cela ne peut pas attendre demain matin ? répondit-elle.

– Veux-tu, oui ou non, savoir ce qu'ils ont découvert ?

– Du calme, mon vieux.

– Du calme toi-même !

– Sigurdur…

– Ils ont trouvé du Rohypnol, annonça Sigurdur Oli.

– Merci, je le savais déjà. J'étais avec toi quand ils nous l'ont dit.

– Non, je veux dire qu'ils ont trouvé du Rohypnol dans l'organisme de Runolfur. Il en avait des traces substantielles dans la bouche et dans la gorge.

– Quoi ?! Ce n'est pas possible !

– Il était lui-même bourré de cette saloperie !

8

Le responsable du service technique de la compagnie de téléphonie reçut Elinborg et Sigurdur Oli dans l'après-midi. Sigurdur Oli était peu loquace. Il travaillait sur une autre enquête plutôt difficile et ne se sentait que partiellement impliqué dans celle sur le meurtre de Thingholt. En outre, ses relations avec Bergthora ne s'arrangeaient pas. Il avait déménagé et les tentatives qu'ils avaient effectuées pour repartir sur de nouvelles bases n'avaient pas été concluantes. Bergthora l'avait invité chez elle un soir et cela s'était encore terminé par une dispute. Il n'en avait rien dit à Elinborg, considérant que sa vie privée ne regardait personne. Ils n'avaient pratiquement pas prononcé un mot de tout le trajet, sauf quand elle lui avait demandé s'il avait eu des nouvelles d'Erlendur depuis que ce dernier était parti pour les fjords de l'Est.

– Aucune, avait-il répondu.

La veille au soir, Elinborg s'était couchée tard et n'était parvenue à trouver le sommeil qu'au milieu de la nuit, l'esprit agité de réflexions concernant Runolfur et cette drogue du viol. Elle n'avait pas discuté avec Valthor du blog qu'il tenait ; le gamin avait déjà filé au moment où elle s'était décidée à le prier de ne pas écrire n'importe quoi sur ses proches pour l'exposer ensuite sur le Net. Teddi ronflait doucement à côté d'elle. Autant qu'elle se souvienne, jamais il n'avait connu de troubles du sommeil ou d'insomnies, ce qui était évidemment le signe qu'il était satisfait de son existence. Il n'était pas homme à se plaindre. Peu bavard, il n'était pas du genre à prendre des initiatives : il voulait que la paix et la tranquillité règnent autour de lui. Son travail n'était pas très exigeant et surtout, il ne le rapportait pas avec lui à la maison. Parfois, lorsque son métier lui pesait, Elinborg se demandait si elle n'aurait pas mieux fait de poursuivre ses études de géologie et elle s'imaginait l'emploi qu'elle occuperait aujourd'hui si elle n'était pas entrée dans la police. Elle serait peut-être enseignante ? Il lui était arrivé de donner quelques cours à l'École de police et elle avait apprécié de transmettre ses connaissances aux étudiants. Probablement aurait-elle poursuivi sa formation pour devenir chercheuse, elle aurait étudié les importantes crues glaciaires et les grands tremblements de terre. Elle s'intéressait parfois au travail des gars de la Scientifique ; il lui semblait que c'était une activité qui aurait pu lui convenir. Cela dit, le poste qu'elle occupait n'était pas source d'insatisfaction, sauf quand la laideur venait s'abattre sur elle de tout son poids. Jamais elle n'était parvenue à comprendre que certaines personnes puissent se comporter comme des bêtes féroces.

– Que font exactement les techniciens au sein de votre entreprise ? demanda-t-elle au responsable du service, une fois qu'ils se furent installés. En quoi consiste leur travail ?

– Ils se chargent d'un certain nombre de choses, répondit l'homme, prénommé Larus. Ils s'occupent du réseau, de sa maintenance et de son développement. J'ai consulté le dossier de Runolfur. Il travaillait chez nous depuis quelques années. Nous l'avions engagé dès sa sortie de l'École technique, c'était un employé irréprochable. Nous n'avons jamais eu à nous plaindre de lui.

– Était-il apprécié ?

– Très, me semble-t-il. Je n'avais que rarement affaire à lui de façon directe, mais les autres employés m'ont affirmé qu'il était honnête, ponctuel et sympathique. Ses collègues ne comprennent pas, ils ne voient vraiment pas ce qui a pu se passer.

– Non, dit simplement Elinborg. Vos techniciens… se rendent-ils parfois chez les clients ?

– Oui, et c'était le cas de Runolfur, informa le responsable. Il s'occupait des mises en réseau, de l'ADSL, des réseaux téléphoniques internes, des clefs de décodeurs pour la télévision ainsi que de la fibre optique. Nous nous efforçons d'offrir le meilleur service possible. Les gens sont incroyablement ignorants dès qu'on touche aux ordinateurs et à la technique. Il y a peu, nous avons même eu l'appel d'un homme qui avait passé sa journée à piétiner sa souris qu'il prenait pour une pédale, c'est dire !

– Pourriez-vous nous remettre la liste des gens chez qui il est passé au cours des derniers mois ? demanda Elinborg. Il travaillait bien à Reykjavik, n'est-ce pas ?

– Dans ce cas, vous devrez me présenter un mandat, précisa le responsable. Nous avons sans doute ce genre de liste, mais je suppose que pour des questions de vie privée des clients…

– Cela va de soi, acquiesça Elinborg. Vous aurez ce document avant l'heure de la fermeture.

– Vous avez l'intention d'interroger tous ceux qu'il est allé voir ?

– Si besoin est, nous le ferons, répondit-elle.

Connaîtriez-vous des amis de Runolfur avec lesquels nous pourrions nous entretenir, qu'ils soient employés ici ou non ?

– Non, mais je vais me renseigner.

Les caméras de surveillance installées dans le centre-ville entre le domicile de Runolfur et les lieux où son bailleur le pensait susceptible d'être allé n'avaient pas enregistré son passage le week-end du meurtre. Au nombre de huit, elles étaient placées aux endroits les plus fréquentés du cœur de Reykjavik. En soi, le fait qu'on n'ait trouvé aucune image de lui sur les enregistrements ne signifiait rien : bien des itinéraires permettaient de contourner ces dispositifs pour se rendre à son domicile. Runolfur connaissait probablement l'emplacement de ces caméras qu'il avait donc dû éviter. On avait demandé aux taxis s'ils l'avaient remarqué ou pris comme passager, mais cela n'avait servi à rien. On s'était également renseigné auprès des chauffeurs de bus qui traversaient le périmètre – en vain. Les paiements effectués par Runolfur avec ses cartes bancaires avaient été épluchés, mais il semblait qu'il s'en soit exclusivement servi pour régler ses dépenses alimentaires, les traites des emprunts qu'il avait contractés pour l'achat de matériel comme son ordinateur et son iPod ainsi que pour les charges fixes tels le téléphone, le chauffage, l'électricité et l'abonnement télé. Des documents leur avaient été communiqués, qui indiquaient s'il s'était trouvé dans le rayon de plusieurs relais téléphoniques au cours de la soirée. Il était possible de le localiser, même s'il n'avait ni passé ni reçu aucun appel. En tant que technicien en téléphonie, il devait toutefois savoir qu'il était impossible de situer les gens avec grande précision. Il existait un émetteur pour la zone du centre-ville : celui-ci couvrait un rayon de trois kilomètres. Si Runolfur voulait quitter ce périmètre sans que personne puisse le découvrir, il lui suffisait de laisser son portable chez lui. Le document laissait apparaître que son téléphone ne s'était à aucun moment trouvé en dehors de cette zone.

Un échantillon des cheveux de la jeune femme retrouvée sur Nybylavegur avait été envoyé à l'étranger pour analyse d'ADN, accompagné de ceux qu'on avait découverts dans l'appartement et la voiture de Runolfur. Il faudrait attendre un peu pour dire si elle avait été sa victime quelques semaines avant qu'il ne soit assassiné. Aucun soupçon ne pesait toutefois sur elle, on considérait son alibi comme solide. Le t-shirt qu'il portait ainsi que le châle trouvé chez lui avaient également été envoyés pour analyse, au cas où on y aurait décelé des traces attestant que les deux appartenaient à la même personne. L'examen de l'ordinateur de Runolfur n'avait rien appris à la police sur son invitée au cours de la nuit où il avait eu la gorge tranchée. Son ordinateur ne contenait du reste que très peu d'informations sur l'utilisation qu'il faisait d'Internet ; il semblait toutefois qu'il ait été à la recherche d'une voiture d'occasion. Les sites de vente de véhicules de deuxième main occupaient une grande part de l'historique du jour de son décès, où apparaissaient également les pages sportives de journaux islandais ou étrangers, ainsi que quelques sites consultés pour les besoins de son travail. La totalité des courriels était de nature professionnelle.

— Il n'utilisait pas le courriel de la même manière que la plupart d'entre nous, c'est-à-dire à des fins personnelles, me semble-t-il, précisa l'expert en informatique de la police qui s'était vu confier la machine de la victime. Et je crois bien que c'était tout à fait conscient.

– Conscient ? Que veux-tu dire ?

– Il ne laisse aucune trace derrière lui, répondit l'expert.

Elinborg se tenait à la porte d'un bureau si exigu du commissariat de la rue Hverfisgata qu'elle n'aurait pas pu tenir à l'intérieur. Son interlocuteur, un géant plutôt enveloppé, semblait être coincé dans cette espèce de cagibi.

– Qu'y a-t-il de suspect là-dedans ? Il y a des gens qui sèment n'importe quoi à tous les vents et d'autres qui prennent plus de précautions. En réalité, personne ne sait vraiment qui lit ces courriers, n'est-ce pas ?

– On peut voler tout et n'importe quoi, convint l'expert. Ce ne sont pas les exemples qui manquent. Personnellement, je n'irais jamais raconter quoi que ce soit d'important dans un message électronique, mais j'ai quand même l'impression que cet homme faisait plus que prendre de simples précautions. Il me semble que cela confinait à la paranoïa. On dirait qu'il faisait tout ce qui était en son pouvoir afin de ne laisser aucune donnée personnelle dans son ordinateur. Ses favoris Internet sont vides à l'exception de ceux qui concernent son travail. On n'y trouve aucune trace de discussion, aucun document, ni réflexions personnelles, ni journal intime ou agenda. Rien. Tout ce que nous savons, c'est qu'il s'intéressait au foot et au cinéma. Voilà ce que nous apprend son ordinateur.

– Donc, vous n'avez rien trouvé sur ses amies ?

– Rien.

– Vous pensez que c'était délibéré ?

– Tout à fait.

– Parce qu'il avait quelque chose à cacher ?

– Il est possible que ce soit l'une des raisons, répondit l'expert en tendant le bras vers son ordinateur. Il semble qu'il ait eu pour règle d'effacer tous les sites qu'il avait consultés dans la journée avant d'éteindre sa machine en soirée.

– Cela n'est peut-être pas surprenant quand on pense qu'il avait de la drogue du viol sur lui.

– En effet, peut-être pas.

– En résumé, personne ne sait ce qu'il fabriquait sur le Net ?

– Je vais voir si je trouve quelque chose. Ce n'est pas parce qu'il a effacé l'historique que toutes les adresses visitées sont perdues. Je suppose aussi que son fournisseur d'accès possède l'ensemble des données. Mais je crois qu'il est basé à l'étranger et cela risque de nous prendre un certain temps avant d'obtenir ces renseignements, regretta l'expert qui, bougeant sur sa chaise, la fit craquer bruyamment.

L'autopsie avait révélé que Runolfur était un individu tout à fait sain ne souffrant d'aucune pathologie physique. Il était de petite taille, mais svelte et bien proportionné ; son corps ne présentait aucune cicatrice ni défaut majeur et l'ensemble de ses organes fonctionnait normalement.

– C'était par conséquent un jeune homme en pleine santé, résuma le légiste quand il eut achevé son exposé.

Il se tenait face à Elinborg, au-dessus du corps de Runolfur, à la morgue de Baronstigur. L'autopsie était achevée et la dépouille avait été placée dans un tiroir que le médecin avait ouvert. Elinborg avait les yeux baissés sur le cadavre.

– On ne peut pas dire qu'il ait eu une mort paisible, poursuivit le légiste. Le sujet a reçu plusieurs coups de couteau avant d'être tué, on distingue quelques petites entailles autour de la plaie principale. Les contusions visibles tendent à indiquer que son agresseur l'a fermement maintenu immobile en le tenant par le cou. Il semble qu'il ne soit pas vraiment parvenu à se débattre.

– Il est évidemment assez difficile de se débattre quand on vous met un couteau bien aiguisé sous la gorge.

– Ce n'est pas si compliqué que ça, si on va par là, sauf que dans le cas présent, l'agresseur n'a pas hésité. L'homme a eu la gorge tranchée à l'aide d'une arme à la lame acérée, la coupure est nette, presque clinique, on n'y décèle aucune irrégularité. Et il n'y a pas non plus la moindre trace d'hésitation. Elle ressemble à celles laissées par les opérations chirurgicales sur l'abdomen. Je dirais que son agresseur l'a maintenu immobile un certain temps, les petites entailles tendent à le confirmer. Ensuite, il lui a tranché la gorge et l'a laissé s'effondrer sur le sol. Le sujet a dû continuer à vivre quelques instants après cela. Pas bien longtemps, disons peut-être une minute. Vous n'avez pas relevé de traces de lutte, n'est-ce pas ?

– Non.

– Il a eu un rapport sexuel peu avant sa mort, je suppose que vous le savez. En revanche je suis incapable de vous dire si sa partenaire était consentante ou non. Je n'ai rien trouvé qui indiquerait qu'elle l'ait fait sous la contrainte. Si ce n'est le décès de cet homme, évidemment.

– Vous n'avez relevé aucune trace de morsure ou de griffure ? demanda Elinborg.

– Non, mais il ne faut pas s'attendre à ce que ce soit le cas s'il s'était servi de la drogue du viol.

Les policiers chargés de l'enquête avaient à plusieurs reprises discuté entre eux des conditions dans lesquelles

Runolfur avait été découvert à son domicile et de ce qu'on pouvait en déduire. Il semblait qu'il avait enfilé ce t-shirt bien trop petit pour lui, qui appartenait probablement à une femme. Aucun autre vêtement féminin n'avait été trouvé à l'exception du châle. On en avait conclu que le t-shirt était celui d'une femme qui l'avait accompagné chez lui dans la soirée. S'il y avait eu viol, Runolfur avait déshabillé sa victime avant de la mettre au lit, ensuite, il avait satisfait ses instincts, puis revêtu ce t-shirt afin de parfaire l'humiliation. Il s'était même constitué un environnement romantique. À part celle du salon, les lumières étaient éteintes à l'arrivée de la police qui avait retrouvé deux petites bougies entièrement consumées dans le salon et la chambre à coucher.

D'autres considéraient tout à fait incertain qu'il y ait eu viol et se refusaient à des déductions hâtives, fondées sur de simples indices. La présence de Rohypnol chez Runolfur ne présumait en rien des événements de cette soirée : on n'avait trouvé aucune trace du produit dans les verres. Certes, il avait eu des rapports avec cette femme, peut-être avait-il mis son t-shirt au cours de jeux érotiques, puis, pour une raison indéterminée, son invitée s'était emparée d'un couteau avec lequel elle l'avait égorgé. D'autres encore, parmi lesquels Sigurdur Oli, défendaient la théorie d'une tierce personne qui aurait dérangé l'homme et sa conquête : la victime avait alors enfilé le t-shirt à la va-vite, mais n'avait pas eu le temps de finir de s'habiller avant d'être assassinée. On pouvait certes penser que Runolfur avait été agressé par celle qui se trouvait chez lui, mais il ne fallait pas exclure l'hypothèse d'une tierce personne comme auteur du crime. Elinborg penchait pour celle-ci sans pouvoir toutefois l'expliquer de façon logique. L'arme pouvait appartenir à Runolfur. Il possédait un ensemble de quatre couteaux de cuisine fixés par un aimant au-dessus du plan de travail. Peut-être ces ustensiles avaient-ils été au nombre de cinq ; peut-être l'assassin s'était-il servi du cinquième avant de l'emporter avec lui et de disparaître. La disposition des couteaux sur l'aimant ne permettait pas de le dire. Les recherches entreprises dans le quartier et les alentours pour retrouver l'arme n'avaient donné aucun résultat.

Il y avait également les traces de Rohypnol retrouvées dans la bouche et la gorge de la victime, qui ne l'avait sans doute pas avalé de son plein gré.

— Avez-vous mesuré une grande quantité de ce poison dans son corps ? demanda-t-elle.

— En réalité, oui. Il semble en avoir ingéré une quantité assez considérable.

— Le produit n'avait pas eu le temps de passer dans le sang ?

— Nous ne le savons pas encore, répondit le médecin. Les analyses toxicologiques prennent plus de temps.

— Oui, évidemment.

— Les effets ont dû se manifester environ dix minutes après l'absorption. Il n'a absolument rien pu faire.

— Voilà qui explique peut-être pourquoi nous avons trouvé si peu de traces de lutte, rien n'indique qu'il ait tenté de se défendre.

— En effet, il n'a pas été capable de se protéger, même s'il l'avait voulu.

— Pas plus que sa victime présumée.

— Il a connu lui-même les effets du traitement qu'il infligeait, si c'est ce que vous suggérez.

— Autrement dit, quelqu'un l'aurait forcé à avaler cette saleté et se serait ensuite amusé à lui trancher la gorge ?

Le légiste haussa les épaules.

– Cela, c'est à vous de le découvrir.

Elinborg baissa à nouveau les yeux sur le corps.

– Il est plutôt bel homme, il aurait pu faire connaissance avec des femmes à la salle de sport, remarqua-t-elle.

– Probablement, pour peu qu'il ait pratiqué ce genre d'activité.

– Il se rendait également chez des particuliers et dans des entreprises. Il était technicien dans une compagnie de téléphonie.

– Il se baladait donc pas mal.

– Et puis, il y a aussi tous ces bars et discothèques.

– C'était peut-être un spécialiste des rencontres d'une nuit, et pas un prédateur qui piégeait les femmes.

Ce dernier point avait été discuté en long et en large au commissariat. Certains pensaient que les choses n'étaient pas bien compliquées quand Runolfur ramenait ses conquêtes à son domicile. Il faisait simplement connaissance avec elles dans les endroits où on s'amusait et les invitait chez lui. Il plaisait à certaines et elles le suivaient. Rien ne prouvait qu'il les droguait, il ne se trouvait aucun témoin pour en attester. D'autres affirmaient catégoriquement qu'il avait recours à ce produit, que tout était organisé et calculé, qu'il ne misait pas sur les histoires d'une nuit et se gardait de s'exposer à ce genre de risque. Il connaissait ses victimes, même si ce n'était que très vaguement.

– Peut-être, répondit Elinborg. Il faut sans doute qu'on arrive à comprendre les relations qu'il avait avec les femmes. Il n'est pas exclu qu'une femme se soit trouvée chez lui ce soir-là et que ce soit elle qui lui ait fait ça.

– En tout cas, la plaie le laisse à penser, observa le médecin. C'est la première réflexion qui m'est venue à l'esprit en voyant son cadavre. J'ai pensé qu'elle avait peut-être été causée par un de ces vieux rasoirs, vous savez, ceux dont la lame entre dans le manche quand on les referme. Vous voyez ce que je veux dire ?

– Tout à fait.

– Je pense à ce genre d'objet.

– Comment avez-vous qualifié cette blessure ?

Le légiste baissa les yeux sur le corps.

– Elle a quelque chose de doux, répondit-il. Ce que je me suis dit en voyant cette plaie, c'est qu'elle avait quelque chose de... oui, presque féminin.

9

Le bar était plongé dans la pénombre. La grande vitre qui donnait sur la rue avait été brisée et remplacée par un pan de contreplaqué qui semblait très récent. Elinborg se dit que la chose était sans doute provisoire, mais elle n'en était pas certaine. La vitre de la porte avait également disparu, apparemment depuis plus longtemps. Le contreplaqué qu'on y avait posé était peint en noir, couvert d'éraflures et de graffitis. On aurait dit que le propriétaire des lieux ne prévoyait même pas de la changer une fois de plus. Sans doute avait-il fini par renoncer, se dit Elinborg.

Le patron était penché derrière son comptoir. Elle avait voulu le questionner sur cette grande vitre, mais s'était ravisée. Évidemment, elle avait été cassée lors d'une bagarre. Peut-être quelqu'un y avait-il balancé une table. En fait, elle n'avait même pas envie de le savoir.

– Est-ce que Berti est passé ici aujourd'hui ? demanda-t-elle au patron, occupé à ranger des bouteilles de bière dans le frigo, et dont elle n'apercevait que le sommet du crâne.

– Je ne connais pas de Berti, répondit-il sans lever les yeux des bouteilles.

– Fridbert, précisa Elinborg. Je sais qu'il traîne ici.

– Des tas de gens viennent ici, nota le patron en se relevant.

C'était un homme mince au visage marqué, d'une cinquantaine d'années et à la moustache en jachère.

Elinborg observa les lieux. Elle y compta trois clients.

– On dirait bien que c'est le coup de feu permanent, ironisa-t-elle.

– Vous voulez bien dégager ? lui balança l'homme avant de se remettre à ranger ses bières.

Elinborg le remercia. C'était le deuxième bar qu'elle visitait après avoir reçu de la brigade des stupéfiants la liste des lieux mal famés où l'on était susceptible de se procurer du Rohypnol. La brigade collaborait avec la Criminelle à la résolution du meurtre de Thingholt. Elinborg savait que ce médicament destiné à lutter contre les troubles du sommeil ne s'obtenait que sur ordonnance médicale. Runolfur n'avait pas de médecin traitant et Elinborg avait découvert sans grande difficulté qu'il n'avait consulté que deux fois depuis son installation à Reykjavik. Trois ans s'étaient écoulés entre ses deux visites : il semblait effectivement qu'il n'ait pas été confronté à de véritables problèmes de santé, comme l'avait constaté le légiste. Aucun des deux docteurs n'avait voulu communiquer le motif pour lequel il était venu en consultation en l'absence de commission rogatoire, mais ils avaient l'un comme l'autre assuré ne pas lui avoir prescrit ce médicament. Elinborg ne s'était pas étonnée de voir que la piste du produit ne remontait pas jusqu'à eux. Runolfur aurait pu l'acheter à l'étranger, mais il n'avait pas quitté l'Islande au cours des six dernières années. Son dernier voyage hors de l'île était à Benidorm, en Espagne, à ce qu'avaient déclaré ses collègues. Il y avait séjourné pendant trois semaines. Les registres de passagers des vols vers l'étranger montraient qu'il n'avait pas pris l'avion récemment. Il s'était probablement procuré la drogue en Islande par des moyens illégaux.

Elle s'approcha d'un des clients, une femme sans âge qui aspirait goulûment la fumée d'une cigarette roulée. Le mégot était si court qu'elle se brûla les lèvres, sursauta vivement et s'en débarrassa. Une bière encore à moitié pleine était posée devant elle, accompagnée d'un verre à liqueur, vide.

Et c'est la société qui paie, aurait seriné Sigurdur Oli.

— Solla, avez-vous croisé Berti récemment ? demanda Elinborg en s'installant à la table.

La femme leva les yeux. Elle portait une parka sale, un chapeau tordu sur la tête et on pouvait véritablement dire qu'elle était sans âge. Solla aurait pu avoir une cinquantaine d'années, mais elle aurait tout aussi bien pu approcher les quatre-vingts.

— De quoi je me mêle ? répondit-elle de sa voix éraillée.

— Je voudrais lui parler.

— Bah, vous avez qu'à me causer à moi, répondit Solla.

— Plus tard, peut-être, mais pour l'instant, il faut que je voie Berti.

— Y a personne qui veut discuter avec moi, marmonna Solla.

— Allons, allons, n'importe quoi.

— Bah, personne veut me causer.

— Vous avez vu Berti récemment ? répéta Elinborg.

— Non.

Elle regarda les deux autres clients. C'étaient un homme et une femme qu'elle ne connaissait pas et qui fumaient, assis devant leur bière. L'homme prononça quelques mots et se leva pour aller jouer à la machine à sous installée dans l'un des coins, abandonnant sa compagne à la table.

– Qu'est-ce que vous lui voulez, à Berti ? s'enquit Solla.

– Cela concerne une enquête pour viol, précisa Elinborg.

Solla leva les yeux de son verre.

– Il a violé une fille ?

– Non, pas lui, mais il peut sans doute me donner certains renseignements.

Solla avala une gorgée et jeta un œil vers l'homme devant la machine à sous.

– Saloperie de violeurs, observa-t-elle à voix basse.

Au fil de ses années passées dans la police, Elinborg avait plusieurs fois eu affaire à cette femme dont elle avait depuis longtemps oublié le vrai nom ; elle l'avait pourtant connu, à une certaine époque. Solla avait eu une existence pitoyable dès son plus jeune âge : elle avait partagé la vie de minables, d'alcooliques invétérés et de drogués, elle avait vécu seule, avait été admise puis avait quitté divers foyers et institutions, avait connu la rue. Elle s'était quelquefois retrouvée face à la justice pour de menus forfaits, des vols à l'étalage ou sur des cordes à linge. Elle était la meilleure des femmes sauf quand elle abusait de la boisson. Alors, elle sortait ses griffes, se montrait irascible et capable de se mettre dans des situations impossibles ainsi que dans les pires bagarres. Elle s'était plus d'une fois retrouvée aux urgences pour diverses blessures et les cellules de la police lui avaient parfois servi de refuge.

– J'enquête sur un violeur présumé, expliqua Elinborg, en se demandant si le mot présumé avait un sens quelconque aux oreilles de son interlocutrice.

97

– J'espère que vous coffrerez cette ordure, observa Solla.

– Nous l'avons attrapé, nous cherchons la personne qui l'a assassiné.

– Il s'est fait buter ? Dans ce cas, l'affaire est réglée, non ?

– Nous voulons savoir qui l'a tué.

– Pourquoi donc ? Pour remettre une médaille à celui qui l'a fait ?

– Il a probablement été assassiné par une femme.

– Bravo ! s'exclama Solla.

– On m'a dit que Berti venait parfois ici…

– C'est un crétin, répondit-elle en baissant la voix. Je prends pas les saloperies qu'il vend.

– J'ai simplement besoin de lui parler. Nous ne l'avons pas trouvé à son domicile.

D'après les informations transmises par la brigade des stupéfiants, Berti était un spécialiste pour se procurer ce qu'on appelait des drogues sur ordonnances. Il allait raconter des sornettes à divers médecins ici et là en ville et certains lui prescrivaient plus ou moins ce qu'il leur demandait sans se montrer trop regardants. Il revendait ensuite ces médicaments au marché noir et en tirait un certain profit. Parmi les produits qu'il proposait, on trouvait le Rohypnol. Rien ne permettait d'affirmer que certains de ses clients s'en soient servis pour commettre des viols, ni même comme remède aux troubles du sommeil. Le Rohypnol calmait les gueules de bois qui survenaient lorsque les effets de la cocaïne se dissipaient dans le corps. On n'avait retrouvé aucune trace de consommation d'autres stupéfiants au domicile de Runolfur. On considérait que c'était le signe qu'il n'utilisait le Rohypnol que dans un seul but, pour peu qu'il ait effectivement été le propriétaire du produit.

Elinborg était assise, silencieuse, face à Solla. Elle méditait sur les médicaments utilisés comme drogue, le Rohypnol, la cocaïne, les gueules de bois et les viols autant que sur la tristesse et le ridicule dont pouvait se colorer l'existence humaine.

– Savez-vous où il est ? reprit-elle. Avez-vous une idée de l'endroit où je pourrais le trouver ?

– Je l'ai vu avec Binna Geirs, consentit enfin Solla.

– Binna ?

– On dirait bien qu'il s'est entiché de l'ogresse.

– Merci beaucoup, Solla.

– Euh, merci… vous pouvez peut-être me payer une bière… pour que l'autre ne me mette pas à la porte, demanda-t-elle en faisant un signe de la tête en direction du comptoir depuis lequel le patron les observait d'un air sévère.

Il apparut que Runolfur se rendait régulièrement dans une salle de sport. Les caméras de l'établissement qu'il fréquentait avaient enregistré sa présence le jour de son décès. Il était arrivé aux alentours d'une heure de l'après-midi et reparti une heure et demie plus tard. Il était seul et n'avait discuté avec personne d'après les images qu'on avait : il n'avait parlé à aucun membre du personnel ni à aucune femme susceptible de l'avoir ensuite accompagné chez lui. Les employés n'avaient gardé aucun souvenir précis de son passage ce jour-là, mais avaient reconnu qu'il faisait partie des clients réguliers en précisant qu'ils n'avaient jamais eu à se plaindre de lui.

L'entraîneur qui était également l'un des propriétaires de l'établissement se montra plutôt élogieux à son égard. Il expliqua avoir accueilli Runolfur deux ans plus tôt, au moment où ce dernier avait changé de salle de sport. Elinborg comprit bien vite que l'entraîneur qu'elle avait face à elle dirigeait l'une des salles les plus courues de la ville. Elle voyait divers appareils et engins : un tapis de course, des poids et haltères et un certain nombre d'autres équipements qu'elle était incapable de nommer. D'imposants écrans plats étaient fixés aux murs afin de distraire les clients tandis qu'ils s'épuisaient.

– C'est plutôt lui qui m'a appris des choses, observa l'entraîneur en décochant un sourire à Elinborg, debout face à elle dans la salle principale. Il connaissait déjà tout ça.

– Venait-il régulièrement ?

Elinborg tenait à sa main une carte d'abonnement annuel marquée du logo de la salle de sport, et qui avait été retrouvée chez Runolfur.

– Toujours deux fois par semaine, après son travail.

La scène se passait en milieu de journée et peu de gens étaient présents. Elinborg n'avait jamais mis les pieds dans ce genre de salle de torture afin d'améliorer son apparence physique et elle ne se voyait vraiment pas dans ce rôle-là. Elle se considérait en excellente forme, peut-être aurait-elle pu perdre quelques kilos, mais elle n'avait jamais fumé et s'alimentait sainement. Elle ne buvait pas non plus autre chose que du bon vin pour accompagner les repas. Les journées où elle cuisinait le plus étaient le vendredi et le samedi. Elle et Teddi s'efforçaient de rentrer assez tôt du travail le vendredi soir, ils s'offraient une bière tchèque ou hollandaise, mettaient de la musique et elle prenait plaisir à préparer un festin avec son compagnon. Ils ouvraient toujours une bonne bouteille et, depuis quelque temps, leur consommation était en légère augmentation. Après le repas, ils restaient assis à discuter ou regardaient quelque imbécillité à la télévision en compagnie de Theodora. Elinborg somnolait devant la boîte jusqu'à dix heures passées, moment où, morte de fatigue, elle allait se mettre au lit, bientôt suivie de Teddi. Ce dernier avait pris pour habitude d'avaler deux ou trois bières après manger, mais Elinborg ne touchait pas à une goutte d'alcool une fois le repas achevé : elle aimait beaucoup sentir le sommeil l'envahir peu à peu jusqu'à la vaincre. Les samedis étaient consacrés au rangement et à diverses courses puis, dans l'après-midi, elle s'enfermait pour se livrer à ses expériences culinaires. C'étaient là les heures les plus agréables de la semaine. Teddi ne devait pas approcher de la cuisine ni des plats en gestation. Il n'était même pas autorisé à allumer le barbecue. Les semaines précédentes, elle s'était essayée à quelques plats à base de cailles qu'on trouvait congelées dans les magasins, mais n'était pas parvenue à réaliser la recette parfaite. Teddi avait trouvé ces bestioles fort peu copieuses et tout à fait dénuées d'intérêt, ce à quoi elle avait rétorqué qu'il était stupide de toujours s'attacher à la quantité plutôt qu'à la qualité.

– Il semblait plutôt en bonne forme physique, dit Elinborg au coach, un homme musclé d'une trentaine d'années qui rayonnait de joie de vivre et d'optimisme avec son teint hâlé et ses dents aussi éclatantes que les lumières d'une piste d'atterrissage.

– Runolfur était extrêmement *fit*, convint l'instructeur en baissant les yeux sur l'enquêtrice.

Elle avait l'impression qu'il l'évaluait et soupçonnait le libellé de la sentence : condamnée à perpétuité au tapis de course.

– Connaissez-vous la raison pour laquelle il a changé de salle de sport ? demanda-t-elle. Vous l'a-t-il dit quand il est venu vous voir il y a deux ans ?

– Non, je n'en ai aucune idée. J'ai supposé qu'il

s'était tout bêtement installé dans le quartier. C'est souvent le cas.

– Savez-vous où il allait auparavant ?

– À Firma, il me semble.

– Firma ?

– C'est l'un de nos clients qui m'a soufflé ça, il savait qu'il avait fréquenté cette salle-là. Les gens qui pratiquent ce genre d'activité se connaissent un peu, même si ce n'est que de vue.

– A-t-il fait des rencontres ici ?

– Je ne pense pas. Il venait généralement seul. Parfois, un ami l'accompagnait, j'ignore son nom. Il n'avait pas été gâté par la nature. Pas *fit* pour un sou. Il n'allait jamais sur les appareils et se contentait de l'attendre à la cafétéria.

– Lui est-il arrivé de vous parler de femmes quand il venait ?

– De femmes ? Non.

– Il n'en a jamais abordé aucune ici ? Ne vous a jamais rien dit de celles qu'il connaissait en dehors ?

L'entraîneur s'accorda un instant de réflexion.

– Non, ça ne me revient pas. Il n'était pas très causant.

– Parfait, merci bien, conclut Elinborg.

– Je vous en prie, je serais heureux de pouvoir vous aider un peu plus ; le problème est que je ne le connaissais pratiquement pas. C'est affreux, ce qui lui est arrivé, absolument affreux.

– Je ne vous le fais pas dire, convint Elinborg avant de prendre congé du colosse qui affichait à nouveau un sourire radieux, ayant déjà oublié le destin tragique de Runolfur.

Elle était sortie sur le parking et il lui vint tout à coup l'idée d'un autre angle d'attaque. Elle rebroussa chemin et retrouva l'instructeur penché au-dessus d'une femme très corpulente d'une soixantaine d'années. Allongée de tout son long dans sa combinaison multicolore, elle se plaignait d'une foulure et semblait coincée dans l'un des appareils.

– Veuillez m'excuser, déclara Elinborg.

Le coach leva les yeux. Des gouttes de sueur perlaient à son front.

– Oui ?

– Y a-t-il eu des femmes qui ont cessé de fréquenter la salle quand il est arrivé ?

– Cessé de... ?

– Oui, quelqu'un qui aurait arrêté de manière inattendue ? Sans explication ? Quelqu'un qui aurait fréquenté votre club pendant longtemps et qui aurait cessé de venir à partir du moment où Runolfur est devenu l'un de vos clients réguliers.

– Pourriez-vous... ? soupira la femme bien en chair, la main tendue tandis qu'elle adressait un regard suppliant à l'entraîneur.

– Il y a toujours des gens qui arrêtent, répondit-il. Je ne saisis pas bien...

– Je me demande si vous n'auriez pas remarqué quelque chose d'inhabituel. Par exemple, une femme qui serait venue régulièrement et aurait cessé son entraînement.

– Je n'ai rien noté de tel et je remarque toujours ce genre de choses, cette salle m'appartient, voyez-vous, j'en possède des parts.

– Il est peut-être compliqué de surveiller de près qui commence et qui arrête, enfin, je suppose : vous avez tellement de monde.

– Tout à fait, notre salle est très prisée, convint l'entraîneur.

– Oui, évidemment.

– En tout cas, personne n'a arrêté de venir à cause de lui, autant que je sache.

– Ohé, vous voudriez bien…

La femme prisonnière de l'appareil semblait tout à fait désemparée.

– Parfait, conclut Elinborg. Merci beaucoup. Je pourrais peut-être vous aider à la…

La femme les regarda tour à tour.

– Non, non, cela ira, remercia l'instructeur, je vais m'en arranger.

En quittant l'établissement, Elinborg entendit la prisonnière de l'engin crier à tue-tête et traiter le colosse de tous les noms.

La police avait interrogé quelques personnes qui connaissaient vaguement Runolfur, parmi lesquelles des voisins et des collègues. Tous l'avaient décrit comme quelqu'un de bien et n'avaient eu aucun reproche à formuler à son sujet. Son décès et la manière dont il était survenu leur étaient parfaitement incompréhensibles. L'un de ses collègues savait qu'il avait un ami prénommé Edvard. Ce dernier ne travaillait pas chez eux, mais il était arrivé à Runolfur de le mentionner dans la conversation. Elinborg se souvenait avoir remarqué que ce prénom apparaissait souvent dans le relevé des appels téléphoniques de Runolfur qui leur avait été communiqué. Quand on l'avait contacté, il avait avoué connaître la victime, mais ne pas voir en quoi il pouvait être utile à la police. Elinborg l'avait convoqué au commissariat.

Edvard avait déjà entendu parler de la drogue du viol dans les médias. Il avait été encore plus incrédule d'apprendre que son ami en avait en sa possession que du destin tragique que ce dernier avait connu. Il avait affirmé qu'il devait s'agir d'un malentendu, qu'il était impossible que son ami ait eu cette substance : ce n'était pas son genre. On n'avait pas encore informé la presse que Runolfur lui-même avait ingéré du Rohypnol.

– Quel genre d'homme en aurait ? avait rétorqué Elinborg en invitant Edvard à s'asseoir dans son bureau.

– Je n'en sais rien, mais lui, ce n'était pas son genre. C'est absolument certain.

L'homme la regardait avec les yeux écarquillés en lui expliquant qu'il connaissait assez bien la victime. Ils étaient devenus amis peu de temps après son arrivée à Reykjavik, c'était là qu'ils s'étaient rencontrés. Edvard exerçait aujourd'hui le métier d'enseignant et avait connu Runolfur à l'époque où ils avaient travaillé ensemble comme maçons pendant l'été, parallèlement à leurs études. Ils allaient souvent au cinéma, avaient une passion commune pour le football anglais et comme aucun d'eux n'était fiancé, ils s'étaient rapidement liés d'amitié.

– Vous sortiez faire la fête ensemble le week-end ? demanda Elinborg.

– Cela nous arrivait, répondit l'homme.

Âgé d'une trentaine d'années, il avait un visage potelé, un léger embonpoint, portait une barbe éparse et ses cheveux blonds commençaient à se clairsemer.

– Il avait le contact facile avec les femmes ?

– Il était toujours charmant avec elles. Je comprends parfaitement ce que vous essayez de m'amener à vous dire, mais je ne l'ai jamais vu leur faire le moindre mal. Ni à elles, ni à qui que ce soit.

– Et vous ne voyez rien dans son comportement qui puisse expliquer pourquoi nous avons retrouvé du Rohypnol dans ses poches ?

– C'était un homme tout à fait normal, répondit Edvard. C'est quelqu'un d'autre qui l'a placé là.

– Il était en couple au moment de sa mort ?

– Pas que je sache. Quelqu'un s'est manifesté ?

– Avez-vous connu certaines des femmes qu'il a fréquentées ? poursuivit Elinborg sans répondre à sa question. Une personne avec qui il aurait vécu, par exemple ?

– Je n'ai jamais connu aucune femme avec laquelle il aurait été en couple ou avec qui il aurait eu une relation stable. Il n'a jamais vécu en concubinage.

– Quand l'avez-vous vu pour la dernière fois ?

– J'ai eu de ses nouvelles avant le week-end. Nous avions envisagé de nous voir. Je lui ai demandé s'il avait des projets, s'il allait faire quelque chose, mais il m'a répondu qu'il allait simplement rester chez lui.

– Ensuite, vous l'avez appelé samedi.

La police avait épluché le relevé des appels de Runolfur en remontant jusqu'à quelques semaines en arrière, aussi bien sur sa ligne fixe que sur son portable. Elinborg avait reçu la liste plus tôt dans la journée. Il ne recevait que peu de coups de fil. La plupart était de nature professionnelle, mais certains numéros demandaient un examen un peu plus approfondi. Edvard était son correspondant le plus fidèle.

– Je voulais l'emmener avec moi pour regarder le foot au Sportbar. Nous allons… enfin, nous allions parfois là-bas le samedi. Il m'a répondu qu'il avait un truc à faire, sans préciser quoi.

– Et il avait l'air tout à fait normal ?

– Comme d'habitude, répondit Edvard.

– Vous alliez parfois ensemble à la salle de sport ?

– Je l'y ai accompagné quelques rares fois. Je me contentais de boire un café, je ne fais pas de sport.

– Lui est-il arrivé de vous parler de ses parents ? demanda Elinborg.

– Jamais.

– Et de sa jeunesse, du village de pêcheurs où il a grandi ?

– Non plus.

– De quoi discutiez-vous ?

– De football… enfin, ce genre de choses. De cinéma. Les trucs habituels. Rien de bien exceptionnel.

– Et les femmes ?

– Parfois.

– Connaissez-vous son opinion sur elles en général ?

– Elle n'avait rien d'original ou de bizarre. Il ne les détestait pas, c'était un type normal. S'il apercevait une jolie fille, il me le faisait remarquer. Comme le font les hommes, comme nous le faisons tous.

– Il s'intéressait au cinéma.

– Oui, aux films américains basés sur les *comics*.

– Ceux sur les super-héros ?

– Exactement.

– Pourquoi ?

– Il les trouvait divertissants. Moi aussi, d'ailleurs. C'était l'un de nos points communs.

– Et leurs affiches tapissent aussi les murs de votre appartement ?

– Non.

– Ne mènent-ils pas toujours une double vie ?

– Qui ça ?

– Ces super-héros.

– Je ne vois pas où vous voulez en venir.

– En général, ce sont des gens comme vous et moi qui ont la faculté de se transformer, n'est-ce pas ? Qui changent de peau dans les cabines téléphoniques, non ? Je ne suis pas très au point dans ce domaine.

– Oui, peut-être.

– Votre ami avait-il une double vie ?

– Je n'en ai aucune idée.

10

Seuls quelques restaurants étaient spécialistes de la cuisine indienne dans la région de Reykjavik. Elinborg, qui les connaissait bien, s'y était rendue, dans l'espoir de découvrir l'identité de la propriétaire du châle qu'elle avait emporté avec elle pour le montrer au personnel. L'odeur d'épices avait pratiquement disparu et personne n'avait reconnu l'étole. Elle avait sans grande difficulté pu écarter les employés de ces restaurants de la liste des suspects : ils étaient peu nombreux, faisaient pour la plupart partie des familles propriétaires des lieux et pouvaient aisément justifier de leur emploi du temps au moment où Runolfur avait été assassiné. Ces établissements accueillaient certains clients réguliers dont ils avaient communiqué l'identité à la police, et que cette dernière avait contactés, sans résultat concluant. Il en était allé de même avec la petite communauté indienne installée en Islande. La police n'avait pas tardé à l'exclure de toute implication dans le meurtre.

Elinborg ne connaissait qu'un seul endroit qui vendait des plats en terre cuite, d'autres ustensiles et produits, des mélanges d'épices et des huiles, destinés à la cuisine indienne. Elle y était cliente et il lui était déjà arrivé de discuter avec la propriétaire et unique vendeuse du magasin. C'était une Islandaise qui avait vécu en Inde. Elle s'appelait Johanna et avait à peu près le même âge qu'Elinborg. C'était une femme très ouverte qui n'hésitait pas à raconter sa vie à tous ceux qui entraient dans sa boutique. Ainsi, Elinborg savait qu'elle avait beaucoup voyagé en Extrême-Orient dans sa jeunesse et que l'Inde était le pays de ses rêves. Elle y avait séjourné pendant deux ans avant de rentrer en Islande où elle avait ouvert ce petit magasin de produits d'importation.

– Je ne vends pas beaucoup de ces terres cuites, précisa Johanna. Je dirais qu'il en part une ou deux par an. Certains ne s'en servent pas pour la cuisine, mais simplement comme objets de décoration.

Elle savait qu'Elinborg travaillait dans la police et connaissait sa passion, elle l'avait chaudement félicitée à la publication de son livre. Elinborg lui avait expliqué qu'elle recherchait une jeune femme, probablement âgée d'une trentaine d'années, qui se serait intéressée à la cuisine indienne. Elle ne lui en avait pas dévoilé plus, n'avait pas dit dans le cadre de quelle enquête elle effectuait cette recherche. Mais Johanna était trop curieuse et bavarde pour se contenter de ça.

– Que voulez-vous à cette jeune femme ? interrogea-t-elle.

– C'est en rapport avec une affaire de drogue, répondit Elinborg qui ne considérait pas proférer là un bien grand mensonge. Ce que j'ai en tête, ce ne sont pas uniquement les plats en terre cuite, mais également les épices. Le safran, la coriandre, l'annate, le *garam masala* et la muscade. Auriez-vous une cliente qui achèterait ces produits de façon régulière, probablement une femme brune d'environ trente ans ?

– Une affaire de drogue ?

109

Elinborg lui répondit par un sourire.

– Je suppose que vous ne m'en direz pas plus ? observa Johanna.

– Simple enquête de routine, assura Elinborg.

– Et qui n'a rien à voir avec le meurtre de Thingholt ? Ce n'est pas vous qui en êtes chargée ?

– Auriez-vous une idée de la personne dont je parle ? éluda Elinborg.

– C'est que les affaires ne vont pas très fort, répondit Johanna. Les gens peuvent acheter tout cela sur le Net et dans les meilleurs des supermarchés. Je n'ai pas beaucoup de clients réguliers comme vous. Je ne me plains pas, comprenez-moi bien.

Elinborg attendait patiemment et Johanna comprit qu'elle n'avait aucune envie de l'entendre lui dresser le détail de ses difficultés financières.

– Je ne vois pas. Toutes sortes de gens viennent ici, comme vous savez, et parmi eux, il y a aussi des femmes trentenaires. Un bon nombre d'entre elles ont les cheveux bruns.

– Celle dont je parle est peut-être venue plusieurs fois, il est très probable qu'elle se passionne pour les plats indiens et le tandoori. Il se pourrait que vous ayez abordé ce sujet avec elle.

Johanna se tut un long moment, puis secoua la tête.

Elinborg sortit le châle de son sac pour le déplier sur le comptoir. Toutes les analyses avaient maintenant été effectuées.

– Vous souviendriez-vous d'une jeune femme qui serait venue dans la boutique et qui aurait porté cette étole ?

Johanna scruta le tissu avec attention.

– C'est du cachemire, n'est-ce pas ? interrogea-t-elle.

– Tout à fait.

– Il est absolument magnifique. C'est un motif typiquement indien. Où a-t-il été tissé ?

Elle chercha l'étiquette, mais ne la trouva pas.

– Je ne me souviens pas avoir déjà vu cette étole, dit-elle, je suis désolée.

– Tant pis, observa Elinborg, merci quand même. Elle replia le tissu pour le remettre dans son sac.

– Et vous êtes à la recherche de sa propriétaire ?

Elinborg hocha la tête.

– Je pourrais vous communiquer quelques noms, consentit Johanna au terme d'une longue réflexion. Je… ils figurent sur les tickets de cartes de crédit, enfin, ce genre de documents.

– Cela m'aiderait beaucoup, répondit Elinborg.

– Gardez-vous de raconter où vous vous les êtes procurés, précisa Johanna. Je ne voudrais pas que quiconque le découvre.

– Je le comprends parfaitement.

– Je ne voudrais pas que les gens aillent penser que je parle de ce qu'ils m'achètent à la police.

– Bien sûr que non, j'y veillerai. Ne vous inquiétez pas.

– Est-ce que je dois remonter loin ?

– Commençons par les six derniers mois, si cela ne pose pas de problème.

Ceux qui avaient côtoyé Runolfur dans le cadre de sa profession conservaient généralement le souvenir d'un technicien avenant qui avait réglé leurs problèmes de téléphone, de connexion Internet voire de télévision numérique. Tous avaient été élogieux, que ce soient les particuliers ou les employés des entreprises. La liste de ses visites couvrait les deux derniers mois. Elle était assez conséquente. Runolfur avait effectué ce type de

111

déplacement en moyenne une à deux fois par jour au cours de la période en question. Il lui arrivait de se rendre à deux ou trois reprises au même endroit. Il était extrêmement apprécié. Les gens le décrivaient comme un homme serviable, d'une conversation agréable, efficace, d'une présentation soignée et toujours poli. Parfois, quand son intervention durait un certain temps, il acceptait une tasse de café. Ailleurs, lors de visites plus brèves, pour des opérations mineures, il ne passait qu'en coup de vent. Les questions de la police quant à un comportement étrange ou déplacé de la part du technicien n'avaient donné aucun résultat jusqu'au moment où Elinborg alla frapper à la porte d'une mère célibataire qui vivait au deuxième étage d'un immeuble de Kopavogur. Loa était une trentenaire divorcée. Elle avait un fils de douze ans et était allée passer le week-end avec trois de ses amies au moment où Runolfur avait perdu la vie.

— Oui, je m'en rappelle très bien, j'avais pris l'ADSL pour Kiddi, expliqua-t-elle à Elinborg quand cette dernière lui demanda si elle avait gardé souvenir du passage de Runolfur.

Les deux femmes allèrent s'asseoir au salon. Il régnait un joyeux désordre dans le petit appartement où se mêlaient linge propre et sale, assiettes, lecteur CD, chaîne hi-fi, deux consoles de jeux vidéo, une grande télévision, des journaux gratuits et d'autres courriers sans intérêt. Loa justifia le chaos en précisant qu'elle travaillait beaucoup et que ce gamin ne rangeait rien.

— Il passe sa journée devant l'ordinateur, observat-elle d'un ton las.

Elinborg hocha la tête et pensa à Valthor.

Loa ne se montra pas plus surprise que cela de recevoir la visite de la police quand elle eut compris que

Runolfur en était le motif. Elle avait suivi les actualités dans les journaux et à la télévision et se rappelait bien ce technicien qui était passé les connecter à Internet. Elle parvenait difficilement à croire qu'il ait perdu la vie d'une manière si terrible et subite.

– Comment est-il possible d'égorger quelqu'un ? chuchota-t-elle.

Elinborg haussa les épaules. Loa lui avait tout de suite plu. Il semblait que cette femme ne connaisse ni la timidité ni les faux-semblants, tout ce qu'elle lui disait venait droit du cœur. On voyait clairement qu'elle n'avait pas eu une vie facile, mais qu'elle ne manquait ni d'énergie, ni de ressources. Son très joli sourire lui montait jusqu'aux yeux et la rendait aussi sympathique que digne d'intérêt.

– Le pauvre homme, observa Loa.

– Kiddi, c'est… ?

– Mon fils. Il me demandait cet ADSL depuis un an, il voulait l'Internet sans fil et j'ai fini par le lui offrir. D'ailleurs, je ne le regrette pas, c'est quand même mieux d'avoir une connexion directe. Kiddi m'avait certifié qu'il était capable de l'installer lui-même, mais ça avait raté, alors je les ai appelés et ils m'ont envoyé cet homme.

– Je comprends, dit Elinborg.

– Qu'ai-je à voir avec lui ? Pourquoi me posez-vous ces questions. Est-ce que j'aurais… ? s'enquit Loa.

– Nous collectons des informations auprès de tous ceux qui l'ont rencontré, même brièvement, expliqua Elinborg. Nous n'en savons que très peu sur Runolfur ou sur ce qui s'est passé au moment de son décès. Nous essayons de nous en faire une image. Il était originaire de province et n'avait pas beaucoup d'amis en ville, c'étaient principalement des collègues. Pour les autres, il n'y avait pas foule.

– Mais, je veux dire, enfin, je ne le connaissais absolument pas. Il est juste passé ici pour nous installer le Net.

– Oui, je sais bien. Quelle impression vous a-t-il laissée ?

– Très bonne, excellente. Il est arrivé après cinq heures, à mon retour du travail, tout comme vous, et il a fait son boulot, il nous a connecté au Net. Il n'a pas mis bien longtemps. Ensuite, il est reparti.

– Et il n'est venu que cette unique fois ?

– Non, en fait, il est repassé le lendemain, à moins que cela n'ait été deux jours plus tard. Il avait oublié un outil, un tournevis, je crois. À ce moment-là, il était un peu moins pressé.

– Vous avez donc eu l'occasion de discuter un peu tous les deux… ?

– Un peu. Il était très agréable. C'était un gars vraiment sympathique. Il m'a raconté qu'il pratiquait le sport en salle.

– Vous, vous faites du sport ? Vous avait-il rencontrée là-bas ?

– Non, il ne me connaissait pas du tout. Je n'ai jamais eu le courage d'aller à ces machins de gym. Et je le lui ai dit. Un jour, je me suis offert un abonnement annuel, j'étais super motivée, mais j'ai laissé tomber au bout de quelques semaines. Lui, il m'a raconté que, justement, il n'avait jamais osé abandonner.

– Avez-vous eu l'impression qu'il essayait de vous séduire ? demanda Elinborg. A-t-il dit des choses qui le laissaient à penser ?

– Non, cela n'avait rien à voir avec ça. Il était simplement très sympa.

– C'est ce que tout le monde nous dit. Qu'il était le meilleur des hommes.

Elinborg eut un petit sourire et se fit la réflexion qu'elle perdait son temps. Elle s'apprêtait à prendre poliment congé de Loa quand son interlocutrice la surprit.

– Un peu plus tard, je l'ai croisé en ville, annonça-t-elle.

– Ah bon ?

– J'étais sortie m'amuser un samedi soir et là, je suis tout à coup tombée nez à nez avec lui. Il s'est mis à discuter avec moi comme si nous étions des amis de longue date. Il avait vraiment la pêche ; il a voulu m'offrir une bière. Il était adorable.

– Et cette rencontre était le fait du hasard ?

– Le plus pur qui soit.

– Il savait que vous seriez là ?

– Non, absolument pas. C'était une simple coïncidence.

– Et que s'est-il passé ?

– Ce qui s'est passé ? Rien. Nous avons discuté et… voilà tout.

– Vous étiez seule ?

– Oui.

– Personne ne vous accompagnait ?

– Non.

– Vous lui aviez dit dans quels endroits vous sortiez quand il était repassé chez vous ? Lui aviez-vous parlé de vos bars préférés en centre-ville ?

Loa s'accorda un instant de réflexion.

– Nous n'avions que très brièvement abordé ce sujet. Il ne m'est jamais venu à l'esprit qu'il puisse y avoir un lien. Attendez un peu, vous croyez qu'il y en a un ?

– Je ne sais pas, répondit Elinborg.

– Il… Il m'a parlé de la vie nocturne en précisant qu'il habitait en plein cœur de Reykjavik et m'a demandé comment ça se passait à Kopavogur. Si je descendais en ville ou si je m'amusais ici, à Kopavogur. C'était à son deuxième passage. Enfin, je crois que c'est à peu près ça.

– Et vous avez mentionné des endroits précis ?

Loa réfléchit à nouveau l'espace d'un instant.

– Il y en a un où je vais toujours.

– Lequel ?

– Thorvaldsen.

– C'est là que vous êtes tombée sur lui ?

– Oui.

– Par hasard ?

– Maintenant que vous le dites, cela semble un peu bizarre.

– Qu'est-ce qui est bizarre ?

– J'ai eu l'impression que, d'une certaine manière, il m'attendait. Je suis incapable de dire pourquoi au juste, mais il y avait quelque chose chez lui qui sonnait faux. Il avait l'air tellement content de me voir, tellement étonné de me croiser là et tout ça. Je trouvais que cela sonnait plus ou moins faux. Ah, quel heureux hasard, enfin, vous voyez. Il… je ne sais pas. En tout cas, il ne s'est rien passé. Brusquement, j'ai eu l'impression qu'il ne s'intéressait plus du tout à moi et il m'a dit au revoir.

– Il vous a offert un verre ?

– Oui.

– Et vous l'avez accepté ?

– Non. Enfin, si, mais je ne voulais pas d'alcool.

– D'accord. Et que… ?

Elinborg ne voulait pas se montrer trop pressante, mais cela lui était difficile.

– Je ne bois plus, précisa Loa. Je n'ai pas le droit. Pas même une goutte.

– Je comprends.

– Mon mari m'a quittée, voyez-vous, et c'était le bordel, j'ai bien cru qu'ils allaient m'enlever Kiddi. J'ai réussi à arrêter. Je vais aux réunions et tout ça. Cela m'a sauvé la vie.

– Donc, Runolfur s'est subitement désintéressé de vous, reprit Elinborg.

– En effet.

– Parce que vous ne vouliez pas boire d'alcool ?

Loa la dévisagea.

– Qu'est-ce qui vous fait dire ça ?

– Il vous a offert un verre, mais vous avez refusé parce que vous ne buvez pas et tout à coup, vous ne l'intéressiez plus.

– J'ai pris du ginger-ale. C'est lui qui me l'a offert.

– Cela n'a rien à voir, observa Elinborg.

– Rien à voir avec quoi ?

– Avec l'alcool. Lui aviez-vous confié que vous ne buviez pas quand il était revenu ici ?

– Non, cela ne le regardait pas. Où voulez-vous en venir exactement ?

Elinborg demeura silencieuse.

– Vous laisseriez entendre que je ne rencontrerai jamais personne parce que je ne bois plus ?

Elinborg sourit devant cette association d'idées.

– Il est possible que Runolfur ait été quelque peu particulier dans ce domaine, reprit-elle. Je ne peux vraiment pas être plus précise.

– Plus précise ?

– Vous n'avez pas suivi les informations ?

– Si, plus ou moins.

– On y a dit que certaines drogues ont été décou-

117

vertes au domicile de Runolfur. Des drogues dont se servent certains violeurs.

Les yeux de Loa étaient rivés sur elle.

– Et qu'il utilisait ? demanda-t-elle.

– Probablement.

– Ils la versent dans l'alcool, n'est-ce pas ?

– Oui, l'alcool décuple les effets. Ainsi, elle agit également sur la mémoire, les gens perdent parfois jusqu'à tout souvenir des événements.

Loa commença à relier ces éléments que constituaient ce technicien passé chez elle et qu'elle avait ensuite rencontré par hasard dans un bar du centre-ville, les informations où il était question d'une drogue que certains violeurs mélangeaient aux verres des femmes, la dépendance contre laquelle elle luttait depuis des années, les boissons sans alcool qu'elle prenait à chaque fois qu'elle sortait, la manière subite dont l'intérêt de Runolfur s'était tari et la mort violente qu'il avait connue. Tout à coup, elle eut l'impression de se retrouver dans un univers étrange, glacé et terrifiant.

– Je ne vous crois pas, dit-elle en regardant Elinborg, sous le coup de l'étonnement. Vous plaisantez, non ?

Elinborg garda le silence.

– Avait-il l'intention de s'en prendre à moi ?!

– Je n'en sais rien, répondit Elinborg.

– Nom de Dieu ! s'emporta Loa. Il n'a pas retrouvé son tournevis quand il est revenu ici. Il m'a raconté qu'il l'avait oublié, il l'a cherché partout en discutant avec moi comme un vieux copain. Peut-être qu'il n'avait même pas oublié cet outil. Peut-être que c'était tout bonnement de la comédie ?

Elinborg haussa les épaules, comme si elle ne disposait pas de la réponse à ces questions.

– Cette espèce de porc ! s'exclama Loa, les yeux fixés sur la policière. Qu'est-ce qui ne tourne pas rond chez ces fichus bonshommes ?

– Ils sont détraqués, observa Elinborg.

– Je l'aurais tué, ce sale porc ! Putain oui, je l'aurais zigouillé !

Celle que tout le monde appelait Binna Geirs portait l'imposant nom de Brynhildur Geirhardsdottir[1]. Elinborg trouvait qu'il lui seyait à merveille. Elle était de haute taille et presque aussi impressionnante qu'une ogresse sortie d'un conte. Ses cheveux raides poussaient comme du chiendent et lui tombaient dans le dos, elle avait un visage aux traits grossiers, un nez rouge hérissé de poils, un cou épais et des bras interminables. Ses jambes faisaient penser aux piliers d'un pont. À côté d'elle, Fridbert ressemblait à un elfe : petit et maigrelet, complètement chauve avec de grandes oreilles décollées et de petits yeux surmontés de très épais sourcils.

Solla ne s'était pas trompée : Berti, qu'on surnommait parfois Berti le raccourci à cause de sa petite taille, avait emménagé chez Binna. Ils vivaient dans une petite maison en bois peu ragoûtante située sur la rue Njalsgata. Binna l'avait héritée de ses parents et était parvenue à la conserver contre vents et marées. La maison était habillée de tôle ondulée qu'elle laissait rouiller en paix, le toit fuyait, les fenêtres béaient. Binna était plus douée pour nombre d'autres choses que pour la valorisation de son patrimoine.

1. La traduction donnerait quelque chose comme : Bataille de cotte de mailles (Brynhildur) Fille de Rigide comme une lance (Geirhardsdottir). *(Toutes les notes sont du traducteur.)*

Tous deux étaient présents la seconde fois qu'Elinborg se rendit à Njalsgata. La première, personne n'avait répondu quand elle avait frappé et elle n'avait décelé aucun signe de vie en regardant par la fenêtre. Cette fois-ci, la porte s'ouvrit brutalement et, dans l'embrasure, Brynhildur Geirhardsdottir n'avait pas l'air enchantée du dérangement. Elle portait un vieux chandail islandais en laine de pays, un jeans râpé et tenait à la main une cuiller en bois.

– Bonjour Binna, salua Elinborg, sans être certaine que Brynhildur soit en état de la reconnaître. Je suis à la recherche de Berti.

– Berti ? répondit sèchement Brynhildur. Qu'est-ce que vous lui voulez ?

– J'ai besoin de lui parler. Il est ici ?

– Il dort, observa Brynhildur en pointant un doigt vers la pénombre de l'intérieur. Il a fait des conneries ?

Elinborg comprit qu'elle l'avait reconnue. Tout comme avec Solla, elle et Brynhildur s'étaient parfois croisées quand elle avait eu affaire à la police. Forte et imposante, elle était régulièrement impliquée dans des rixes. De caractère difficile, elle buvait beaucoup, ce qui n'arrangeait pas son humeur. Brynhildur s'en était plus d'une fois violemment prise à des policiers alors qu'elle se trouvait dans son pire état et qu'ils lui passaient les menottes pour l'emmener au commissariat de Hverfisgata où la nuit lui porterait conseil et dégrisement. Elle avait fréquenté divers types au cours de sa vie et eu un fils avec l'un d'eux, il y avait maintenant bien longtemps. Elinborg se sentait presque intimidée face à Binna Geirs, même si les choses n'avaient jamais dégénéré entre elles. Elle avait voulu que Sigurdur Oli l'accompagne au cas où, mais n'avait pas réussi à mettre la main sur lui.

– Autant que je sache, non, répondit Elinborg. Vous me permettez d'entrer pour lui parler un moment ?

Brynhildur la toisa comme pour la peser et la mesurer avant d'ouvrir un peu plus grand sa porte et de l'autoriser à franchir le seuil. La puanteur d'un plat familier lui emplit immédiatement les narines. Brynhildur faisait cuire de l'aiglefin faisandé. L'après-midi touchait à sa fin et le jour déclinait. Aucune lampe n'étant allumée, l'unique source de lumière était la clarté qui provenait de la rue. Il faisait froid, on aurait dit que l'eau chaude leur avait été coupée[1]. Allongé sur le canapé, Berti dormait. Brynhildur lui asséna une pichenette avec sa cuiller et lui ordonna de se lever. Voyant qu'il ne réagissait pas, elle lui attrapa les pieds pour les ôter des coussins, ce qui le fit tomber à terre.

Réveillé en sursaut, il se releva d'un bond et se réinstalla sur le canapé.

– Qu'est-ce qui se passe ? interrogea-t-il, perdu, encore à moitié endormi.

– Tu as de la visite et nous n'allons plus tarder à bouffer, informa Brynhildur avant de disparaître à la cuisine.

Les yeux d'Elinborg s'habituaient graduellement à la pénombre. Elle distingua des traces d'humidité sur les antiques tapisseries des murs, des meubles usés et vieux comme Hérode, des tapis crasseux sur le parquet brut.

– Qu'est-ce que c'est que ce bordel ?

– Je voulais vous poser quelques questions, annonça Elinborg.

---

1. Il s'agit de l'eau chaude qui sert à chauffer les appartements et provient de l'exploitation géothermique. Une bonne partie des foyers islandais est chauffée de cette manière.

– Quelques questions... qu'est-ce que... qui êtes-vous ? s'enquit Berti qui ne la voyait pas très bien dans cette obscurité.

– Je m'appelle Elinborg et je suis de la police.

– Vous êtes flic ?

– Je ne vous dérangerai pas longtemps. Nous essayons de découvrir comment du Rohypnol a pu atterrir entre les mains d'un homme qui a récemment été assassiné. Vous en avez peut-être entendu parler aux informations.

– En quoi est-ce que ça me regarde ? rétorqua-t-il.

La voix encore rauque de sommeil, il ne comprenait pas bien la raison de cette visite inattendue.

– Nous savons qu'il vous arrive parfois de vendre ce type de produits qu'on n'obtient que sur ordonnance, observa Elinborg.

– Moi ? Je ne vends pas de ces trucs-là. Je ne vends rien du tout.

– Allons, allons. Votre nom figure dans nos fichiers et vous avez été condamné pour trafic.

Elinborg sortit de sa poche une photo de la victime qu'elle tendit à Berti.

– Connaissiez-vous Runolfur ?

Berti attrapa le cliché. Il s'approcha d'une lampe de bureau et l'alluma. Au pied de la lampe reposait une paire de lunettes qu'il chaussa. Puis il observa longuement le visage de Runolfur.

– C'est celle qui était dans les journaux, non ?

– En effet, c'est la même, répondit Elinborg.

– Je n'avais jamais vu cet homme avant qu'ils ne le montrent à la télé, observa Berti en reposant la photo sur la table. Pourquoi a-t-il été assassiné ?

– C'est justement ce que nous essayons de découvrir. Il avait sur lui du Rohypnol qu'aucun médecin ne lui avait prescrit. Nous pensons qu'il l'avait acheté auprès de quelqu'un comme vous. Il est possible qu'il se soit servi de ce produit et qu'il l'ait versé dans les verres des femmes qu'il rencontrait.

Berti fixa longuement Elinborg. Elle savait qu'il pesait mentalement le pour et le contre afin de décider s'il devait coopérer ou la fermer. On entendit les assiettes cliqueter dans la cuisine où Brynhildur était toujours à ses fourneaux. Berti avait fait quelques séjours à la prison de Hraunid pour divers délits, vols avec effraction, faux et usage de faux, vente et trafic de stupéfiants, mais cela ne faisait pas de lui un criminel endurci.

– Je ne vends pas à ce genre de types, déclarat-il enfin.

– Ce genre de types ?

– Ceux qui s'en servent de cette façon.

– Comment savez-vous l'usage qu'ils en font ?

– Je le sais, point. Je ne vends pas aux pervers. Je ne vends pas aux types comme ça. D'ailleurs, je n'ai jamais rencontré ce gars-là. Je ne lui ai jamais rien vendu. Je sais à qui je vends et à qui je ne vends pas.

Brynhildur apparut dans l'embrasure et lança un regard malveillant à son compagnon. Elle avait toujours sa cuiller à la main. L'odeur nauséabonde de l'aiglefin faisandé la suivait depuis la cuisine.

– Où aurait-il pu se procurer ce truc-là ? interrogea Elinborg.

– Je l'ignore, répondit Berti.

– Qui est-ce qui vend du Rohypnol ?

– Inutile de me demander ça à moi ! Je ne sais rien. Et même si je savais quelque chose, je ne vous le dirais pas.

Un sourire discret, mais satisfait, montait aux lèvres de Berti.

– Est-ce que c'est lié à cette histoire de pervers qui a été saigné ? s'enquit Brynhildur.

Elle lança un regard acéré à Elinborg qui lui répondit d'un hochement de tête.

– Nous essayons de découvrir où il s'est procuré ce produit.

– C'est toi qui le lui as vendu ? interrogea Brynhildur, posant ses yeux sur Berti qui jetait vers elle des regards fuyants.

– Non, je ne lui ai rien vendu, répondit-il. Je viens de lui dire que je n'ai jamais vu cet homme.

– Eh bien, voilà ! conclut Brynhildur.

– Mais Berti pourrait m'indiquer une personne susceptible de lui avoir fourni cette saleté, plaida Elinborg.

Brynhildur la toisa longuement, pensive.

– Ce pervers, c'était un violeur ? s'enquit-elle.

– Certains indices le laissent croire, confirma Elinborg.

– Viens bouffer, Berti, commanda Brynhildur. Raconte-lui ce que tu sais et rapplique.

Berti se leva.

– Je ne peux quand même pas lui raconter ce que je ne sais pas, observa-t-il.

Brynhildur repartit vers ses fourneaux, mais s'arrêta à la porte. Elle fit volte-face, agita sa cuiller en direction de son homme et l'enjoignit d'un air menaçant.

– Dis-lui tout !

Berti regarda Elinborg avec un visage secoué de convulsions.

Brynhildur entra dans sa cuisine et cria d'une voix forte par-dessus son épaule.

– Ensuite, à table !

11

Elinborg fixait le réveil sur sa table de nuit. 00 h 17.
Elle se remit à compter mentalement en partant de
10 000.

9 999, 9 998, 9 997, 9 996...

Elle essayait de vider son esprit de toute pensée
jusqu'à ce qu'il n'abrite plus qu'une série de nombres
dénués de toute signification. C'était sa manière à elle
d'atteindre la sérénité et de trouver le sommeil.

Il arrivait parfois, lorsqu'elle ne parvenait pas à s'endormir, que son esprit la ramène à une période de sa
vie sur laquelle elle n'avait pas spécialement envie de
s'attarder, celle qu'elle avait passée avec son premier
époux. Elinborg, qui ne faisait jamais les choses à moitié ou dans la précipitation, avait contracté un premier
mariage qui s'était révélé désastreux.

Au cours de ses années d'études en géologie, elle
avait rencontré un garçon originaire des fjords de l'Ouest
qui suivait la même filière qu'elle et s'appelait Bergsteinn. Son prénom donnait lieu parmi ses camarades
à d'innocentes plaisanteries de potaches qu'il n'appréciait guère[1]. Pas très doué pour l'autodérision, c'était

---

1. *Steinn* signifie « pierre » et *Bergur* signifie « pic », « montagne ».

un jeune homme plutôt discret, mais sympathique. Lors du voyage annuel organisé par la faculté de géologie, Elinborg s'était rapprochée de lui et ils avaient commencé à se fréquenter. Ils avaient loué un appartement et vécu sur leurs prêts étudiants dont les conditions étaient, à l'époque, plutôt avantageuses. Ils étaient allés voir le juge municipal au bout de deux ans pour convoler en justes noces. Ensuite, ils avaient organisé une grande et belle fête pour les amis et la famille. Ce jour-là, Elinborg s'était dit que désormais, ils vivraient heureux pour toujours. Elle s'était lourdement trompée.

Quand le couple s'était mis à battre de l'aile, elle avait déjà abandonné la géologie et commencé à travailler dans la police. Bergsteinn avait poursuivi sa spécialisation et s'était mis à fréquenter des colloques ici et là, d'abord en tant qu'employé, puis comme directeur des Forages nationaux. Elinborg sentait depuis un certain temps que les choses se gâtaient : les longues absences de son mari en étaient le signe, de même que son manque d'intérêt pour tout ce qui la concernait et la manière dont il envisageait l'avenir ou ses opinions quant à la paternité, lesquelles avaient changé de façon brutale. Extrêmement embarrassé, il avait fini par reconnaître un beau jour qu'il avait rencontré une femme lors d'un colloque en Norvège ; une Islandaise, spécialisée dans le domaine de la géothermie. Depuis lors, ils se voyaient régulièrement, cela durait depuis environ six mois et c'était avec elle qu'il envisageait son avenir. Elinborg avait trouvé presque comique de le voir souligner particulièrement que la femme en question était spécialiste en géothermie. Peut-être cela avait-il été une réaction nerveuse à l'annonce de cette nouvelle inattendue. Ensuite, une violente colère s'était emparée d'elle. Elle n'avait eu aucune envie d'écouter ses justifications et autres excuses – et encore moins de se le disputer avec une autre femme. Elle lui avait simplement dit de déguerpir.

Elle ignorait ce qui l'avait détourné d'elle et l'avait conduit à aller voir ailleurs si l'herbe était plus verte, mais pensait que c'était son problème à lui et que cela n'avait rien à voir avec elle. Elle n'avait pas eu envie d'entendre ses considérations quant à leur couple, maintenant qu'ils en étaient arrivés à ce point. Pour sa part, elle avait fait preuve d'honnêteté et de respect, elle l'avait aimé d'un amour qu'elle croyait réciproque. Sa plus grande douleur avait été de savoir que ce n'était pas le cas, la blessure la plus amère avait été de se sentir rejetée, sans qu'elle l'avoue toutefois à quiconque. Elinborg considérait qu'il portait l'entière responsabilité de ce qui était arrivé à leur couple et c'était son problème à lui s'il voulait divorcer. Elle n'allait pas le ménager. Le divorce s'était déroulé sans grandes difficultés. Bergsteinn avait détruit leur mariage, il reprenait son baluchon. C'était aussi simple que ça.

Sa mère lui avait avoué devant un morceau de foie insipide nappé de sauce brune aux oignons que cet homme ne lui avait jamais vraiment plu, qu'elle le trouvait aussi crétin que girouette.

– Enfin quand même, avait observé Elinborg tandis qu'elle chipotait sur le foie.

– Allons, ce type a toujours été un âne bâté, avait rétorqué sa mère.

Elle savait parfaitement que celle-ci tenait ces propos afin de la réconforter, car connaissant bien sa fille elle sentait la blessure plus profonde qu'Elinborg ne voulait bien l'avouer. Elle était plus déprimée, plus solitaire que jamais et préférait aborder aussi peu que possible le sujet de Bergsteinn et de ce divorce. Elle avait choisi de prendre la chose comme une fatalité même si, intérieurement, elle bouillonnait de colère, d'impuissance et de regrets qu'elle s'efforçait d'étouffer.

Sa mère avait nettement plus apprécié Teddi et ne se lassait pas de dire à quel point Elinborg avait trouvé là un homme digne de confiance.

– Il est tellement fiable, ce cher Theodor, affirmait-elle à l'envi.

Et c'était vrai. Elinborg avait rencontré Teddi, ce jeune homme heureux de vivre et sympathique, au bal annuel de la police. Il y était venu avec l'un de ses amis qui avait ensuite démissionné. À ce moment-là, Elinborg ne souhaitait pas une nouvelle relation. Teddi, qui avait vingt-huit ans tout comme elle, était plus entreprenant et avait mis en place toute une stratégie de séduction : il l'avait raccompagnée chez elle après le bal, l'avait rappelée deux jours plus tard, et, deux jours après, l'avait invitée au cinéma puis au restaurant. Elle lui avait parlé de son mariage raté. Il lui avait confié n'avoir jamais vécu avec personne. Elle avait découvert que sa sœur était gravement malade et qu'elle luttait depuis longtemps contre le cancer. Elle l'avait appris de ce collègue qui était l'ami de Teddi. À leur rencontre suivante, elle avait posé quelques questions prudentes sur cette sœur. Il lui avait alors dit qu'elle était mère célibataire d'un petit garçon qui lui était très attaché, qu'elle se battait depuis des années contre cette maladie et qu'il semblait que ce ne serait pas elle qui aurait le dessus. Teddi avait hésité à en parler à Elinborg car il n'était pas certain que leur relation durerait. Il était apparu que la sœur en question s'intéressait beaucoup à leur histoire et qu'elle l'avait pressé de lui présenter sa nouvelle amie. Il lui avait donc rendu visite en compagnie d'Elinborg un jour et les deux jeunes femmes avaient longuement conversé tandis que le petit garçon était parti avec son oncle pour faire une promenade en voiture et acheter une glace. La tendresse pleine de respect et la douceur dont Teddi faisait preuve à l'égard de sa sœur étaient touchantes. Elinborg découvrait chaque jour de nouvelles facettes chez cet homme.

Au bout de six mois, elle avait emménagé chez Teddi qui possédait un petit appartement de célibataire sur le boulevard Haaleiti ainsi que des parts dans un garage qu'il dirigeait avec l'un de ses amis. Un an plus tard, la sœur de Teddi décéda du cancer et ils héritèrent d'un fils adoptif. Le père du petit garçon connaissait à peine la mère, il n'avait jamais vécu avec elle et ne s'était jamais occupé de son fils. L'enfant, prénommé Birkir, avait sept ans ; sa mère avait souhaité que Teddi et Elinborg prennent soin de lui. Ils avaient acheté un appartement plus grand et adopté Birkir qui pleurait beaucoup sa mère. Elinborg s'occupait de lui comme s'il avait été son propre enfant. Elle s'était efforcée de consoler son chagrin et avait pris un congé afin de veiller à ce qu'il s'adapte correctement dans sa nouvelle école. Dès le début, les parents d'Elinborg l'avaient également accueilli comme leur petit-fils.

Elle ne s'était pas remariée. Elinborg et Teddi s'étaient passés de la bénédiction de l'Église. Valthor était venu au monde, suivi d'Aron et finalement de Theodora. Tous vouaient à Birkir une grande admiration, spécialement Valthor qui l'avait pris comme modèle dès son plus jeune âge. Il avait d'ailleurs reproché à sa mère le fait que Birkir ait quitté le foyer familial, ce qui n'avait en rien arrangé leurs relations.

Elinborg regarda à nouveau le réveil. 3 h 08.

Il lui restait tout au plus quatre heures de sommeil.

Elle savait que la journée du lendemain serait grima-
çante et bancale à cause de la fatigue. À côté d'elle,
Teddi dormait du sommeil du juste et elle enviait la sérénité qui le caractérisait depuis toujours. Elle envisagea
d'aller faire un tour dans la cuisine pour lire quelques
recettes, mais n'en eut pas le courage et entreprit une
fois encore de compter à rebours en partant de 10 000.

9 999, 9 998, 9 997, 9 996…

La salle de sport Firma était semblable à celle qu'elle
avait visitée précédemment, bien que beaucoup plus
importante et mieux située. Elle tombait de sommeil
quand elle y arriva le lendemain, c'était le samedi,
une semaine tout juste après le meurtre de Runolfur.
Les lieux étaient bondés : les gens peinaient et suaient
tout ce qu'ils savaient. Certains étaient accompagnés
de leurs enfants. Firma proposait en effet un service
de garderie où il y avait foule. Elinborg fut un peu
consternée en passant devant cet endroit qui n'était
guère plus qu'un parking où les gamins étaient entre-
posés, les yeux écarquillés devant un écran plat où passaient en boucle des programmes pour enfants. Il lui
arrivait parfois de s'interroger sur les relations que les
parents entretenaient avec leur progéniture. Les petits
passaient toute la semaine à l'école maternelle des premières heures du jour jusqu'à la fin de l'après-midi,
moment auquel les parents les confiaient peut-être à
cette garderie pendant qu'ils se démenaient sur les tapis
de course. Ces gamins se couchaient évidemment vers
neuf heures du soir en semaine. Sur l'ensemble de la
journée, ils avaient alors passé avec leurs parents en
tout et pour tout deux heures, lesquelles avaient été
principalement consacrées au repas et au coucher. Elinborg secoua la tête. À l'époque où ses enfants étaient

en bas âge, elle et Teddi avaient réduit leur temps de travail afin de mieux les éduquer. Ils n'avaient pas considéré qu'il se soit agi là d'un sacrifice, mais d'une heureuse nécessité.

On orienta Elinborg vers le directeur, occupé à recevoir deux grands écrans plats qui seraient installés dans la salle principale. Il y avait un problème avec la commande car il refusait l'un des deux écrans et ne mâchait pas ses mots au téléphone. Quand il eut raccroché, il lança à Elinborg un regard bovin et lui demanda quel était le problème.

— Le problème ? Il n'y a aucun problème, répondit-elle.

— Ah bon ? fit le directeur. Dans ce cas, que voulez-vous ?

— Je voulais vous poser quelques questions au sujet d'un homme qui fréquentait ce lieu et qui a cessé d'y venir il y a environ deux ans. Je suis officier de police. Vous avez sans doute entendu parler de lui aux informations.

— Non.

— Il habitait dans le quartier de Thingholt.

— Le gars qui a été tué ? demanda le directeur.

Elinborg hocha la tête.

— Vous souvenez-vous de lui ?

— Très bien, oui. Nous n'étions pas aussi à la mode à l'époque et on connaissait pratiquement chacun des clients. Aujourd'hui, c'est de la folie furieuse. Alors, cet homme ? Il a un rapport avec nous ?

Une adolescente apparut à la porte du bureau.

— Il y a l'un des petits qui a tout vomi à la garderie, annonça-t-elle.

— Et ?

— Nous ne trouvons pas ses parents.

Le directeur lança un regard embarrassé à Elinborg.

– Vois ça avec Silla, conseilla-t-il à la jeune fille. Elle va s'en occuper.

– Oui, mais, enfin, je ne la trouve pas.

– Eh bien, trouve-la ! Tu vois bien que je suis en rendez-vous, ma petite.

– Ce gamin est malade comme un chien, s'agaça la jeune fille. Je commence à en avoir jusque-là de tout ça, marmonna-t-elle avant de disparaître.

– Vous me parliez de Runolfur, n'est-ce pas ? demanda le directeur de la salle de sport, vêtu d'un survêtement bleu marqué au logo d'un fabricant aussi à la mode qu'hors de prix.

– Le connaissiez-vous ?

– Uniquement comme client. Il venait ici régulièrement, en fait, depuis que nous avons ouvert, il y a quatre ans. C'était l'un de nos premiers membres, voilà pourquoi il est sans doute plus facile de se souvenir de lui que de bien d'autres. Puis un jour, il n'est plus venu. C'était un type bien, il se maintenait en forme.

– Savez-vous pourquoi il a cessé de venir ici ?

– Aucune idée. Je ne l'ai plus croisé, c'est tout. Ensuite, j'ai vu ça au journal télévisé. J'ai eu peine à le croire. Pourquoi venez-vous nous poser des questions sur lui ? Lui aurions-nous fait quelque chose ?

– Non, pas à ma connaissance. C'est juste la routine de l'enquête : nous savons qu'il fréquentait cette salle de sport, voilà tout.

– Ah, je vois.

– Y a-t-il eu d'autres personnes qui auraient arrêté de venir en même temps que lui ?

Le directeur s'accorda quelques instants de réflexion.

– Je ne m'en souviens pas très bien…

– Une femme, peut-être ?

132

– Non, je ne crois pas.

– Vous souvenez-vous s'il était apprécié en tant que client ?

– Absolument, très apprécié. En fait, il y a...

– Oui ?

– Vous me parlez de femmes qui auraient arrêté.

– En effet.

– Il y en avait une qui travaillait ici, maintenant que vous en parlez, remarqua le directeur. Je ne me souviens pas s'ils ont quitté les lieux exactement au même moment, mais c'était à peu près à la même époque. Elle s'appelle Frida, j'ai oublié son deuxième nom, le prénom de son père. Enfin, c'était une fille bien. Elle était entraîneur personnel. Je pourrais retrouver ses coordonnées sans problème si cela peut vous être utile. Ils faisaient je ne sais quoi ensemble.

– Ils étaient ensemble ?

– Non, je ne pense pas que cela soit allé si loin. Mais ils s'entendaient bien et je crois me rappeler qu'ils sortaient s'amuser tous les deux le week-end, enfin, ce genre de choses.

La jeune femme était entrée d'un pas hésitant dans l'appartement que Runolfur avait loué dans le quartier de Thingholt. Elle jetait autour d'elle des regards angoissés comme si elle s'attendait au pire.

Elinborg la suivait de près. Son père et sa mère l'accompagnaient, ainsi que le psychiatre qui s'occupait d'elle. Elinborg avait dû insister pour qu'elle et ses parents acceptent d'y venir. Sa mère avait fini par se ranger aux côtés de l'enquêtrice et par inciter vigoureusement sa fille à collaborer avec la police.

L'appartement avait été laissé en l'état depuis qu'on avait enlevé le corps de Runolfur. Les traces du meurtre étaient visibles et la jeune femme avait hésité en voyant le sang séché qui avait noirci sur le sol.

– Je ne veux pas entrer ici, avait-elle dit en suppliant Elinborg du regard.

– Je sais, Unnur, lui avait-elle répondu, d'un ton encourageant. Cela ne prendra qu'un instant. Ensuite, vous pourrez retourner chez vous.

Unnur s'était lentement avancée dans le vestibule puis dans le salon en évitant soigneusement de regarder tout le sang. Elle avait examiné les affiches de super-héros, le canapé, la table basse du salon et la télévision. Elle avait levé les yeux vers le plafond. La soirée était bien avancée.

– Je crois que je ne suis jamais venue ici, murmura Unnur.

Elle quitta le salon pour se rendre à la cuisine tandis qu'Elinborg la suivait comme une ombre. Auparavant, elles étaient allées voir la voiture de Runolfur qui se trouvait dans les locaux de la police, mais la jeune femme avait affirmé ne pas reconnaître le véhicule.

Il était également possible qu'elle ne veuille pas se rappeler.

Elles arrivèrent à la porte de la chambre à coucher. Unnur baissa les yeux sur le grand lit. La couette gisait à terre, mais les deux oreillers étaient à leur place. Le sol était parqueté, comme celui du salon. Deux tables de nuit étaient disposées de chaque côté. Elinborg se dit que ce devait être par souci de symétrie : Runolfur n'en avait sans doute besoin que d'une seule. Une liseuse était posée sur chacune d'elles. Cela attestait du goût du propriétaire, comme le reste de l'appartement, dont Elinborg avait immédiatement remarqué qu'il était agencé avec un certain soin. De chaque côté du lit se trouvaient de petits tapis. Les vêtements étaient accrochés sur des cintres dans le placard, les chemises soigneusement pliées, les chaussettes et sous-vêtements bien rangés dans les tiroirs. Ce domicile suggérait que Runolfur avait le contrôle total de son existence et qu'il se plaisait à prendre soin de ce qu'il possédait.

– Je ne suis jamais venue ici, assura Unnur.

Elinborg nota chez elle une forme de soulagement. Elle se tenait debout à la porte de la chambre, comme si elle n'osait pas y entrer.

– Vous êtes certaine ? insista Elinborg.

– Je ne ressens rien, observa Unnur. Je ne me souviens absolument pas de cet endroit.

– Nous avons tout notre temps.

– Non, je ne me souviens pas être venue ici. Ni ici, ni ailleurs. Est-ce qu'on peut s'en aller ? Je ne peux pas vous aider, je suis désolée. On peut partir ?

La mère d'Unnur lança à Elinborg un regard implorant.

– Cela va de soi, merci d'avoir accepté de vous prêter à cela, répondit Elinborg.

– Cette femme ? Elle est venue ici ?

Unnur s'avança d'un pas dans la chambre.

– Nous pensons qu'il était accompagné le soir du meurtre, répondit Elinborg. Il a eu des rapports sexuels très peu de temps avant sa mort.

– La pauvre, observa Unnur. Elle est venue ici contre sa volonté.

– Tout porte à le croire.

– Mais s'il lui a fait avaler cette drogue du viol, comment a-t-elle pu ensuite s'en prendre à lui ?

– Nous l'ignorons. Nous ne comprenons pas ce qui s'est passé.

– Je peux rentrer chez moi, maintenant ?

– Bien sûr. Quand vous voulez. Merci beaucoup

d'avoir fait ça pour nous, je sais à quel point c'est difficile.

Elinborg les raccompagna et prit congé d'eux devant la maison de Thingholt. Elle regarda la famille s'éloigner jusqu'à disparaître au bout de la rue. Ils formaient un bien triste cortège. Elle se fit la réflexion qu'ils avaient tous les trois été victimes de la pire des violences et des profanations. La paix de cette famille avait volé en éclats : il ne leur restait plus qu'à pleurer en silence.

Elinborg resserra son manteau au plus près de son corps en retournant vers sa voiture et se demanda si elle ne s'apprêtait pas à passer une nouvelle nuit à lutter contre les insomnies.

12

Frida présentait avec Loa des ressemblances frappantes. C'était une brune du même âge et un peu plus ronde dont les jolis yeux marron pétillaient derrière d'élégantes lunettes. Elle n'était nullement étonnée de voir la police lui rendre visite. Elle avait expliqué qu'elle envisageait plus ou moins de se manifester depuis qu'elle avait appris qu'on avait trouvé ce produit sur la scène de crime. Ouverte et pleine d'entrain, elle était disposée à confier à Elinborg tout ce qu'elle savait.

– C'est affreux de lire ça dans les journaux, commença-t-elle. Je ne savais pas quoi faire, j'étais tellement choquée. Et dire que j'aurais pu aller chez cet homme. Il aurait pu me faire avaler ce truc-là.

– Vous êtes allée chez lui ? demanda Elinborg.

– Non, c'est lui qui est venu ici. Enfin, ce n'est arrivé qu'une seule fois. D'ailleurs, ça m'a amplement suffi.

– Que s'est-il passé ?

– C'est quelque peu embarrassant, précisa Frida. Je ne sais pas exactement comment vous expliquer. Je commençais à le connaître assez bien, mais nous n'étions pas ensemble. Et ce n'est pas mon habitude de me conduire ainsi. Vraiment pas. Je… il y avait quand même chez lui quelque chose de…

– De vous conduire ainsi ? interrompit Elinborg.

– De coucher, répondit Frida avec un sourire gêné. À moins que je ne sois tout à fait certaine.

– Certaine de quoi ?

– Que ce sont des hommes corrects.

Elinborg hocha la tête comme si elle savait ce que Frida voulait dire, ce dont elle n'était pourtant pas certaine. Elle observa l'appartement. La jeune femme lui avait raconté qu'elle vivait avec ses deux chats, lesquels passaient et repassaient entre les jambes d'Elinborg avec le plus total irrespect. L'un d'eux lui sauta subitement sur les genoux. L'appartement était situé au deuxième étage d'un immeuble dans un quartier arboré de Reykjavik. On apercevait le massif montagneux de Blafjöll par la fenêtre du salon, entre deux autres immeubles.

– Enfin, vous voyez, je suis allée sur ces sites de rencontres, Players et ce genre de choses, ajouta Frida en guise d'explication, de plus en plus gênée. On s'efforce de faire de son mieux. Le problème est que le marché… aucun de ces types n'est le prince charmant.

– Le marché ?

– Oui.

– Avez-vous cessé de fréquenter la salle de sport à cause de Runolfur ? interrogea Elinborg.

– On peut dire ça. Je n'avais aucune envie de le revoir. Ensuite, j'ai appris qu'il s'était inscrit dans un autre club. Et je n'ai plus jamais entendu parler de lui, jusqu'à maintenant, aux informations.

– Dois-je comprendre qu'il n'a pas été correct, comme vous dites ? interrogea Elinborg tout en repoussant le chat qui sauta sur le sol avec un miaulement avant de filer dans la cuisine.

Le deuxième animal voulut imiter son congénère et

sauta également sur ses genoux. Elle n'aimait pas particulièrement les chats. Tout portait à croire qu'ils le sen-
taient et la sollicitaient d'autant plus afin de se la mettre
dans la poche. Pour eux, la partie était loin d'être gagnée.

– Je n'aurais jamais dû l'inviter ici, expliqua Frida.
Il voulait qu'on aille chez lui, mais j'ai refusé. Il s'est
vexé, même s'il s'est efforcé de le cacher.

– Pensez-vous qu'il avait l'habitude qu'on se plie à
ses quatre volontés ? Était-ce le problème ?

– Je l'ignore. En savez-vous beaucoup à son sujet ?

– Pas vraiment, répondit Elinborg. Vous parlait-il
de lui ?

– Très peu.

– Nous savons qu'il était originaire de la province.

– Il ne m'en a rien dit. Je le croyais de Reykjavik.

– Vous a-t-il parlé de ses amis ou de sa famille ?

– Non, mais je ne le connaissais pas beaucoup. Nous
discutions de cinéma, de sport, de tout et de rien. Il
ne m'a jamais rien dit de lui ou de sa famille. Je sais
qu'il avait un ami qu'il appelait par son petit nom :
Eddi. Mais je ne l'ai jamais vu.

– Quelle impression Runolfur vous a-t-il laissée
au cours de la brève période où vous l'avez connu ?

– Il se vénérait, répondit Frida en réajustant ses
lunettes sur son nez. J'en suis certaine. Il se vouait un
véritable culte. Cela crevait les yeux quand il venait
à Firma. Il était plutôt joli garçon et n'hésitait pas
à le montrer. Il se pavanait droit comme un piquet
et faisait le beau dès qu'il y avait une jupe dans les
parages. On avait l'impression qu'il était constamment
en représentation.

– Par conséquent...

– De plus, il était à coup sûr un peu détraqué,
coupa Frida.

– Détraqué ?

– Vous voyez… dans ses rapports avec les femmes.

– Nous ne sommes pas certains qu'il se soit servi de ce produit, même si on en a trouvé à son domicile, objecta Elinborg sans préciser qu'on en avait également décelé dans son organisme.

– Non, ce n'est pas ce que je voulais dire, répondit Frida. Quand j'ai lu ce truc sur le Rohypnol, cela ne m'a pas du tout étonnée.

– Ah bon ?

– Il s'est comporté de façon très étrange la seule fois où nous avons… enfin, vous voyez…

– Justement, je ne vois pas vraiment…

– Ce n'est pas le genre de choses très drôles à raconter, soupira Frida.

– Dans ce cas, vous le connaissiez finalement assez bien, n'est-ce pas ? observa Elinborg en s'efforçant de comprendre vers où s'orientait leur conversation.

– En réalité, non, répondit Frida. Pas bien. C'est simplement qu'on connaît ce genre de types qui fréquentent les salles de sport et se prennent pour les maîtres des lieux. Il s'est toujours montré très poli quand il me parlait. Nous discutions parfois ensemble et un jour, il m'a demandé si nous ne pouvions pas aller au restaurant tous les deux. J'étais plutôt partante. Il était sympa, je ne dis pas le contraire. Il avait de la conversation et de l'humour. J'avais quand même l'impression qu'il… qu'il n'allait pas très bien.

– Vous en a-t-il parlé ? Vous a-t-il confié qu'il avait des problèmes ?

– Non, pas du tout. En tout cas, pas à moi. Mais c'est qu'il s'est montré tellement maladroit et qu'il a pris si peu d'initiative le moment venu, voyez-vous. Ensuite, il m'a simplement fichu les jetons.

– Ah bon ?

– Oui. Il voulait que je…

– Que vous ?

– Enfin, je ne sais pas comment le dire.

– Que voulait-il ?

– Que je fasse la morte.

– La morte ? renvoya Elinborg.

Frida la dévisagea.

– Vous voulez dire… ?

Elinborg n'était pas entièrement certaine de ce que Frida lui décrivait.

– Je ne devais pas bouger, si vous voyez ce que je veux dire. Il voulait que je reste allongée, immobile et je devais à peine respirer. Ensuite, il s'est mis à me frapper et à me réprimander pour des choses auxquelles je ne comprenais rien. Il m'a insultée. On aurait dit qu'il était dans un état second.

Frida frissonna.

– Un vrai pervers ! s'exclama-t-elle.

– Mais il ne vous a pas violée ?

– Non, d'ailleurs, il ne m'a pas fait mal, il ne m'a pas frappée bien fort.

– Comment avez-vous réagi ?

– J'étais tétanisée. Il semblait que c'était sa manière à lui de s'exciter, puis, plus rien. Après, il avait l'air d'une vraie loque. Il est parti sans dire un mot. Je suis restée allongée, immobile, sans comprendre ce qui m'était arrivé. Je n'ai jamais raconté ça à personne, je trouvais cela vraiment trop… enfin, j'avais honte. Ce n'était pas un viol, mais j'avais quand même l'impression qu'il m'avait souillée. Aujourd'hui, je crois qu'il voulait simplement que les choses se passent comme ça. Il me semble que c'était là le problème.

– Et vous ne l'avez pas revu après ?

– Non. Je me suis arrangée pour ne pas le croiser et il ne m'a jamais rappelée. Encore heureux. J'avais l'impression qu'il s'était servi de moi et je n'aurais jamais accepté de le revoir. Jamais.

– Ensuite, vous avez cessé de fréquenter cette salle de sport ?

– Oui. Je… je me sens salie du simple fait de vous en parler. Surtout maintenant que j'ai lu tout ça sur lui, toutes ces choses qui sont arrivées.

– Connaissez-vous ou connaissiez-vous d'autres femmes qu'il a eues dans sa vie ?

– Non, répondit Frida. Je ne sais rien de lui et je ne veux rien savoir.

– Il ne vous a jamais parlé d'aucune de ses amies ou de… ?

– Non, absolument pas.

Elinborg frappa à la porte. Le dealer dont Berti avait fini par cracher le nom après bien des difficultés s'appelait Valur et occupait un appartement dans la banlieue de Breidholt, à Fellsmuli, avec sa compagne et ses deux enfants. L'enquête piétinait. Elinborg n'avançait pas avec cette histoire de châle et les boutiques de vêtements de la région de Reykjavik affirmaient ne pas vendre ce type de t-shirt portant l'inscription « San Francisco ».

Un homme d'une bonne trentaine d'années ouvrit la porte. Un bébé sur le bras, il regarda Elinborg et Sigurdur Oli à tour de rôle d'un air buté. Elinborg avait préféré venir accompagnée de son collègue. Elle ne savait pas grand-chose de ce Valur. Il était parfois venu s'échouer sur les rivages de la brigade des stupéfiants, aussi bien comme consommateur que comme vendeur, mais on ne pouvait pas dire qu'il s'agissait d'une bien belle prise. Une fois, il avait été pincé pour un menu trafic de hasch et avait écopé d'une petite peine avec sursis. Il n'était pas exclu que Berti ait pu mentir à Elinborg. On pouvait imaginer que Valur était un gars à qui le Raccourci avait envie d'attirer des ennuis, peut-être voulait-il se venger de lui pour une raison quelconque, peut-être avait-il donné son nom pour calmer sa chère Binna.

– Vous voulez quoi ? demanda l'homme avec l'enfant sur le bras.

– Vous êtes bien Valur ? renvoya Elinborg.

– En quoi ça vous regarde ?

– En quoi ça nous regarde ? s'agaça Elinborg.

– Ouais.

– Nous aurions besoin…

– De lui parler, coupa brutalement Sigurdur Oli. Quelle question !

– Qu'est-ce qui vous prend ? demanda Valur.

– Je vous conseille d'être correct, mon vieux, avertit Sigurdur Oli.

– Vous êtes Valur ? interrogea à nouveau Elinborg qui se demandait si elle n'avait pas commis une erreur en emmenant son collègue.

– Oui, c'est moi, répondit l'homme. Et vous, qui êtes-vous ?

Il prit l'enfant sur son autre bras et les toisa à nouveau.

– Nous enquêtons sur un certain Runolfur, précisa Elinborg après avoir décliné son identité et celle de son collègue. Nous pourrions peut-être entrer pour discuter un peu avec vous ?

– Hors de question, répondit Valur.

– Très bien, observa Elinborg. Alors, ce Runolfur, ça vous dit quelque chose ?

– Je ne connais personne qui s'appelle comme ça.

L'enfant tenait un petit hochet qu'il rongeait constamment. Il était mignon, adorable et en parfaite sécurité sur la poitrine de son père. Elinborg avait presque envie de demander si elle ne pouvait pas le prendre un peu dans ses bras.

– Il a été égorgé à son domicile, informa Sigurdur Oli.

Valur lui lança un regard. Il avait de la peine à dissimuler le mépris que son visiteur lui inspirait.

– Je ne le connais pas plus pour autant, ironisa-t-il.

– Pouvez-vous nous dire où vous étiez à ce moment-là ? poursuivit Sigurdur.

– Nous pensons que vous avez...

Elinborg n'eut pas le temps de terminer sa phrase.

– Je suis obligé de vous parler ? coupa Valur.

– Nous ne faisons que rassembler des informations, plaida-t-elle. Cela s'arrête là.

– Dans ce cas, vous pouvez aller au diable, lança Valur.

– Soit vous répondez à nos questions ici, chez vous, soit vous pouvez nous accompagner... chez nous, précisa Elinborg. C'est à vous de voir.

Le regard de Valur passait d'Elinborg à Sigurdur Oli.

– Je n'ai aucune envie de vous parler.

Il s'apprêta à leur fermer la porte au nez, mais Sigurdur Oli s'énerva et la bloqua de tout son poids.

– Dans ce cas, vous venez avec nous, s'emporta-t-il.

Valur les fixait du regard par la porte entrouverte. Il voyait qu'ils étaient sérieux et ne le laisseraient pas en paix, même s'il leur interdisait d'entrer cette fois-ci.

– Crétin, lança-t-il en lâchant la porte.

– Pauvre type, renvoya Sigurdur Oli qui se précipita à l'intérieur.

– Super, commenta Elinborg.

Elle suivit son collègue dans l'appartement en pagaille : linge sale, journaux, restes de nourriture, le tout accompagné d'une désagréable odeur aigre qui planait dans l'air. Valur était seul avec la petite dernière qu'il posa par terre. Tranquillement assise, l'enfant n'accordait aucune attention à cette visite et continuait à mâchouiller son hochet et à baver tout ce qu'elle pouvait.

– Que voulez-vous ? demanda Valur à Elinborg. Vous m'accusez de l'avoir zigouillé ?

– C'est le cas ? renvoya-t-elle.

– Non, répondit Valur, je ne connaissais pas ce type.

– Nous pensons au contraire que vous le connaissiez très bien, rétorqua Sigurdur Oli. Et vous feriez pas mal de mettre un peu d'ordre ici, ajouta-t-il en balayant la pièce des yeux.

– Qui vous a dit ça ?

– Eh bien, regardez un peu autour de vous, c'est une vraie porcherie, observa Sigurdur Oli.

– Vous êtes con ou quoi ?! s'agaça Valur. Qui vous a dit que je le connaissais bien ?

– Nous avons nos sources, précisa Elinborg.

– Elles mentent.

– Elles sont parfaitement fiables, au contraire, objecta Elinborg.

Elle s'efforçait de chasser de son esprit l'image de Berti le Raccourci.

– Qui ? Qui est allé vous raconter ça ?

– Cela ne vous regarde aucunement, observa Sigurdur Oli. Quelqu'un nous a informés que vous connaissiez Runolfur, que vous lui aviez vendu des produits et procuré un certain nombre de choses.

– Peut-être qu'il vous devait de l'argent, suggéra

Elinborg. Peut-être que vous avez poussé le bouchon un peu loin quand vous êtes allé récupérer le fric.

Valur la regardait avec de grands yeux.

– Non mais, minute, qu'est-ce que… qu'est-ce que c'est que ces histoires à dormir debout ? Qui vous a raconté ça ? Je ne connaissais pas ce type, je ne le connaissais ni d'Ève ni d'Adam. Quelqu'un vous a menti pour me coller ce truc sur le dos. Que *je* l'ai tué ?! Vous déraillez ! Je n'ai pas fait ça, je ne l'ai même pas approché. N'essayez pas de me faire porter le chapeau !

L'enfant leva les yeux vers son père et cessa de mordiller son hochet.

– Nous pouvons parfaitement vous emmener au commissariat, menaça Elinborg. Nous pouvons vous mettre dans une cellule. Nous pouvons vous placer en garde à vue. Nous n'avons que peu d'autres choix étant donné la situation. Il nous faut vraiment trouver quelque chose. Nous pouvons vous garder pendant quelques jours. Vous aurez un avocat : cela se paie. Les journaux et la télé diront qu'un suspect a été arrêté dans le cadre de l'enquête. Ils sortiront de leurs archives quelques photos de vous. Il y aura quelques fuites d'informations dans nos services. Vous savez ce que c'est. Et la presse à scandale publiera en première page une interview de votre petite amie dans son édition du week-end. La petite fille assise là sera en photo avec elle. J'imagine déjà le gros titre : « Mon Valur n'est pas un assassin ! »

– Que… Qu'est-ce qui vous fait croire que je sais quelque chose ?

– Arrêtez de nous prendre pour des crétins, s'agaça Elinborg en prenant la fillette dans ses bras. Vous vous débrouillez pour que divers médecins vous prescrivent toutes sortes de médicaments que vous revendez ensuite à prix d'or. Des drogues sur ordonnances, comme par exemple le Rohypnol. Ce sont sans doute les accros à la cocaïne qui sont vos meilleurs clients quand ils sont à sec et qu'ils craignent les effets de la descente. Nous savons que vous les fournissez d'ailleurs aussi en cocaïne, en d'autres termes, vous leur assurez un service complet. Vous êtes peut-être bien, vous aussi, consommateur ; vous m'en avez tout l'air. Et ça coûte du fric ! Il faut bien que vous le trouviez quelque part, non ?

– Qu'est-ce que vous faites à ma fille ? interrogea Valur.

– Et parmi vos clients, il y en a un ou deux qui se servent du Rohypnol afin de…

– Laissez-la tranquille, commanda Valur en lui arrachant l'enfant des bras.

– Veuillez m'excuser. Je disais que parmi vos clients, il y en a un ou deux qui se servent du Rohypnol pour le verser dans les verres de femmes avant d'abuser d'elles. On appelle ces types-là des violeurs. Notre question est la suivante : vendez-vous du Rohypnol à des violeurs ?

– Non, répondit Valur.

– Vous en êtes bien sûr ?

– Oui.

– Qu'est-ce qui vous permet de l'être ? Vous n'avez aucune idée de l'usage que vos clients en font.

– Je le sais, c'est tout. Et je ne connaissais pas ce Runolfur.

– Et vous, utilisez-vous ce produit sur des femmes ?

– Non, mais qu'est-ce que… ?!

– Cet écran plat, il est à vous ? coupa Sigurdur Oli,

un doigt pointé vers le plasma 42 pouces flambant neuf qui trônait dans le salon.

– Oui, il est à moi, répondit Valur.

– Pouvez-vous me montrer la facture ?

– La facture ?

– Vous l'avez sans doute conservée, cet appareil coûte les yeux de la tête, nota Sigurdur Oli.

– Je… c'est bon, j'en ai vendu autrefois, vous le savez, vous m'avez dans vos fichiers, mais j'ai arrêté. Je n'ai jamais beaucoup vendu de drogue sur prescription. La dernière fois qu'on m'a acheté du Rohypnol, c'était il y a six mois. Un crétin que je ne connaissais pas et que je n'ai jamais revu après.

– Et ce n'était pas Runolfur ? demanda Elinborg, profitant de ce que Valur voulait parler de tout sauf de cet écran plasma.

– Il était super stressé et m'a dit qu'il s'appelait Runolfur. Il voulait même me serrer la main, comme dans un rendez-vous d'affaires. Il m'a raconté que c'était son cousin qui lui avait parlé de moi, mais le nom qu'il m'a donné ne me disait rien. J'avais l'impression que c'était la première fois de sa vie qu'il faisait ce genre de truc.

– Il s'est souvent adressé à vous ?

– Non, il n'y a eu que cette unique fois. Je ne le connaissais pas. En général, je les connais, mes clients. Il ne m'a pas fallu longtemps pour avoir une clientèle régulière. Enfin, lui, c'était un vrai tordu.

– Et que voulait-il faire avec ce Rohypnol ?

– Il m'a expliqué qu'il l'achetait pour un de ses copains. Tous ceux qui n'ont pas l'habitude racontent ce bobard, ils ne voient même pas à quel point ils sont minables.

– Et il s'agissait bien de Rohypnol ?

– Oui.

– Il vous en a pris beaucoup ?

– Un flacon. Dix pilules.

– Il est venu ici, chez vous ?

– Oui.

– Seul ?

– Oui.

– Et c'était Runolfur ?

– Oui, enfin, non. Il m'a dit qu'il s'appelait Runolfur, mais ce n'était pas lui.

– C'est-à-dire, pas le Runolfur qui a été assassiné ?

– Non, ce n'était pas le type des photos diffusées dans les journaux.

– Il voulait se faire passer pour Runolfur ?

– Ça, je n'en sais rien. Peut-être qu'il portait aussi ce prénom. C'est peut-être une simple coïncidence. Pensez-vous vraiment que ce soit le genre de truc qui m'intéresse ?

– De quoi avait-il l'air ?

– Je ne m'en souviens pas.

– Faites un effort.

– Euh, environ ma taille, la trentaine, le visage bouffi et bien dégarni. Un peu de barbe. Je ne me rappelle pas très bien.

Elinborg regardait Valur. Elle vit tout à coup apparaître dans son esprit l'image de l'homme qui était venu la voir dans son bureau et qui était l'ami de Runolfur. Edvard. Eddi. La description correspondait plutôt bien : à moitié chauve, une barbe clairsemée.

– Autre chose ? demanda-t-elle.

– Non, je ne peux rien vous dire de plus.

– Merci beaucoup.

– Oui, c'est ça. Et maintenant, dehors !

149

— En tout cas, Valur s'occupe bien de son enfant, observa Elinborg quand elle eut prit place dans le véhicule avec son collègue. La petite avait une couche propre et elle venait de manger, elle était ravie d'être avec son papa.

— C'est une ordure.

— Certes.

— Dis donc, tu as des nouvelles d'Erlendur ? interrogea Sigurdur Oli.

— Non, aucune. Il n'avait pas prévu de partir en voyage dans les fjords de l'Est pour quelques jours ?

— Il y a combien de temps ?

— Cela doit faire une bonne semaine.

— Combien de temps avait-il prévu de rester là-bas ?

— Je n'en sais rien.

— Qu'allait-il y faire ?

— Revoir les lieux de son enfance.

— Tu as des nouvelles de cette femme qu'il voit régulièrement ?

— Valgerdur ? Non. Je devrais peut-être l'appeler pour lui demander s'il s'est manifesté.

13

La nuit était tombée quand ils arrivèrent au domicile d'Edvard. Célibataire et sans enfant, il vivait dans une bicoque en bas de la rue Vesturgata. Son véhicule, un break de marque japonaise assez ancien, était garé le long de la maison. Les policiers ne virent aucune sonnette. Elinborg frappa à la porte. Ils entendirent du mouvement à l'intérieur, mais personne ne venait leur ouvrir. Deux des fenêtres étaient éclairées et ils avaient vu la lueur bleutée de la télévision disparaître subitement. Ils frappèrent une deuxième, puis une troisième fois. Sigurdur Oli tambourina à la porte. Edvard arriva enfin et reconnut immédiatement Elinborg.

– Nous ne vous dérangeons pas, j'espère, dit-elle.

– Si, enfin, non, c'est que... il y a un problème ?

– Nous aurions encore quelques questions à vous poser à propos de Runolfur, annonça-t-elle. Vous nous permettez d'entrer ?

– Vous ne pouviez pas tomber plus mal, répondit Edvard, je... je m'apprêtais justement à sortir.

– Cela ne prendra que très peu de temps, rassura Sigurdur Oli.

Les deux équipiers se tenaient sur le pas de la porte dont Edvard semblait déterminé à leur interdire l'entrée.

– C'est que je n'ai vraiment pas le temps de rece-

voir de visite en ce moment, s'excusa-t-il. Je préférerais vraiment que vous puissiez repasser disons dans
la journée de demain.

– Je comprends, mais ce n'est hélas pas possible,
répondit Elinborg. C'est à propos de Runolfur et, comme
je viens de vous le dire, nous devons en discuter avec
vous sans attendre.

– De Runolfur, comment ça ? s'inquiéta Edvard.

– Cela nous gêne un peu de rester à parler là, sur
le pas de la porte.

Edvard jeta quelques regards dans la rue. L'obscurité régnait aux abords de la maison que la clarté des
lampadaires n'atteignait pas et il n'avait pas installé
d'éclairage extérieur. Il n'y avait pas de jardin mais,
collé à l'un des murs, un arbre solitaire, un aulne mort
étendait ses branches tordues et dénudées comme une
main griffue au-dessus du toit.

– Eh bien, dans ce cas, entrez, je me demande bien
ce que vous me voulez, marmonna-t-il d'une voix très
basse. Nous n'étions que des amis.

– Il n'y en a pas pour longtemps, répondit Elinborg.

Ils pénétrèrent dans un salon exigu dont les meubles
de bric et de broc semblaient tous en bout de course.
Un imposant écran plat des plus récents était fixé à
l'un des murs et un ordinateur dernier cri muni du plus
grand écran disponible sur le marché était installé sur
le bureau. Des jeux vidéo de toutes sortes étaient éparpillés un peu partout ou rangés sur les étagères, aux
côtés d'une foule de DVD et de cassettes. On notait
aussi de nombreux dossiers et livres scolaires dissé-
minés sur les tables et les chaises.

– Vous corrigez des copies ? interrogea Elinborg.

– Faites-moi rire, renvoya Edvard en regardant le
tas de feuilles qu'il avait à côté de lui. Un peu, et il

va falloir que je les leur rende bientôt. Ça s'entasse sans fin.

– Vous collectionnez les films ?

– Non, pas spécialement. Je ne suis pas du genre à collectionner, mais j'en possède quand même un certain nombre, comme vous voyez. J'en achète parfois aux vidéoclubs qui mettent la clef sous la porte. Ils les vendent pour presque rien, souvent pas plus de cent couronnes[1] pièce.

– Vous avez regardé tout ça ? demanda Sigurdur Oli.

– Non, enfin, disons quand même la plupart.

– Lors de notre première rencontre, vous m'avez dit que vous connaissiez très bien Runolfur, observa Elinborg.

– En effet. Nous nous entendions bien.

– Vous aviez une passion commune pour le cinéma, si ma mémoire est bonne.

– Oui, nous allions parfois voir des films ensemble.

Elinborg remarqua qu'Edvard était moins détendu qu'au cours de leur premier entretien, comme s'il se sentait gêné de recevoir des gens à son domicile. Il évitait de croiser leur regard et ne savait pas quoi faire de ses mains qu'il promenait de droite à gauche sur le bureau. Il finit par les plonger dans ses poches, mais les ressortit presque aussitôt pour se gratter la tête, les coudes ou pour tripoter les étuis de DVD. Elinborg décida de couper court à l'incertitude qui devait être la cause de son malaise. Elle attrapa un film sur une chaise. C'était un vieux Hitchcock, *The Lodger*. Bien préparée mentalement, elle s'apprêtait à lui poser sa première question, mais Sigurdur Oli commençait à

1. À l'époque, avant l'effondrement de la monnaie islandaise, cela équivalait à environ 1,30 euro.

bouillir d'impatience, comme plus tôt dans la journée. Il se montrait spécialement venimeux quand il sentait que son adversaire était faible ou qu'il n'avait que peu d'estime de soi. C'était le genre de choses qu'il percevait.

– Pourquoi ne pas nous avoir dit que vous aviez acheté de la drogue du viol ? lui demanda-t-il.

– Quoi ? s'alarma Edvard.

– En vous faisant passer pour Runolfur ? C'est pour lui que vous avez acheté ce produit ?

Elinborg lança un regard aussi hébété que consterné à son collègue. Elle lui avait clairement précisé qu'elle entendait mener la discussion et qu'il ne l'accompagnait que par mesure de précaution.

– Alors, pourquoi ? s'entêta Sigurdur Oli tandis qu'il soutenait le regard d'Elinborg. Il n'était pas certain de la manière dont il fallait interpréter l'expression furieuse de son équipière, mais se disait qu'il s'en tirait plutôt bien. Alors, pourquoi vous être fait passer pour Runolfur ?

– Je ne sais pas… qu'est-ce que… ? bredouilla Edvard en plongeant ses mains dans ses poches.

– Nous avons interrogé un homme qui vous a vendu du Rohypnol il y a six mois, poursuivit Sigurdur Oli.

– La description qu'il nous a faite correspond, glissa Elinborg. Il nous a dit que vous vous étiez présenté à lui sous le nom de Runolfur.

– La description ? s'étonna Edvard.

– Il vous a décrit trait pour trait, répondit Elinborg.

– Eh bien ? s'impatienta Sigurdur Oli.

– Eh bien quoi ? rétorqua Edvard.

– Est-ce vrai ? interrogea le policier.

– Qui vous a raconté ça ?

154

– Votre dealer ! s'exclama Sigurdur Oli. Et si vous nous écoutiez un peu !

– Est-ce que tu pourrais me laisser lui poser mes questions ? s'agaça Elinborg.

– Dans ce cas, préviens-le que s'il fait le con, nous l'emmènerons revoir ce dealer pour qu'il nous dise la vérité.

– J'ai fait ça pour rendre service à Runolfur, plaida Edvard dès qu'il eut entendu la menace. C'est lui qui me l'a demandé.

– Pourquoi en avait-il besoin ? interrogea Elinborg.

– Il m'a dit qu'il avait des problèmes de sommeil.

– Pourquoi n'est-il pas allé consulter un médecin qui aurait pu lui en prescrire ?

– Je n'ai appris ce qu'était exactement le Rohypnol qu'après son assassinat. Je n'en avais aucune idée.

– Vous vous figurez peut-être qu'on va vous croire ? rétorqua Elinborg.

– N'allez pas vous imaginer que nous sommes si stupides ! éructa Sigurdur Oli.

– Non, sérieusement, je n'y connais rien en drogues.

– Comment Runolfur connaissait-il cet homme ? reprit Elinborg.

– Il ne me l'a pas dit.

– Cet informateur nous a affirmé que vous lui aviez parlé d'un cousin.

Edvard s'accorda un instant de réflexion.

– Oui, il m'a demandé ça. Ce gars qui vendait la drogue. Il était super stressé. Il voulait connaître mon nom et savoir qui m'envoyait. C'est le genre de type qui vous met sacrément mal à l'aise. C'est Runolfur qui m'avait envoyé, alors j'ai donné son nom. Et pour ce qui est de mon cousin, j'ai menti, c'est tout.

– Pourquoi Runolfur n'est-il pas allé acheter ce

produit lui-même, pourquoi s'est-il servi de vous ? demanda Elinborg.

– Nous étions amis et il m'a dit…

– Oui ?

– Qu'il ne faisait pas confiance aux médecins et à leurs diagnostics. Il m'a également avoué qu'il buvait pas mal et que le Rohypnol l'aiderait à faire passer ses gueules de bois. Il m'a expliqué qu'il ne voulait pas attirer inutilement l'attention sur lui simplement parce qu'il prenait un peu de Rohypnol. Ce médicament était problématique, m'a-t-il dit et ça l'embarrassait d'aller en demander à un médecin. À ce moment-là, je n'ai pas compris ce qu'il entendait par là.

– Mais pour quelle raison vous a-t-il demandé d'aller voir cet homme ?

Edvard hésita.

– C'était juste pour lui rendre service, répéta-t-il.

– Pourquoi ?

– Je n'en sais rien. Il était gêné d'aller le voir lui-même et…

– Et ?

– Je n'ai pas tant d'amis que ça. Je m'entendais bien avec Runolfur. J'ai voulu l'aider. Il m'a soumis ce problème et je lui ai dit que j'allais m'en occuper. C'était aussi simple que ça. Je voulais lui rendre service.

– Quelle quantité en avez-vous acheté ?

– Un flacon.

– Auprès de qui d'autre vous êtes-vous fourni ?

– Qui d'autre ? Personne. Je ne l'ai fait qu'une seule fois.

– Pourquoi ne m'en avez-vous rien dit quand vous êtes venu me voir ?

Edvard haussa les épaules.

– J'avais l'impression que je risquais d'être entraîné dans un truc qui ne me concerne pas.

– Vous pensez que cela ne vous concerne pas alors que vous avez procuré du Rohypnol à un homme qui était probablement un violeur ?

– J'ignorais l'usage qu'il allait en faire.

– Où étiez-vous quand Runolfur a été agressé ?

– Ici. Chez moi.

– Avez-vous quelqu'un pour le confirmer ?

– Non. En général, je passe mes soirées tout seul à la maison. Vous ne croyez pas sérieusement que j'aurais pu faire ça ?

– Nous ne croyons rien du tout, répondit Elinborg, merci mille fois de votre aide, ajouta-t-elle d'un ton sec.

Furieuse contre Sigurdur Oli, elle laissa éclater sa colère dès qu'ils se furent installés dans la voiture.

– Qu'est-ce qui t'a pris ? interrogea-t-elle en démarrant le véhicule.

– Comment ça ?

– Tu as tout fait capoter, espèce d'imbécile. Je n'ai jamais vu un truc pareil. Tu lui as montré toutes nos cartes. Nous ne savons même pas s'il a vraiment acheté ce produit pour Runolfur ! Hein, tu es capable de le dire ? Comment tu as pu te permettre de tout lui dévoiler comme ça ? Pourquoi lui as-tu montré toutes nos cartes ?

– De quoi est-ce que tu parles ?

– Maintenant, Edvard a l'excuse idéale.

– L'excuse ? Tu ne crois quand même pas qu'il aurait acheté ce produit pour lui-même ?

– Et pourquoi pas ? rétorqua Elinborg. Peut-être qu'il possédait la drogue dont Runolfur s'est servi. Peut-être est-il complice avec lui d'une manière ou d'une autre. Peut-être est-ce lui qui a tué Runolfur.

– Quoi ! Ce pauvre type ?

– Et voilà, c'est reparti ! Tu ne pourrais pas faire preuve d'un minimum de respect envers les gens ?

– Il n'a pas attendu mon aide pour inventer ce genre de mensonge. S'il nous a effectivement menti, il y a sûrement longtemps qu'il avait tout préparé.

– Et si pour une fois, tu essayais de reconnaître tes erreurs, répondit Elinborg. Tu as tout bousillé et de façon radicale.

– Qu'est-ce que ça veut dire ? Tu ne trouves pas que tu y vas un peu fort ?

– Il a saisi l'occasion au vol et je suis sûre que tout ce qu'il nous a raconté ensuite n'est qu'un tissu de mensonges.

Elinborg poussa un profond soupir.

– C'est bien la première fois que je suis confrontée à un truc pareil.

– À quoi donc ?

– J'ai l'impression que tous ceux que j'interroge auraient eu des raisons d'assassiner cet homme.

14

Son père s'était allongé dans la chambre à coucher.
C'était lundi : la soirée serait consacrée au bridge chez
l'un de ses camarades. Du plus loin qu'Elinborg s'en
souvienne, il se retrouvait avec ces mêmes compagnons
de jeu tous les lundis soirs. Les années s'étaient écoulées, routinières, ponctuées de doubles et de schelems.
Ils avaient vieilli honorablement autour de la table de
jeu, ces jeunes hommes qui autrefois lui avaient posé
la main sur la tête, l'avaient taquinée tandis qu'ils
jouaient et prenaient les rafraîchissements que sa mère
leur apportait. Il émanait d'eux une dignité silencieuse
et une grande gentillesse, ainsi qu'une inextinguible
curiosité pour les arcanes du bridge. Elinborg n'avait
jamais appris à jouer et son père n'avait pas manifesté
la moindre volonté de le lui enseigner. C'était un bon
joueur, il avait participé à des compétitions et rem-
porté quelques menues récompenses qu'il conservait
au fond d'un tiroir. L'âge se faisant sentir, il devait
maintenant s'offrir une sieste afin d'être bien éveillé
au moment où il irait jouer.

– C'est toi, ma chérie ? demanda sa mère quand
Elinborg ouvrit la porte.

Elle avait un double de la clef et n'avait donc pas
besoin de frapper.

– J'ai eu envie de passer vous voir un moment.

– Il y a quelque chose qui ne va pas ?

– Pas du tout, et toi, quelles nouvelles ? demanda Elinborg.

– Tout va bien. Je pense que je vais me mettre à la reliure, annonça sa mère, assise à la table du salon où elle regardait une publicité dans un journal. Mon amie Anna s'est mise à ça et m'a conseillé de me joindre à elle.

– C'est une bonne idée, non ? Tu pourrais même y emmener papa.

– Il ne veut jamais rien faire. Comment va Teddi ?

– Bien.

– Et toi ?

– Bien, mais je suis débordée.

– Ça se voit, tu m'as l'air fatiguée. J'ai suivi cette affreuse histoire de meurtre à Thingholt dans les journaux. J'espère bien que ce n'est pas toi qui t'en occupes. C'est le genre de choses qui ne convient pas aux honnêtes gens.

Elinborg connaissait la chanson. Sa mère n'était pas satisfaite de la voir, comme elle disait, s'éterniser dans la police. Elle pensait que ce n'était pas un travail pour sa fille. Non parce qu'elle le trouvait dénué d'intérêt, loin de là, mais parce qu'elle n'arrivait pas à s'imaginer Elinborg confrontée à d'odieux criminels. C'étaient d'autres gens, des gens qui ne lui ressemblaient pas, qui poursuivaient les malfrats, les arrêtaient, les interrogeaient et les plaçaient en détention. Ce n'était tout simplement pas le genre de sa fille. Elinborg avait renoncé à discuter avec elle de sa profession. Elle savait qu'elle déplaisait à sa mère surtout parce qu'elle avait peur pour sa sécurité, car elle était cernée par tous ces individus coupables des pires horreurs. Elinborg n'avait pas tardé à la caresser dans le sens du poil en s'efforçant de minimiser sa participation à la poursuite des grands criminels et en enjolivant un peu les choses pour calmer ses inquiétudes. Peut-être était-elle d'ailleurs allée un peu loin en la matière. Elle avait parfois l'impression que sa mère était dans un véritable déni quant à la profession qu'elle exerçait.

– On se demande souvent ce qu'on fait là-dedans, observa-t-elle.

– Évidemment, convint sa mère. Tu veux un chocolat chaud ?

– Non, merci, je passais juste vous faire une petite visite pour vérifier que tout allait bien. Je dois rentrer à la maison.

– Allons, ma chérie, je n'en ai pas pour longtemps. Tous ceux qui t'attendent chez toi sont assez grands. Tu pourrais quand même t'accorder une petite pause.

Elle avait déjà sorti une casserole où elle avait versé un peu d'eau et placé une tablette de chocolat qui commençait à fondre. Elinborg s'installa à la table de la cuisine. Le sac à main de sa mère était accroché à l'une des chaises et elle se rappela comment, plus jeune, elle avait apprécié l'odeur qui s'en dégageait. Elle aimait venir dans la maison de son enfance quand la pression se faisait trop forte. Elle ressentait alors le besoin de s'abstraire un moment de l'agitation de la journée pour retrouver son ancienne place au sein de l'existence.

– Finalement, ce n'est pas si mal, observa Elinborg. Il arrive qu'on parvienne à arranger les choses, à arrêter les coupables, à couper court à la violence, voire à aider les victimes.

– Évidemment, répondit sa mère. Mais je ne vois

vraiment pas pourquoi il faut que ce soit toi qui t'en occupes. Je n'imaginais pas que tu resterais aussi longtemps dans la police.

– Non, convint Elinborg, je sais bien. C'est juste que c'est comme ça.

– Enfin, je n'ai jamais compris non plus que tu aies étudié la géologie. Ni pourquoi tu étais avec ce Bergsveinn.

– Bergsteinn, maman, il s'appelle Bergsteinn.

– Je ne vois vraiment pas ce que tu lui trouvais. Pour Teddi, c'est une autre affaire. Il est fiable. Jamais il n'irait te trahir. Et Valthor, comment va-t-il ?

– Bien, enfin, je suppose. Nous ne discutons pas beaucoup ces temps-ci.

– C'est toujours à cause de Birkir ?

– Je n'en sais rien. Peut-être qu'il est simplement à un âge difficile.

– Oui, évidemment, il est en pleine croissance. Il reviendra vers toi, crois-moi. C'est un gentil jeune homme, ce cher Valthor. Et diablement intelligent.

Et Theodora n'est pas en reste de ce côté-là non plus, pensa Elinborg sans toutefois en faire part à sa mère. Valthor avait toujours été le chouchou de la grand-mère, parfois au détriment de ses autres petits-enfants. Elinborg lui en avait d'ailleurs touché mot un jour. N'importe quoi, avait-elle alors répondu.

– Vous avez eu des nouvelles de Birkir ?

– Il nous en donne parfois, assez rarement.

– Il ne contacte pas Teddi ?

– Pas plus qu'il ne me contacte moi, répondit Elinborg.

– Je sais bien qu'il manque à Valthor. Il m'a dit qu'il n'aurait pas dû s'en aller.

– Birkir a choisi de partir. Je ne comprends pas

pourquoi Valthor passe son temps à parler de ça. J'ai l'impression que tout le monde s'en est remis. Birkir entretient avec nous de bonnes relations, même si elles sont épisodiques. Il va bien. Il discute aussi parfois avec Valthor, même s'il ne me le dit pas. Valthor ne me dit jamais rien, mais je le sais par Teddi.

— Je reconnais qu'il est parfois un peu difficile, mais...

— Birkir a choisi de vivre chez son père, interrompit Elinborg. Je n'ai rien eu à dire. Il a retrouvé cet homme qui ne lui avait jamais accordé la moindre attention et qui n'avait pas pris de ses nouvelles pendant toutes ces années. Pas une seule fois. Tout à coup, il a occupé un rôle de premier plan dans la vie de Birkir.

— C'est quand même son père.

— Et nous ? Nous étions quoi ? Des parents intérimaires ?

— Les gamins de cet âge veulent suivre leur propre voie. Je me rappelle bien à quel point il te tardait de quitter la maison.

— Oui, mais ce n'est pas la même chose. On dirait presque que nous n'avons jamais été ses parents. Qu'il était juste chez nous en tant qu'invité. Nous l'avons toujours traité comme un membre de la famille à part entière. Il t'appelait grand-mère. Quant à Teddi et moi, nous étions son papa et sa maman. Et puis un jour, voilà que tout est terminé. Je me suis mise en colère, Teddi aussi. Nous ne voyions rien à redire au fait qu'il veuille connaître son père, nous le comprenions parfaitement, mais la manière dont il nous a complètement tourné le dos était insupportable. D'ailleurs, je ne me suis pas privée pour le lui dire. Il ne m'a pas écouté. J'ai du mal à comprendre ce qui n'allait pas.

– Peut-être que tout allait très bien. Les choses évoluent comme elles évoluent, c'est tout.

– Peut-être que nous n'en avons pas assez fait. Que nous n'avons pas consacré assez de temps à nos enfants. Un beau jour, on les retrouve transformés en de parfaits inconnus parce qu'on n'a pas passé suffisamment de temps avec eux. On ne représente plus rien pour eux. Ils apprennent à se débrouiller tout seuls et à n'avoir besoin de personne. Puis ils quittent la maison, ils disparaissent et ne nous adressent plus jamais la parole.

– C'est d'ailleurs le cours normal des choses, observa sa mère. Ils doivent être capables de s'occuper d'eux-mêmes. Ils doivent se débrouiller seuls, sans être dépendants de qui que ce soit. Imagine-toi un peu la situation si tu vivais encore avec nous ! Ce serait terrifiant. C'est déjà assez difficile de supporter ton père et de l'avoir constamment sur le dos à la maison tous les jours.

– Dans ce cas, pourquoi est-ce que je me reproche constamment de ne pas être assez présente ?

– Je crois au contraire que tu t'en tires très honorablement. Ne t'inquiète pas.

La porte de la chambre s'ouvrit et son père apparut.

– Ah, c'est toi, ma chérie ? dit-il en passant sa main sur ses cheveux en bataille. Alors, cet assassin, tu l'as attrapé ?

– Enfin, arrête un peu, s'offusqua sa mère. Elle a autre chose à faire que de courir après les assassins !

Après sa visite chez ses parents, Elinborg retourna à son bureau et travailla jusque tard dans la soirée. Elle ne rentra chez elle qu'après vingt-deux heures. Teddi avait emmené les enfants dans un restaurant de hamburgers puis chez un glacier : ils étaient ravis. Elle fit un tour dans la chambre de Valthor pour lui demander s'il avait passé une bonne journée. Il semblait très occupé à naviguer entre le programme diffusé à la télé et son ordinateur connecté sur Internet. Assis les yeux rivés sur l'écran, Aron avait tout juste dit bonsoir à sa mère. Les deux garçons lui avaient toutefois dit que Teddi était parti à une réunion.

Theodora était déjà au lit. Elinborg entra doucement dans sa chambre. Sa petite lampe de chevet était encore allumée, mais elle était endormie. Le livre qu'elle lisait était tombé par terre, grand ouvert. Elinborg s'approcha sans bruit afin d'éteindre la lumière. Theodora était très autonome. Jamais il ne fallait lui rappeler de mettre de l'ordre dans sa chambre, contrairement aux garçons. Elle la rangeait tous les jours et faisait même son lit chaque matin avant de partir à l'école. Elle possédait une bonne quantité de livres qu'elle classait soigneusement sur une belle bibliothèque et jamais rien ne traînait sur son bureau.

Elinborg ramassa l'ouvrage. C'était l'un de ceux qu'elle avait eus dans son enfance et qu'elle avait offerts à sa fille, un roman d'aventures pour adolescents, écrit par un auteur britannique, traduit dans un islandais particulièrement riche et soigné qui devait poser des problèmes de compréhension à un certain nombre d'adolescents d'aujourd'hui. Le volume en question faisait partie de toute une série qui passionnait Theodora. Elinborg se rappelait avoir passé des heures à la lire et à attendre avec impatience la parution de chaque nouveau titre. Elle ne put s'empêcher de sourire en tournant les épaisses pages jaunies. La tranche de l'ouvrage était tout usée et la couverture maculée de traces de petits doigts sales. Sur la page de titre, elle vit son nom maladroitement tracé en écriture cursive.

Elinborg 3. G. Le récit était illustré de dessins représentant les événements les plus effrayants de l'histoire. Elinborg s'arrêta sur l'un d'eux.

Quelque chose y attirait irrésistiblement son regard.

Elle scruta l'illustration jusqu'à comprendre ce qui la troublait et la regarda longuement, pensive.

Puis, elle réveilla sa fille.

— Excuse-moi, ma chérie, dit-elle dès que Theodora ouvrit les yeux. Tu as le bonjour de ta grand-mère. Je voulais juste te demander une petite chose.

— Quoi ? Pourquoi est-ce que tu me réveilles ? interrogea Theodora.

— Il y a si longtemps que j'ai lu ce livre que j'ai oublié... Tu vois, l'homme sur cette image, celui-là, qui est-ce ?

L'enfant fronça les sourcils et examina le dessin.

— Pourquoi veux-tu savoir ça ? demanda-t-elle.

— Comme ça.

— Et tu avais besoin de me réveiller ?

— Oui, pardonne-moi, je suis sûre que tu te rendormiras tout de suite. Alors, qui est cet homme ?

— Tu es passée voir grand-mère ?

— Oui.

Theodora regarda à nouveau l'image.

— Tu ne t'en souviens pas ?

— Non, répondit sa mère.

— C'est Robert, précisa Theodora. C'est le méchant.

— Pourquoi a-t-il cette chose-là sur la jambe ? demanda Elinborg.

— C'est de naissance. Il porte cette attelle parce qu'il est né avec un pied tordu.

— Ah, tout à fait, convint Elinborg, c'est une déformation de naissance.

— Exactement.

— Dis, je peux t'emprunter ce livre pour demain ? Je promets de te le rapporter dans la soirée.

— Pour quoi faire ?

— Je voudrais le montrer à une femme qui s'appelle Petrina. Je crois qu'elle a aperçu un homme qui avait une jambe un peu comme celle-là dans la rue en bas de chez elle. Au fait, quel est le rôle de cet homme dans l'histoire ?

— Il est terrifiant, répondit Theodora en étouffant un bâillement. Tout le monde a peur de lui. Robert essaie de tuer les enfants. C'est le méchant.

15

Au début, Petrina eut quelques difficultés à se souvenir d'Elinborg. Debout derrière la porte entrouverte de son appartement, elle la toisait d'un air soupçonneux tandis que l'enquêtrice essayait de lui rafraîchir la mémoire. Elle lui rappela être passée quelques jours plus tôt pour lui poser des questions à propos d'un homme qu'elle était censée avoir aperçu dans la rue en bas de sa maison.

— Un homme ? demanda Petrina. De la Compagnie de distribution d'énergie ? Non, ils ne m'ont envoyé personne.

— Ils ne sont toujours pas passés ?

— Non, ils ne se sont pas manifestés, répondit Petrina avec une profonde inspiration. Ils ne m'écoutent pas, ajouta-t-elle d'un air triste.

— Je vais les appeler. Me permettez-vous d'entrer afin que nous puissions discuter un peu de l'homme dont vous m'avez parlé l'autre jour ?

Petrina la fixa du regard.

— Soit.

Elinborg la suivit et referma la porte derrière elle. Elle fut accueillie par la même odeur de tabac que lors de sa précédente visite. Elle jeta un œil en direction de la pièce entièrement tapissée d'aluminium, mais celle-ci était fermée. Les deux aiguilles dont Petrina se servait pour mesurer la puissance des champs magnétiques gisaient sur le sol du salon. Elle les avait sans doute jetées là dans un mouvement d'humeur. Elinborg regrettait de ne pas lui avoir prêté un peu plus d'attention. Plusieurs journées s'étaient écoulées en pure perte depuis le début de cette enquête où les indices étaient des plus minces. Le boiteux que Petrina avait aperçu depuis sa fenêtre pouvait être un témoin capital. Peut-être avait-il vu ou entendu quelque chose d'important, peut-être avait-il croisé quelqu'un. Le pansement qui lui enveloppait la jambe était sans doute tout à fait banal et le résultat d'un accident ou d'une infirmité, ce pansement que Petrina avait décrété être une antenne, dans son obsession pour les ondes électromagnétiques massives et pour l'uranium.

Elle semblait plus fatiguée qu'à leur première rencontre. On aurait dit qu'elle avait perdu de sa hargne, comme si cette dernière s'était émoussée au cours des quelques jours qui avaient passé et que la bataille contre les ondes était perdue. Sans doute était-elle épuisée d'attendre les hommes de la Compagnie de distribution d'énergie dont Elinborg craignait qu'ils ne pointent jamais leur nez chez la pauvre femme. Elle se souvint qu'elle avait eu l'intention de contacter les services sociaux pour se renseigner sur Petrina, mais elle n'en avait rien fait. Cette femme semblait n'avoir personne à qui se confier ni aucun endroit où se protéger de ces ondes mortelles. Elinborg remarqua qu'elle avait également habillé la télévision de papier d'alu et elle vit sur la table de la cuisine un objet empaqueté d'aluminium dont elle supposa que c'était un poste de radio.

– Je voulais vous montrer une image, dit Elinborg en sortant le livre qu'elle avait emprunté à sa fille.

– Une image ?

– Oui.

– Et vous allez me l'offrir, ce livre ?

– C'est hélas impossible, regretta Elinborg.

– Oui, bien sûr, vous ne le pouvez pas, évidemment, lança Petrina, vexée. Il est évident que vous ne pouvez absolument pas me l'offrir. Où avais-je la tête !

– Malheureusement, ma fille…

– Vous êtes cette femme de la police, n'est-ce pas ?

– Tout à fait, répondit Elinborg, je vois que vous ne m'avez pas oubliée.

– Vous m'aviez juré de les secouer un peu, à la Compagnie d'énergie.

– Je vais le faire, promit Elinborg. C'était un oubli, ajouta-t-elle, honteuse d'avoir ainsi trahi la pauvre femme. Je les appellerai dès que nous aurons terminé notre conversation.

Elinborg sortit le livre de son sac et chercha la page où se trouvait le méchant Robert dont l'une des jambes était cerclée d'une étrange attelle qui partait de sa cheville et lui montait au genou. Elle était constituée de deux tiges d'acier fixées à ses chaussures et maintenues à l'aide de lanières de cuir.

– Vous m'avez parlé d'un homme que vous avez vu passer devant cette maison, la nuit où un terrible meurtre a été commis dans la rue un peu plus bas. Vous étiez à la fenêtre et vous attendiez les employés de la Compagnie de distribution d'énergie.

– Ils ne sont jamais venus.

– Je sais. Vous m'avez dit que cet homme-là boitait et qu'il portait quelque chose autour d'une de ses jambes. Vous m'avez décrit cela comme une antenne d'où il sortait des ondes massives.

– Ah ça, vous l'avez dit, des ondes massives ! s'exclama Petrina avec un sourire qui dévoila ses petites dents jaunies.

– Est-ce que cela ressemblait à ça ? demanda Elinborg en lui tendant l'ouvrage.

Petrina posa sa cigarette à demi consumée pour prendre le livre et le regarder avec attention.

– De quelle sorte de livre s'agit-il ? demanda-t-elle au terme d'un examen long et difficile.

– C'est un roman d'aventures que ma fille lit en ce moment, répondit Elinborg qui parvenait à peine à respirer à cause de la fumée. Voilà pourquoi je ne peux pas vous le donner, malheureusement. Est-ce que cela ressemble à l'antenne que vous avez aperçue autour de la jambe de cet homme ?

Petrina s'accorda un long moment de réflexion.

– Eh bien, il ne s'agit pas exactement de la même chose, déclara-t-elle enfin. L'homme que j'ai vu avait une sorte de tige à cet endroit et cette tige lui montait au genou.

– Vous l'avez vue clairement ?

– Oui.

– Donc il n'y avait pas d'antenne ? interrogea Elinborg.

– Si, cela ressemblait bien à une antenne. Ce livre, il est ancien ?

– Est-ce qu'il avait la jambe plâtrée ?

– Plâtrée, non, non. Qui est allé vous raconter une chose pareille ?

– Avez-vous eu l'impression que c'était peut-être un pied bot ?

– Un pied bot ? N'importe quoi !

– Ou peut-être qu'il avait eu un accident récemment et qu'on lui avait mis cela autour de la jambe ?

– Ce pied-là était beaucoup plus gros, répondit

171

Petrina. Sans doute pour mieux capter les émissions. Je les ai entendues.

– Vous avez entendu des émissions ?

– Oui, confirma Petrina sans hésitation avant d'aspirer une bouffée de sa cigarette.

– Vous ne m'avez pas dit ça la première fois que je suis passée vous voir.

– Eh bien, vous ne me l'avez pas demandé !

– Qu'avez-vous entendu ?

– Ce ne sont pas vos affaires. Vous me prenez pour une toquée.

– Je ne crois rien. Je n'ai pas dit ça. Je ne vous trouve pas toquée du tout, assura Elinborg en s'efforçant de ne pas laisser le ton de sa voix trahir qu'elle était convaincue du contraire.

– Vous n'avez pas appelé la Compagnie de distribution d'énergie. Vous m'aviez promis de le faire. Vous pensez que je suis vieille, que je suis une vieille bonne femme givrée qui radote Dieu sait quoi à propos d'ondes électromagnétiques.

– Je vous ai toujours parlé avec le plus grand respect. Il ne me viendrait pas à l'esprit qu'il en aille autrement. Il y a des tas de gens qui s'inquiètent à cause des ondes électromagnétiques, des micro-ondes, de celles émises par les téléphones portables, j'en passe et des meilleures.

– Les portables vous cuisent le cerveau, ils le font bouillir comme des œufs de poule jusqu'à le rendre tout dur et inutilisable, confirma Petrina en frappant son poing fermé sur sa tête. Ils vous chuchotent n'importe quoi à l'oreille, vous susurrent toutes sortes de diableries.

– Oh oui, ce sont eux qui sont les pires, ajouta bien vite Elinborg.

172

Elle se permit d'attraper la main de Petrina afin qu'elle cesse de se frapper ainsi la tête.

– Enfin, je n'ai pas bien entendu puisque cet homme était pressé même s'il n'allait pas aussi vite qu'il l'aurait voulu. Mais il est quand même passé là en boitillant sur son antenne, rapide comme l'éclair. On aurait dit que…

– Oui ?

– Qu'il courait pour sauver sa peau, le pauvre.

– Et qu'avez-vous entendu ?

– Ce que j'ai entendu ? Je n'ai pas entendu ce qu'il disait.

– Vous venez de me dire que vous avez entendu une émission qu'il captait ?

– C'est bien possible, mais je n'ai pas entendu ce qu'il racontait au téléphone. Ce n'étaient que des grésillements. Les ondes, comprenez-vous. Je n'ai pas entendu ce qu'il disait. Il était tellement pressé. Il courait comme un lapin, je n'ai rien entendu.

Elinborg dévisageait la femme et s'efforçait de décrypter ses propos.

– Quoi ?! s'agaça Petrina une fois qu'Elinborg l'eut longuement regardée sans dire un mot. Vous ne me croyez pas ? Je vous dis que je n'ai rien entendu de ce qu'il disait.

– Il avait un téléphone portable ?

– Oui.

– Et il discutait ?

– Oui.

– Savez-vous quelle heure il était ?

– C'était la nuit.

– Pourriez-vous être un peu plus précise ?

– Et pourquoi donc ?

– Il avait l'air bouleversé et parlait au téléphone ?

173

demanda Elinborg, s'efforçant de choisir ses mots avec soin.

– Oui, c'était visible. Cet homme était extrêmement pressé, c'était manifeste. Mais il n'avançait sans doute pas aussi vite qu'il l'aurait voulu à cause de sa jambe.

– Savez-vous précisément à quel endroit le meurtre a été commis ? Savez-vous à quel numéro ?

– Évidemment, cela s'est passé au 18. C'est dans les journaux.

– L'homme en question marchait-il dans cette direction ?

– Oui. Oui, parfaitement. Avec sa jambe et son téléphone portable.

– L'avez-vous vu descendre d'une voiture ? L'avez-vous vu revenir par le même chemin ? L'avez-vous revu ?

– Non, non et non. Et ce livre que lit votre fille, il est intéressant ?

Elinborg n'entendit pas la question. Elle pensait aux divers itinéraires permettant de repartir depuis le numéro 18 et se rappela soudain le sentier qui menait jusqu'au jardin d'à-côté puis, de là, jusqu'à la rue en contrebas de l'appartement de Petrina.

– Avez-vous une idée de l'âge que cet homme aurait pu avoir ? demanda-t-elle.

– Non, je n'en sais rien. Je ne le connaissais pas. Vous pensez peut-être que je le connaissais ? Eh bien, non, je ne le connais pas et je ne sais pas non plus quel âge il a.

– Vous m'avez dit qu'il portait un bonnet sur la tête.

– Alors, il est intéressant ? répéta Petrina sans répondre à la question d'Elinborg, mais en lui tendant le livre.

Elle en avait apparemment assez de toutes ces bêtises

à propos de l'homme qu'elle avait aperçu alors qu'elle attendait à sa fenêtre l'arrivée des employés de la Compagnie de distribution d'énergie. Elle voulait parler d'autre chose, s'occuper d'autre chose.

– Oui, passionnant, répondit Elinborg.

– Vous ne voulez pas m'en lire un petit passage ? demanda Petrina en la suppliant du regard.

– Vous en lire… ?

– Vous auriez le courage ? Juste quelques pages. Rien qu'un petit passage.

Elinborg hésita. Elle avait été confrontée à bien des expériences au cours de ses années de service dans la police, mais jamais on ne lui avait adressé plus humble prière.

– Je vais vous lire quelques pages, consentit-elle. Cela va de soi.

– Merci beaucoup, ma petite.

Elinborg ouvrit le livre au premier chapitre. Elle se mit à lire le roman retraçant les aventures des enfants ainsi que leurs démêlés avec Robert l'infirme qui marchait avec une attelle, cachait un terrible secret et voulait tous les exterminer. Au bout d'à peine dix minutes, Petrina s'était assoupie dans son fauteuil, apparemment paisible et libérée de toute inquiétude quant aux ondes ou à l'uranium.

Dès qu'Elinborg eut prit place dans son véhicule, elle téléphona à la Compagnie de distribution d'énergie et fut mise en relation avec une spécialiste des installations électriques et des champs électromagnétiques que celles-ci pouvaient générer. Il n'était pas rare que cette femme reçoive des coups de fil de la part d'usagers craignant que leur maison ou leur appartement soit en proie à ces phénomènes. Elle connaissait très bien

Petrina et s'était penchée sur son problème. Elle répondit à Elinborg qu'elle était plusieurs fois passée chez elle et qu'elle lui avait conseillé de refaire l'installation. La spécialiste reconnut toutefois que les mesures qu'elle avait effectuées n'avaient révélé qu'une faible quantité de ces ondes chez Petrina qu'elle décrivit comme atteinte d'un sympathique grain de folie. Les services sociaux informèrent Elinborg que Petrina était l'une des nombreuses célibataires sur lesquelles ils gardaient un œil attentif et qu'une assistante sociale lui rendait régulièrement visite : c'était en effet une originale, mais elle avait sa tête et se débrouillait seule pour la plupart des choses ayant trait au quotidien.

Elinborg s'apprêtait à passer un troisième appel à son domicile quand son portable se mit à sonner au creux de sa main. C'était Sigurdur Oli.

– Ce détraqué d'Edvard me plaît de moins en moins, annonça-t-il. Aurais-tu le temps de passer en vitesse au commissariat ?

– Qu'est-ce qu'il se passe ?

– À tout de suite.

16

Il ne fallut à Elinborg que quelques minutes pour quitter le quartier de Thingholt et arriver au commissariat de la rue Hverfisgata où l'attendait Sigurdur Oli en compagnie d'un de leurs collègues de la Criminelle, un certain Finnur, qui servait depuis longtemps dans la police. Alors qu'ils étaient assis à la cafétéria, les deux hommes avaient parlé de l'enquête en cours, ils avaient mentionné Edvard et la manière dont ce dernier avait procuré du Rohypnol à son ami Runolfur.

– Alors ? s'enquit Elinborg en prenant place à leur table et en les regardant tour à tour. Cet Edvard ?

– Nous ne savions pas qu'il avait acheté du Rohypnol, c'est pour nous un nouvel élément, annonça Finnur, que ce soit pour sa consommation personnelle ou pour quelqu'un d'autre.

– Comment ça ? Vous avez d'autres informations sur cet Edvard ?

– Tu connais bien cette affaire, tu as mené l'enquête avec nous au début, répondit Finnur. Erlendur s'y est intéressé de près. Nous ne sommes jamais parvenus à retrouver cette jeune fille. Elle avait dix-neuf ans. Elle a disparu de son domicile, à Akranes. Les flics de là-bas nous ont demandé de leur prêter main forte.

– À Akranes ?

– Tout à fait.

Elinborg les regarda à tour de rôle.

– Attends un peu… tu veux parler de Lilja ? Cette jeune fille d'Akranes ?

Finnur hocha la tête.

– Il apparaît maintenant qu'Edvard la connaissait, précisa Sigurdur Oli. Il enseignait là-bas, au lycée polyvalent au moment de sa disparition. Il a été entendu par Finnur à l'époque. Finnur s'est immédiatement souvenu de lui quand j'ai mentionné son nom, mais il ignorait que cet Edvard avait acheté du Rohypnol de façon illégale.

– Et puisqu'il connaît l'existence de Valur, il doit être rudement bien renseigné : ce Valur est un véritable sous-marin, précisa Finnur. Il est aussi prudent que soupçonneux. On raconte qu'il a décroché, mais nous suspectons qu'il traficote encore avec des produits volés et qu'il vend toutes sortes de drogues. Je doute fort que le premier venu aille le voir pour s'approvisionner, qu'il s'agisse de drogues sur prescription ou d'autres choses. Il y a derrière cela toute une histoire, tout un passé.

– Valur nous a affirmé qu'il ne l'avait jamais vu, observa Elinborg.

– Rien de ce qui sort de la bouche de cet homme n'est nécessairement vrai, objecta Finnur. Ils pourraient tout aussi bien s'être vus chaque jour de leur existence.

– Mais la description correspondait. Il nous a décrit Edvard correctement.

– C'est peut-être parce qu'il aimerait bien qu'on le retire de la circulation. Sans doute a-t-il peur de cet Edvard. Vous devriez retourner interroger Valur et voir s'ils ne se connaissent pas mieux qu'il ne veut bien l'avouer. Arrangez-vous pour qu'il l'identifie formellement et qu'il vous en raconte un peu plus sur la nature de leurs échanges.

– J'ai du mal à m'imaginer que qui que ce soit puisse avoir peur d'Edvard, observa Sigurdur Oli. Il a tellement l'air d'un pauvre type.

– Tu crois qu'Edvard aurait pu jouer un rôle dans la disparition de Lilja ? demanda Elinborg.

Finnur haussa les épaules.

– Il est l'une des nombreuses personnes que nous avons entendues, nous avons interrogé pratiquement tout le monde là-bas.

– Il l'a eue comme élève ?

– Pas l'année de sa disparition, mais elle a eu cours avec lui l'année d'avant, répondit Finnur. Par ailleurs, rien ne prouve que quiconque soit responsable de sa disparition, je n'ai jamais dit ça. L'enquête n'a pas réussi à établir s'il s'agit d'un acte criminel ou d'un suicide inexpliqué. À moins qu'elle n'ait été victime d'un accident dont nous n'avons aucune trace.

– Cela remonte à combien d'années ? Six ou sept, n'est-ce pas ?

– Six, confirma Finnur. C'est arrivé en 1999. Je me suis souvenu de cet Edvard dès que Siggi a prononcé son nom et qu'il me l'a décrit. Je me rappelle qu'il vivait à Reykjavik et qu'il faisait le trajet matin et soir. Siggi m'a dit qu'il enseignait aujourd'hui à Breidholt.

– Il a quitté le lycée d'Akranes depuis quatre ans, précisa Sigurdur Oli. Et je te prie de ne pas m'appeler Siggi[1].

– Lui et Runolfur étaient amis, observa Elinborg.

1. Siggi est le diminutif de Sigurdur Oli. Finnur se permet ici une familiarité qui n'est pas du goût de son collègue dont on connaît le caractère quelque peu rigide.

Aux dires d'Edvard, ils étaient les meilleurs copains du monde.

Elle se replongea mentalement dans l'histoire de la lycéenne d'Akranes. La police de là-bas avait été contactée par la mère qui s'inquiétait de ne pas voir rentrer sa fille, dont elle était sans nouvelles depuis plus de vingt-quatre heures. Lilja vivait au domicile de ses parents. Elle avait quitté la maison pour se rendre chez l'une de ses amies en disant qu'elles prévoyaient d'aller au cinéma et qu'ensuite, elle passerait probablement la nuit chez cette dernière, chose parfaitement habituelle. C'était un vendredi. Lilja ne possédait pas de téléphone portable. Sa mère avait donc appelé l'autre jeune fille dans l'après-midi du samedi. Celle-ci avait reconnu qu'elle et Lilja avaient projeté d'aller voir un film ensemble, mais comme cette dernière ne s'était pas manifestée, la soirée était tombée à l'eau. Elle avait donc pensé qu'elle était partie voir ses grands-parents à la campagne.

Comme Lilja n'avait toujours donné aucune nouvelle dans la journée du dimanche, on avait lancé un avis de recherche et communiqué sa photo à tous les médias : sans résultat. Les recherches de grande envergure qui avaient été entreprises et, ensuite, l'enquête menée par la police n'avaient pas révélé grand-chose. Lilja était une jeune lycéenne qui menait une existence des plus banales, allait en cours et s'amusait en compagnie de ses amies le week-end quand elle ne le passait pas chez ses grands-parents maternels, éleveurs de chevaux dans le fjord de Hvalfjördur. Passionnée par ces animaux, elle travaillait dans leur ferme tous les étés et rêvait de pouvoir un jour reprendre leur exploitation. Personne n'avait mentionné qu'elle ait eu des problèmes liés à l'alcool ou à la consommation de stupéfiants. Elle n'avait pas de petit ami, mais une bonne bande de copines qui avaient été abasourdies par la nouvelle de sa disparition. Les brigades de sauveteurs avaient lancé des recherches auxquelles les habitants avaient participé partout autour de la bourgade.

– Et aucune de ses amies ne savait rien ? demanda Elinborg.

– Non, répondit Finnur, à l'exception d'une chose : elles n'envisageaient pas une seconde que Lilja ait pu mettre fin à ses jours. C'était une éventualité qu'elles excluaient catégoriquement. Elles auraient parié qu'elle avait été victime d'un accident ou que quelqu'un l'avait assassinée. Nous n'avons jamais pu apporter de réponse à cette question.

– Tu as naturellement oublié ce qu'Edvard a déclaré à cette époque, n'est-ce pas ? interrogea Elinborg.

– Tu peux retrouver sa déposition sans difficultés, tout cela est consigné dans nos rapports. Évidemment, cela ne différait sans doute pas de ce qu'ont dit les autres enseignants : c'était une élève douée et consciencieuse et ils n'avaient aucune idée de ce qui avait bien pu lui arriver.

– Or, il apparaît aujourd'hui qu'Edvard s'est procuré cette satanée drogue, n'est-ce pas ?

– Je voulais simplement t'en informer, répondit Finnur. Je trouve assez suspect de voir qu'il est lié à Runolfur de cette manière. Cet homme travaillait à Akranes quand Lilja a disparu. Et voilà qu'il achète du Rohypnol. Je pense qu'on devrait creuser un peu plus dans cette direction.

– Évidemment, répondit Elinborg. Merci beaucoup, nous ne manquerons pas de te recontacter.

– Tiens-moi au courant, conclut Finnur.

Sur quoi, il salua ses deux collègues.

– Je trouve tout d'un coup que… commença Elinborg avant d'être happée par ses pensées au beau milieu de sa phrase.

– Quoi donc ? s'enquit Sigurdur Oli.

– Cela donne une tournure nouvelle à cette enquête, remarqua-t-elle. Nous avons ces deux hommes : Edvard et Runolfur. Et cette jeune fille d'Akranes. Imaginons que ces deux affaires soient liées d'une manière ou d'une autre.

– De quelle façon ?

– Je l'ignore. Serait-il possible que Runolfur ait su certaines choses au sujet d'Edvard et qu'elles lui soient revenues à la figure ? Qu'Edvard ait dû se débarrasser de lui ? Est-il possible qu'Edvard ait, en réalité, été le propriétaire de la drogue trouvée sur Runolfur et que Runolfur la lui ait prise ? Qu'il la lui ait prise sans intention de l'utiliser lui-même ?

– Ce qui impliquerait qu'aucune femme ne se serait trouvée chez lui la nuit où il a été égorgé, n'est-ce pas ?

– Et s'il s'agissait simplement d'un règlement de comptes entre vieux amis ?

– Entre Edvard et Runolfur ?

– Peut-être que Runolfur l'a menacé de raconter une chose qu'il savait. Qu'il a fait chanter Edvard. Peut-être que Runolfur a découvert une chose peu ragoûtante sur le compte de son ami et qu'il l'a menacé de la révéler ?

– Edvard peut évidemment nous raconter tous les mensonges qu'il veut, observa Sigurdur Oli. Il sait qu'on a découvert du Rohypnol chez Runolfur. Tous les médias l'ont dit. Rien n'est plus facile pour lui que d'affirmer qu'il a acheté ce produit pour lui rendre service.

– En effet, tu l'as d'ailleurs un peu aidé dans ce

sens, fit remarquer Elinborg, qui ne pouvait s'empêcher de succomber à la tentation.

– Non, je te l'ai déjà dit, il avait monté son témoignage en détail bien longtemps avant notre visite. Tu veux qu'on l'amène ici ?

– Non, pas pour l'instant, répondit Elinborg. Nous devons nous préparer mieux que ça. Interroger Valur une seconde fois. Je vais également consulter le dossier sur la jeune fille d'Akranes. Ensuite, nous retournerons l'interroger.

Elinborg ressortit les rapports concernant la disparition de Lilja. On pouvait y lire qu'Edvard avait enseigné les matières scientifiques au lycée polyvalent d'Akranes. Sa déposition était des plus laconiques et n'apportait rien de capital. Il affirmait ne rien savoir des allées et venues de Lilja le vendredi où elle avait disparu. Il se souvenait bien d'elle comme élève. Il l'avait eue en cours l'année précédente, précisait qu'elle n'était pas exceptionnelle en termes de compétences, mais qu'elle était calme et agréable. Il affirmait qu'il avait terminé ses cours assez tôt ce jour-là et qu'il était directement reparti à Reykjavik où il demeurait.

C'était tout.

17

Les recherches entreprises pour retrouver le boiteux que Petrina avait vu se presser en direction du numéro 18 d'une des rues du quartier de Thingholt n'avaient donné aucun résultat ; du reste, le témoin n'était pas des plus fiables et la description qu'il avait fournie était assez vague. Elinborg eut l'idée de contacter un médecin orthopédiste pour lui soumettre la description de l'homme en question. Ce qu'il portait autour de la jambe pouvait n'être que la conséquence d'un banal accident, mais il était également possible qu'il s'agisse d'autre chose.

Le médecin, une femme prénommée Hildigunnur, reçut Elinborg à son cabinet. Âgée d'une quarantaine d'années, cette blonde musclée ressemblait à une publicité ambulante pour la promotion d'une bonne hygiène de vie. Elle avait montré un certain intérêt pour la requête d'Elinborg qui la lui avait brièvement exposée au téléphone.

– Quel type d'équipement orthopédique recherchez-vous précisément ? interrogea Hildigunnur dès qu'elles se furent assises.

– Nous ne le savons pas exactement, répondit Elinborg. La description que nous en avons est sujette à caution et la déposition assez peu fiable, pour ne rien vous cacher. Hélas.

– Le témoin a bien aperçu des tiges d'acier, n'est-ce pas ?

– En réalité, cette femme affirme avoir vu une antenne, mais je suppose qu'il s'agit plutôt d'une sorte d'attelle, probablement en fer et destinée à maintenir la jambe. L'homme portait un pantalon de jogging dont le bas était ouvert ou peut-être simplement relevé jusqu'au genou.

– Portait-il aussi des chaussures orthopédiques ? La manière dont il boitait le suggérait-elle ?

– C'est possible, mais nous n'avons aucune certitude.

– Si cet individu est atteint d'une infirmité, la première chose qui me vient à l'esprit est le pied bot. Des équipements précis lui sont associés. Ensuite, la seconde possibilité est une maladie dégénérative, voire une atrophie musculaire ou peut-être a-t-il subi une opération, dans ce cas, probablement une arthrodèse.

Elinborg buta sur le dernier mot.

– Vous parlez peut-être d'attelles munies d'un système de blocage pour permettre la marche ? Elinborg haussa les sourcils. Cela me plaît bien, poursuivit-elle.

– Il peut également s'agir d'une simple fracture, nota Hildigunnur avec un sourire.

– Nous avons vérifié ce détail, assura Elinborg et nous avons fini par écarter cette hypothèse.

La police avait en effet épluché les rapports pour fractures des membres inférieurs en remontant à quelques semaines dans le temps, mais sa peine avait été maigrement récompensée.

– Bon, pour continuer à conjecturer sur tout cela, il se trouve que les déformations des membres inférieurs dues à des maladies ne sont pas un phénomène inconnu en Islande. Seule l'une des deux jambes était équipée, n'est-ce pas ?

– Oui, d'après nos informations.

– Connaissez-vous l'âge de cet homme ?

– Pas avec précision, désolée.

– La dernière épidémie de poliomyélite remonte à 1955. On a commencé à vacciner en 56, ce qui l'a éradiquée.

– Cet homme aurait donc plus de cinquante ans si son infirmité est liée à ce genre de pathologie ?

– En effet, mais on peut également penser à ce qu'on a baptisé du nom de maladie d'Akureyri.

– Maladie d'Akureyri, dites-vous ?

– C'était une infection qui présentait un certain nombre de symptômes communs avec la poliomyélite dont on la considérait proche. Le premier cas a été signalé en 1948 dans les environs d'Akureyri. Si je me souviens bien, sept pour cent de la population de la ville l'a contractée et elle a beaucoup touché le lycée local, notamment l'internat. Mais je ne crois pas qu'elle ait causé d'infirmités durables. Enfin, je peux me tromper.

– Existe-t-il des dossiers où se trouveraient les noms de ceux qui ont contracté la polio ?

– Sans doute, ils doivent exister quelque part. De nombreux patients ont été envoyés à Farsott ou Farsottarhus Reykjavikur, la clinique des maladies contagieuses de Reykjavik. Vous pourriez vous renseigner auprès du ministère de la Santé. Peut-être les ont-ils conservés.

Elinborg ne rentra pas chez elle pour le repas du soir. Elle appela Teddi pour le prévenir qu'elle était occupée et ne savait pas à quel moment elle en aurait terminé. Habitué à ce genre de coups de fil, Teddi lui avait répondu de faire attention à elle. Ils avaient discuté un bref moment. Elinborg lui avait demandé de veiller à ce que Theodora prépare son nécessaire à tricot pour les cours du lendemain : d'ici là, elle devait avoir tricoté quinze rangs. Theodora faisait preuve d'une exceptionnelle paresse pour toutes les activités manuelles, que ce soit la menuiserie ou les travaux d'aiguille. C'était Elinborg qui avait tricoté la majeure partie du bonnet qu'aurait dû faire sa fille.

Elle termina sa conversation, remit le portable dans sa poche et appuya sur la sonnette. Elle retentit à l'intérieur de l'appartement. Un certain temps s'écoula sans que rien ne se produise. Elle sonna à nouveau et entendit du bruit derrière la porte qui s'ouvrit finalement, laissant apparaître une femme aux cheveux ébouriffés, vêtue d'un peignoir blanc. Elle la salua.

– Est-ce que Valur est ici ? demanda-t-elle.

– Qui êtes-vous ?

– Je suis de la police, je m'appelle Elinborg et je l'ai interrogé il y a peu.

La femme la regarda un long moment puis appela Valur en disant que quelqu'un demandait à lui parler.

– Est-ce que son domicile lui sert aussi de boutique ? demanda Elinborg sans ambages.

La femme la dévisagea comme si elle ne comprenait pas la question.

– Encore vous ? s'étonna Valur.

– Pourriez-vous m'accompagner pour une petite promenade en voiture ?

– Qui est-ce ? demanda la femme en peignoir.

– Ce n'est rien, rentre, je m'en occupe, répondit Valur.

– Ouais, c'est ça, tu t'occupes de tout ! lui lança sa compagne d'un ton méprisant en retournant à l'intérieur de l'appartement où on entendait les pleurs d'un enfant.

– Vous ne pourriez pas me laisser tranquille ? Vous êtes seule ? Où est le crétin qui vous accompagnait l'autre jour ? s'agaça Valur.

– Nous n'en avons pas pour longtemps, poursuivit Elinborg qui espérait ne pas avoir réveillé la petite avec la sonnette. Un petit tour en voiture et voilà, ce sera terminé, ajouta-t-elle.

– Où ça ? Qu'est-ce que c'est que ces conneries de balade en bagnole ?

– Vous verrez bien. Cela peut vous rapporter quelques points auprès de la police. Et je suppose que les gens comme vous en ont bien besoin.

– Je ne bosse pas pour vous, précisa Valur.

– Ah bon ? On m'a justement raconté le contraire. On m'a affirmé que vous étiez très coopératif même si vous receviez les gens bien mal. Mon ami de la brigade des stups m'a confié que vous lui aviez chuchoté ceci-cela à propos de vos petits camarades. Il m'a assuré qu'il me suffirait de citer ce détail pour qu'ensuite, vous soyez doux comme un agneau. Je peux aussi aller le chercher pour qu'on s'offre cette promenade tous les trois, mais je ne veux le déranger qu'en cas d'absolue nécessité. C'est un bon père de famille tout comme vous.

Valur s'accorda un instant de réflexion.

– Que me voulez-vous exactement ? demanda-t-il.

Elinborg descendit l'attendre dans la voiture et quand il arriva finalement, elle partit avec lui jusqu'à la petite maison en retrait de la rue Vesturgata où vivait Edvard. En route, elle expliqua à Valur en quoi consistait sa mission, qui était d'une simplicité enfantine : il lui suffisait de dire la vérité. Elle voulait éviter de convoquer Edvard au commissariat et de demander à Valur d'identifier l'homme qui lui avait acheté du Rohypnol sous le nom de Runolfur. Elle désirait ne pas trop troubler son calme et ne pas le rendre nerveux. En tout cas pour l'instant. En revanche, elle avait besoin qu'on lui confirme qu'il était bien l'homme qui avait traité avec Valur. Elle avait eu une deuxième conversation avec son collègue des Stupéfiants qui avait fini par reconnaître sous une certaine pression que la brigade et Valur avaient parfois des intérêts communs. Les deux parties souhaitaient voir diminuer le nombre de dealers présents dans les rues de la ville, même si leurs raisons différaient considérablement. Le collègue d'Elinborg avait toutefois catégoriquement nié le fait que Valur puisse travailler en toute tranquillité sous l'aile protectrice de la brigade. La chose était absolument exclue.

– Vous savez quand même bien qu'il vend du Rohypnol, avait accusé Elinborg.

– Cela constitue pour nous un nouvel élément, avait-il répondu.

– Arrête ton char ! Vous connaissez tout de cet homme.

– Il ne vend plus rien, nous en sommes sûrs. En revanche, il entretient encore de nombreux liens avec le milieu de la drogue. Il nous faut ménager la chèvre et le chou. Il n'y a pas de méthode miracle. Tu devrais le savoir aussi bien que moi.

Elle gara le véhicule à proximité du domicile d'Edvard et éteignit le moteur. Valur était assis à l'avant, à côté d'elle.

– Êtes-vous déjà venu ici ? demanda-t-elle.

– Non. On ne pourrait pas régler ça en vitesse ?

– L'homme qui s'est présenté à vous sous le prénom de Runolfur habite ici. Vous devrez me confirmer que nous parlons bien de la même personne. Je vais le faire sortir à sa porte. Il devrait vous être facile de l'identifier.

– Et ensuite, on se tire, ok ?

Elle se dirigea jusqu'à la maison et frappa. La lueur

de la télévision filtrait à travers les rideaux peu épais qu'Elinborg avait remarqués lors de sa première visite avec Sigurdur Oli. Ils avaient autrefois été blancs, mais étaient maintenant noircis de crasse. Elle frappa une nouvelle fois, plus fort, et attendit patiemment. Le tacot d'Edvard était toujours garé sur le côté.

Il apparut dans l'embrasure de la porte qui s'ouvrit enfin.

– Bonsoir, annonça Elinborg, veuillez m'excuser de vous déranger, mais je ne sais pas où j'ai la tête. Est-il possible que j'aie oublié mon sac à main quand je suis passée hier, c'est un sac en cuir marron, cela vous dit quelque chose ?

– Votre sac à main ? s'étonna Edvard.

– Soit je l'ai perdu, soit on me l'a volé, je n'y comprends rien. Votre domicile est le dernier endroit qui me reste à vérifier, mon dernier espoir. Vous ne l'auriez pas vu ?

– Non, désolé, il n'est pas ici, répondit Edvard.

– Vous êtes bien sûr ?

– Votre sac à main n'est pas chez moi.

– Seriez-vous… pourriez-vous aller vérifier ? Je vous attends.

Edvard la dévisagea longuement.

– C'est inutile. Je vous dis qu'il n'est pas chez moi. Il y avait autre chose ?

– Non, répondit Elinborg d'un ton triste. Excusez-moi du dérangement. Ce n'est pas qu'il contenait beaucoup d'argent, mais il va falloir que je fasse refaire toutes mes cartes et mes papiers, permis de conduire et…

– Oui… je suis désolé, répondit Edvard.

– Merci quand même.

– Au revoir.

Valur l'attendait dans la voiture.

– Vous croyez qu'il vous a vu ? demanda Elinborg quand elle s'installa au volant pour repartir.

– Non, il ne m'a pas vu.

– C'était lui ?

– Oui, c'est bien le même homme.

– Celui qui vous a acheté du Rohypnol en se présentant comme Runolfur ?

– Exact.

– Vous dites qu'il n'est venu vous voir qu'une seule fois, il y a six mois. Vous nous avez affirmé ne pas le connaître et ne jamais l'avoir rencontré avant cela. Vous avez également déclaré qu'il vous a raconté que c'était son cousin qui l'envoyait. Tout cela est-il bien vrai ?

– C'est la vérité.

– Il est de la plus haute importance que votre témoignage soit fiable dans le cadre de cette enquête.

– Lâchez-moi la grappe. Je n'ai rien d'autre à dire là-dessus. Et je me fiche de votre enquête. Je me tape complètement de ce qui est important à vos yeux ou non. Contentez-vous de me ramener chez moi.

Ils gardèrent le silence jusqu'à destination. Valur descendit du véhicule sans un mot et claqua la portière derrière lui. Elinborg prit le chemin qui la ramenait chez elle, l'esprit tout empli de sombres pensées. Une chanson de variétés étrangère qui avait longtemps figuré parmi ses préférées passait à la radio. … *Je murmure ton nom, mais tu ne me réponds pas…* Elle pensait à Edvard et à cette lycéenne d'Akranes en se demandant s'il était possible que cet homme sache quelque chose de la disparition qui remontait maintenant à six ans. Elle avait vérifié un point plus tôt dans la journée : Edvard n'avait jamais enfreint la loi. Les relations qu'il entretenait avec Runolfur étaient peut-être la clef de ce qui s'était produit dans l'appartement de

Thingholt, même s'il fallait se garder de déduire trop de choses du fait qu'il avait acheté le Rohypnol sous le nom de son ami six mois plus tôt. Il était probable qu'Edvard avait approvisionné Runolfur en drogues sur ordonnances. Quand cela avait-il commencé ? Dans quel but ? Edvard les utilisait-il lui-même ? Qui était l'homme que Petrina avait vu se presser en direction du numéro 18 de cette rue du quartier de Thingholt ? Elinborg croyait ce que lui avait dit cette femme, même si certains détails étaient sujets à caution. Pourquoi l'homme était-il tellement pressé ? Avait-il vu quelque chose ? Avait-il un rapport avec la femme-tandoori, dont la police était pratiquement certaine qu'elle s'était à un moment ou à un autre trouvée dans l'appartement de Runolfur ? N'était-il qu'un simple témoin ou un peu plus que cela ? Était-ce lui qui s'en était pris à Runolfur ?

Elle gara le véhicule devant sa maison et resta longuement immobile à l'intérieur tandis qu'elle réfléchissait à toutes ces questions auxquelles elle ne trouvait aucune réponse. Elle éprouvait une certaine mauvaise conscience d'avoir délaissé sa famille ces jours-ci. Non seulement elle n'était jamais à la maison, mais le peu de temps qu'elle passait avec les siens, son esprit était tout entier concentré sur l'enquête. C'était insupportable, mais elle n'y pouvait rien. C'est comme ça avec les affaires complexes. Elles ne vous laissaient aucun répit. Plus les années passaient, plus elle appréciait la tranquillité d'esprit que lui procurait cette vie de famille qu'elle avait réussi à créer avec Teddi. Elle aurait voulu s'asseoir à côté de Theodora pour l'aider à tricoter ses rangs. Elle aurait voulu pouvoir mieux connaître Valthor et tenter de comprendre les changements qui s'opéraient en lui et le transformeraient bientôt en un jeune homme qui ne tarderait plus à quitter le foyer de ses parents. Probablement disparaîtrait-il plus ou moins de son existence en dehors de quelques coups de fil où ni lui ni elle n'auraient grand-chose à se dire. Quelques visites espacées aussi. Peut-être l'avait-elle négligé à une époque importante de son développement parce que, finalement, elle avait donné la priorité à son travail, qu'elle s'y était intéressée du matin au soir, peut-être beaucoup plus, beaucoup mieux qu'à sa famille. Elle savait qu'il n'y avait pas de retour possible, mais qu'elle pouvait encore tenter d'arranger les choses. Peut-être était-il déjà trop tard. Peut-être n'aurait-elle bientôt plus de nouvelles de lui que par le biais de son blog ? Elle ne savait plus comment s'y prendre.

Elle avait jeté un œil rapide au blog de son fils plus tôt dans la journée. Il y racontait un match de foot qu'il avait regardé à la télé. Il y parlait d'une émission politique où il était question de protection de l'environnement et prenait franchement parti pour l'homme qui représentait le capital, s'était dit Elinborg. Il parlait d'un enseignant qu'il n'aimait pas beaucoup et pour finir, de sa mère qui ne pouvait jamais le laisser tranquille pas plus qu'elle n'avait fichu la paix à son frère aîné, lequel avait maintenant fui le pays pour aller vivre chez son vrai père, en Suède. Je l'envie terriblement, avait écrit Valthor. J'envisage de me louer un appart, avait-il continué. Je n'en peux plus de tout ça.

Tout ça quoi ? s'était offusquée Elinborg. Il y a des semaines et des semaines que nous ne nous sommes pas adressé la parole.

Elle avait cliqué sur le lien indiquant *Commentaires (1)* et elle avait lu ces quatre mots :

Les mères sont nulles.

18

L'homme dévisageait Elinborg, plantée sur le pas
de sa porte. La scène se passait dans un immeuble de
Kopavogur et, comme il n'avait pas voulu la laisser
entrer, elle avait dû lui exposer la raison de sa visite
dans le couloir, ce qui n'était pas allé sans mal. Elle
s'était procurée une liste où figurait une vingtaine de
noms de personnes ayant séjourné à Farsott, comme
on appelait à Reykjavik la clinique des maladies contagieuses. Il s'agissait des derniers patients ayant contracté
la poliomyélite avant qu'on n'entreprenne la vaccina-
tion systématique au milieu du siècle dernier.

Son interlocuteur s'était montré extrêmement soupçonneux. Une partie de son corps étant cachée derrière la porte entrouverte, Elinborg n'avait pas pu voir
immédiatement s'il avait une attelle. Elle lui avait expliqué que la police cherchait à interroger des personnes
admises à Farsott dans leur jeunesse. C'était en rapport avec un crime commis en ville, à dire vrai, dans
le quartier de Thingholt.

Il l'avait écoutée puis lui avait posé quelques questions
sur ce qu'elle cherchait exactement. Elle lui avait répondu :
un homme qui, aujourd'hui encore, portait une attelle.

– Dans ce cas, il est inutile de m'interroger, lui

avait-il répondu en ouvrant plus grand la porte afin de dévoiler ses deux jambes.

– Vous souviendriez-vous d'un garçon qui aurait séjourné là-bas avec vous et qui a dû porter ce genre d'appareillage, je veux dire, plus tard ?

– Cela ne vous regarde pas, ma chère. Alors, bien le bonjour.

Ainsi s'était achevée la conversation. C'était le troisième ancien pensionnaire de Farsott qu'Elinborg allait interroger. Jusque-là, on lui avait réservé un accueil chaleureux, mais elle n'avait pas pour autant été payée de sa peine.

Le nom suivant sur sa liste était celui d'un homme qui résidait dans une maison jumelée du quartier des Vogar et qui se montra nettement plus coopératif une fois qu'il eut entendu les explications d'Elinborg. Il la reçut avec gentillesse et l'invita à entrer. Il n'avait pas d'attelle à la jambe, mais elle ne tarda pas à remarquer qu'il ne se servait pas de son bras gauche.

– Il y a des gens qui ont été contaminés par cette poliomyélite un peu partout au cours de la dernière épidémie qui a sévi chez nous, précisa l'homme, prénommé Lukas. Il était âgé d'une bonne soixantaine d'années. Svelte, ses mouvements étaient vifs. J'avais quatorze ans et j'habitais à Selfoss. Je n'oublierai jamais à quel point j'ai été malade, ça, je peux vous le dire. J'avais des courbatures dans tout le corps comme quand on attrape une mauvaise grippe et je me suis retrouvé paralysé de la tête aux pieds, je ne pouvais plus faire le moindre mouvement. Je ne me suis jamais senti aussi mal de toute ma vie.

– C'était une maladie terrible, commenta Elinborg.

– Personne ne s'imaginait qu'il s'agissait de la polio, précisa Lukas. Ça ne venait tout bonnement pas à l'esprit. Les gens pensaient que c'était une banale épidémie de grippe, mais ils se trompaient lourdement.

– Et on vous a envoyé à Farsott ?

– Oui, on m'a placé en quarantaine dès qu'on a compris ce qui se passait réellement et j'ai été envoyé à Reykjavik, dans cette clinique des maladies contagieuses. Les patients venaient d'un peu partout ; c'étaient principalement des enfants et des adolescents. Je considère que j'ai eu de la chance. Je me suis pratiquement remis, j'ai fait de la rééducation à la rue Sjafnargata avec assiduité, mais bon, je n'ai plus aucune force dans le bras gauche.

– Vous souvenez-vous d'hommes ou de garçons de Farsott qui auraient eu des attelles aux jambes ou ce genre de choses ? Je ne suis pas experte dans le domaine.

– Je ne sais pas vraiment comment ont évolué ceux que j'ai connus là-bas. On perd bien vite le contact. Je suppose que je ne vous serai pas d'un grand secours. En revanche, je peux vous dire que tous ceux qui étaient à Farsott, les gamins qui sont passés par là, n'étaient pas prêts à se laisser abattre par cette saleté.

– Les gens ont évidemment réagi de manière plus ou moins positive face à leur destin, observa Elinborg.

– Je dis souvent qu'à cette époque, notre avenir a été mis en suspens, nous voulions le rattraper et nous nous y sommes employés. Je crois que la philosophie de chacun consistait à se dire que cette chose ne devait pas avoir le dessus. Il ne nous venait même pas à l'esprit de jeter l'éponge. Cela ne nous venait tout bonnement pas à l'idée.

Elinborg traversa le tunnel du Hvalfjördur pour rejoindre la bourgade d'Akranes sous un vent du nord insistant. Elle avait pris rendez-vous avec les parents de

Lilja et s'était entretenue au téléphone avec la mère de la jeune fille disparue, laquelle appelait parfois le commissariat afin de savoir s'il y avait du nouveau dans l'enquête. Elle s'était presque réjouie en apprenant que la police désirait lui parler de la disparition de sa fille, mais Elinborg n'avait pas tardé à lui dire qu'il n'y avait rien de neuf, hélas. La raison de son appel tenait simplement en ce qu'elle désirait se remettre les faits en mémoire et savoir si les parents pouvaient lui communiquer de nouveaux éléments susceptibles d'être utiles à l'enquête.

– Je la croyais pourtant classée, lui avait dit la mère.

– Certes, il n'y a rien de nouveau et nous n'avons pas progressé.

– Dans ce cas, que voulez-vous ? avait demandé la femme, prénommée Hallgerdur. Pour quelle raison m'appelez-vous ?

– On m'a dit que vous téléphoniez parfois ici pour nous demander où nous en sommes, avait répondu Elinborg. Mon collègue m'a parlé de Lilja l'autre jour, j'ai un peu participé à l'enquête à l'époque et je me suis demandé si vous seriez d'accord pour me rafraîchir la mémoire. Revoir avec moi l'ensemble des faits. Nous nous efforçons de tirer autant d'enseignements que possible de ce genre d'affaires. Nous avons toujours des choses à apprendre.

– On n'a rien à perdre, avait répondu Hallgerdur.

Elle attendait sa visite et avait déjà ouvert sa porte au moment où Elinborg descendit de la voiture. Elles se saluèrent dans le froid glacial sur le seuil de la maison et son hôtesse l'invita à entrer. Elle était nettement plus âgée qu'elle. Très maigre, son visage était tendu, comme en alerte, à cause de cette visite de la police. Elle déclara être seule chez elle : son mari était mécanicien sur un bateau et il était sorti en mer dans la matinée. Le couple vivait dans un vieux pavillon entouré d'un grand jardin marqué par l'automne. Dans le salon trônait un grand portrait de Lilja, pris deux ans avant sa disparition. Elinborg se souvint que c'était cette photo-là qui avait été diffusée dans les journaux au moment où les recherches avaient battu leur plein. Le cliché montrait le visage heureux d'une jeune fille brune aux jolis yeux marron. Il était encadré de noir et posé sur une élégante commode. Devant le portrait, la petite flamme d'une bougie vacillait sans répit.

– C'était une enfant tout à fait normale, commença Hallgerdur une fois qu'elles se furent assises. Une petite adorable, vraiment. Elle s'intéressait à quantité de choses et aimait beaucoup aller chez ses grands-parents dans le fjord de Hvalfjördur où elle passait son temps à s'occuper des chevaux. Elle avait beaucoup d'amies en ville. Vous pourriez en discuter avec Aslaug. Elles étaient très souvent ensemble, et ce dès la maternelle. Aslaug travaille maintenant à la boulangerie, elle est mère de deux enfants. Elle a épousé un gentil garçon de Borgarnes. C'est une jeune femme exceptionnelle. Elle garde toujours le contact, elle passe nous voir pour discuter un peu. Elle vient avec ses deux petites filles, elles sont si belles.

Ses propos laissaient transparaître des regrets si ténus qu'ils auraient pu passer inaperçus, mais qui n'échappèrent pas à Elinborg.

– Que croyez-vous qu'il lui soit arrivé ? demanda-t-elle.

– Je me suis torturée avec cela toutes ces années et la seule chose dont je sois persuadée désormais, c'est que c'était la volonté divine. Je sais maintenant qu'elle est morte, je l'ai accepté et je sais qu'elle est aux côtés de Dieu. Ce qui lui est arrivé, je suis bien incapable de le dire, tout comme vous, d'ailleurs.

– Elle devait passer la nuit chez son amie, n'est-ce pas ?

– Oui, chez Aslaug. Elles avaient parlé de se voir dans la soirée pour aller au cinéma. Il était fréquent qu'elles dorment l'une chez l'autre, disons à l'improviste. Parfois, Lilja nous appelait pour nous dire qu'elle était chez Aslaug et qu'elle restait dormir là-bas. Il en allait de même pour Aslaug quand elle venait à la maison. Ce n'était pas forcément décidé longtemps à l'avance. Enfin, cette fois-ci, Lilja avait tout de même précisé qu'elle passerait la soirée chez son amie.

– Quand lui avez-vous parlé pour la dernière fois ?

– C'était le vendredi de sa disparition. À plus tard, m'a-t-elle dit. Ce sont les derniers mots qu'elle m'a adressés. À plus tard. C'était d'une banalité déconcertante, comme le sont toutes les conversations quand il n'y a pas grand-chose à dire. Elle avait simplement voulu m'informer qu'elle ne rentrerait pas le soir. C'était tout. Je crois lui avoir répondu correctement. Au revoir, ma chérie. Cela m'a aidée le moment venu. C'était aussi plat et banal que ça. Au revoir, ma chérie. Et rien de plus.

– Vous ne l'aviez pas sentie déprimée les jours précédents ? Il n'y avait rien qui l'avait chagrinée ?

– Absolument pas. Lilja n'était jamais déprimée. Elle était toujours de bonne humeur, optimiste et prête à donner de sa personne. Elle n'avait peur de rien ; il y avait chez elle cette forme d'innocence qui caractérise les gens bien. Elle était gentille avec tout le monde et c'était réciproque. C'était comme ça. Elle avait confiance. Elle ne croyait pas que le mal puisse exister chez quiconque, d'ailleurs elle n'en avait jamais fait l'expérience. Elle n'avait toujours connu que de braves gens.

– On parle beaucoup de harcèlement ou de racket dans les écoles et on essaie de juguler le phénomène, observa Elinborg.

– Elle n'a jamais été confrontée à ce genre de choses, répondit Hallgerdur.

– Elle aimait l'école ?

– Oui, Lilja apprenait bien. Les mathématiques étaient sa matière favorite et elle parlait d'aller étudier les sciences à l'université, la physique et les maths. Elle voulait partir à l'étranger, aux États-Unis. Elle affirmait que c'était là-bas que se trouvaient les meilleures facultés.

– L'enseignement dispensé au lycée dans ces matières était de bonne qualité ?

– Je suppose que oui. Je ne l'ai jamais entendue se plaindre.

– Lui arrivait-il parfois de parler des cours ? Des professeurs ?

– Non.

– Elle n'a jamais mentionné un enseignant qui portait le prénom d'Edvard ?

– Edvard ?

– Il lui a enseigné les matières scientifiques, précisa Elinborg.

– Pourquoi me parlez-vous de lui ?

– Je...

– Connaissait-il ma fille en particulier ?

– Il l'a eue en cours l'année qui a précédé sa disparition. Je le connais un peu, voilà tout. Et je sais qu'il enseignait ici à l'époque.

– Elle ne m'a jamais parlé d'aucun Edvard. Il est originaire d'Akranes ? Je ne me souviens pas l'avoir entendue mentionner spécialement le nom de cet homme. Ni d'aucun autre de ses professeurs.

– Non, évidemment. Je ne vous ai posé cette question que parce que je le connais. Edvard habite à Reykjavik et il faisait le trajet tous les jours. Il était assez jeune à l'époque où il travaillait ici. Il a un ami qui s'appelle Runolfur. Vous n'avez pas souvenir que Lilja vous ait parlé de ces deux hommes, n'est-ce pas ?

– Runolfur ? Est-il également de vos amis ?

– Non, répondit Elinborg.

Elle comprenait bien qu'elle s'était mise en mauvaise posture, mais ne trouvait pas le courage de raconter toute la vérité à Hallgerdur et de lui parler des soupçons très probablement sans fondement sur les éventuels liens qui avaient pu exister entre Lilja et un violeur présumé de Reykjavik. Elle voulait autant que possible épargner cette femme. Du reste, elle n'avait que trop peu de choses en main pour confirmer ce qui n'était que de très vagues soupçons. En revanche, elle tenait à mentionner ces deux noms au cas où ils auraient dit quelque chose à Hallgerdur.

– Pourquoi venez-vous me poser ces questions sur Lilja en me parlant de ces hommes ? Auriez-vous découvert de nouveaux éléments que vous ne voulez pas me communiquer ? Qu'avez-vous exactement en tête ?

– Malheureusement, ces hommes n'ont rien à voir avec la disparition de Lilja, répondit Elinborg. J'aurais peut-être dû m'abstenir de mentionner leurs noms.

– Je ne les connais absolument pas.

– Non, d'ailleurs je ne m'attendais pas à ce qu'il en aille autrement.

– Runolfur, n'est-ce pas le prénom de l'homme récemment assassiné à Reykjavik ?

– En effet.

– Est-ce cet homme-là ? Est-ce l'un de ceux dont vous me parlez ?

Elinborg hésita.

– Il se trouve que cet Edvard connaissait Runolfur, consentit-elle.

– Connaissait Runolfur ? Est-ce la raison pour laquelle vous êtes venue jusqu'ici ? Ce Runolfur aurait-il quelque chose à voir avec ma Lilja ?

– Non, aucun élément nouveau n'est apparu dans l'enquête concernant votre fille. Tout ce que nous savons, c'est que Runolfur et Edvard étaient amis.

– Je ne les connais pas. Je n'ai jamais entendu aucun de ces prénoms.

– Non, je me répète, mais je ne m'attendais pas à ce qu'il en soit autrement.

– Qu'ont-ils à voir avec Lilja ?

– Rien du tout.

– N'est-ce pas pour me poser cette question que vous êtes venue me voir ?

– Je voulais simplement savoir si vous aviez entendu ces prénoms dans le passé. Cela ne va pas plus loin.

– Je suis heureuse de constater que vous n'avez pas oublié ma fille.

– Nous faisons de notre mieux.

Elinborg s'empressa de changer de conversation. Elle posa d'autres questions sur le quotidien de Lilja et persuada sa mère que la police était toujours en veille au cas où de nouveaux indices viendraient à apparaître malgré les années qui avaient passé. Elle resta un bon moment chez la femme et ne prit congé d'elle qu'à la tombée de la nuit. Hallgerdur la raccompagna jusqu'à son véhicule et s'attarda dans la bise glaciale qui soufflait du nord sans en percevoir la morsure.

– Avez-vous déjà perdu l'un de vos proches de cette façon ? demanda-t-elle à Elinborg.

– Non, pas de cette façon, si vous entendez par là…

– C'est comme si le temps s'était arrêté. Il ne se remettra en route que lorsque nous saurons ce qui est arrivé.

– C'est évidemment terrifiant de voir de telles choses se produire.

– Le plus triste, c'est que cela ne prend jamais fin, nous ne pouvons pas faire notre deuil correctement car nous ne savons rien, observa Hallgerdur avec un demi-sourire, les bras croisés sur sa poitrine. Une chose que nous ne retrouverons jamais a disparu avec Lilja.

Elle passa sa main dans ses cheveux.

– Et cette chose, c'est peut-être nous-mêmes.

C'était le calme dans la boulangerie où travaillait Aslaug. La clochette suspendue à la porte sonna désagréablement quand Elinborg entra dans la boutique avant de quitter la petite ville. Le vent du nord avait forci et l'avait presque projetée à l'intérieur du magasin. Une délicieuse odeur de pain frais et de gâteaux lui caressait les narines. Une jeune femme qui portait un tablier assurait le service et rendait la monnaie à un client. Elle referma le tiroir-caisse et adressa un sourire à Elinborg.

– Avez-vous de la ciabatta ? demanda l'enquêtrice.

La jeune femme vérifia sur les étagères.

– Oui, il nous en reste deux.

– Je les prends et donnez-moi aussi un pain complet tranché, s'il vous plaît.

La vendeuse plaça les pains aux olives dans un sachet et attrapa le pain complet. À son tablier était accroché un badge où on lisait son prénom : Aslaug. Elles étaient maintenant seules dans la boulangerie.

– Je vous en prie, dit la vendeuse.

Elinborg lui tendit sa carte de crédit.

– Je crois savoir que vous étiez très amie avec la regrettée Lilja, observa-t-elle. Vous êtes bien Aslaug ?

La jeune femme la regarda et sembla tout de suite voir où elle voulait en venir.

– En effet, confirma-t-elle en tapotant son badge de son index. Je m'appelle Aslaug. Connaissiez-vous Lilja ?

– Non, je travaille à la police du district de Reykjavik et je passais par là, répondit Elinborg. Je viens de discuter avec mes collègues d'ici : notre conversation est partie sur Lilja et la manière dont elle a disparu sans qu'on parvienne jamais à trouver une explication. Ils m'ont assuré que vous étiez sa meilleure amie.

– En effet, convint Aslaug, je l'étais. Nous étions… c'était une fille super. Alors comme ça, vous avez parlé de nous ?

– La disparition de Lilja est venue dans notre discussion, répéta Elinborg en reprenant sa carte. Elle avait l'intention de passer la nuit chez vous, n'est-ce pas ?

– Oui, c'est ce qu'elle avait dit à sa mère. J'ai cru qu'elle était tout simplement partie à la campagne. Elle y allait tellement souvent. Je ne me suis même pas posé de questions. Je l'ai croisée dans la matinée. Nous avions plus ou moins prévu d'aller au cinéma ce soir-là et nous nous étions dit qu'ensuite, nous irions chez moi. Nous étions en train d'organiser un voyage au Danemark. Nous devions y aller rien que toutes les deux. Puis… puis cette chose est arrivée.

– Comme si la terre l'avait engloutie, observa Elinborg.

– C'était tellement incroyable, répondit Aslaug. Tel-

204

lement absurde. Il est incompréhensible que de telles choses puissent se produire. Tout ce que je sais, c'est qu'elle ne s'est pas suicidée. Elle a dû être victime d'un accident idiot... Elle allait souvent marcher sur l'estran. La seule chose qui me vient à l'esprit, c'est qu'elle est tombée, qu'elle s'est assommée et noyée dans la mer.

– Vous excluez l'hypothèse d'un suicide ?

– Absolument. Je la trouve complètement ridicule. Elle cherchait un cadeau d'anniversaire pour son grand-père. C'est ce qu'elle m'a dit le matin même. Le dernier endroit où elle a été vue était un magasin de sport qui vend du matériel d'équitation. Son grand-père est un grand passionné de chevaux. On l'a aperçue dans cette boutique, puis elle a disparu. Et personne ne sait rien.

– Le magasin de sport n'avait pas ce qu'elle cherchait, précisa Elinborg qui avait gardé en tête les dépositions des personnes entendues par la police.

– Non.

– Ensuite, fin de l'histoire.

– Et comme je dis toujours, c'est incompréhensible. Je n'ai contacté personne, cela ne m'a pas inquiétée de voir qu'elle ne se manifestait pas dans la soirée. Nous n'avions rien décidé de définitif et elle allait souvent chez ses grands-parents sans prévenir qui que ce soit. Je la croyais partie là-bas.

La clochette retentit et un nouveau client apparut à la porte. Aslaug lui donna la viennoiserie et le petit pain rond qu'il lui demandait. Un autre client arriva. Elinborg attendit patiemment.

– Et ses parents, comment vont-ils ? demanda-t-elle une fois qu'elle se retrouva à nouveau seule avec la vendeuse dans la boutique.

– Disons qu'il y a des hauts et des bas. Cet événement a durement éprouvé leur couple. Hallgerdur est devenue très croyante, elle est entrée dans une sorte de secte religieuse. Aki, son père, est différent. Il se tait, tout simplement.

– Vous étiez avec elle à l'école, n'est-ce pas ?

– Depuis notre plus tendre enfance.

– Et également au lycée ?

– Tout à fait.

– S'y plaisait-elle ?

– Énormément, tout comme moi. C'était un vrai génie des maths. La physique et les matières scientifiques étaient celles qui l'attiraient le plus. Je préférais les langues étrangères. Nous envisagions même de partir étudier ensemble au Danemark, rien que nous deux. Cela aurait été vraiment…

– Elle parlait également de partir aux États-Unis, me semble-t-il.

– Oui, elle voulait quitter l'Islande pour aller vivre à l'étranger.

La porte s'ouvrit à nouveau. Aslaug servit quatre clients à la suite avant qu'Elinborg puisse lui poser des questions sur Edvard. Elle était reconnaissante à la jeune fille de ne pas poursuivre la discussion en présence d'oreilles étrangères.

– Y avait-il un enseignant qu'elle appréciait particulièrement ? reprit-elle. Je veux dire, au lycée ?

– Non, je ne pense pas. C'est qu'ils étaient tous très sympas.

– Vous rappelez-vous un certain Edvard ? Je crois qu'il enseignait justement les matières scientifiques.

– Oui. Je me souviens de lui. Il y a longtemps qu'il est parti. Je ne l'ai jamais eu en cours, mais Lilja l'a eu comme prof. Je m'en souviens.

– Elle ne vous a jamais spécialement parlé de lui ?

– Non, en tout cas, cela ne me revient pas.

– Mais vous vous souvenez de lui ?

– Oui, un jour, il m'a même déposé en ville.

– Vous voulez dire ici, au centre-ville ?

Aslaug afficha un sourire pour la première fois depuis le début de leur conversation.

– Non. Edvard vivait à Reykjavik et un jour, il m'a déposé là-bas.

– Attendez un peu, c'est récent ?

– Récent ? Non, ça remonte à des années. À l'époque où il travaillait ici. C'était même avant la disparition de Lilja : je me souviens que je lui en avais parlé. Il avait été très sympa. Pourquoi me posez-vous ces questions sur lui ?

– Et ensuite ? Vous a-t-il simplement laissée à Reykjavik ?

– Oui. En fait, j'attendais l'autocar quand il s'est arrêté pour me proposer de m'emmener. J'allais faire des achats en ville et il m'a déposée au centre commercial de Kringlan.

– C'était dans ses habitudes de prendre des passagers ?

– Je n'en sais rien, répondit Aslaug. Il était agréable et sympathique. Il m'a même proposé de passer le voir chez lui si j'en avais envie.

– Chez lui ?

– Oui. Qu'y a-t-il ? Pourquoi toutes ces questions à son sujet ?

– Et vous y êtes allée ?

– Non.

– Et Lilja, lui est-il arrivé de monter dans sa voiture ?

– Je l'ignore.

La porte s'ouvrit et un nouveau client entra, suivi d'un autre. La boutique se retrouva bientôt pleine à craquer. Elinborg prit ses pains et salua Aslaug. Puis elle quitta le magasin. Le tintement de la clochette résonnait dans ses oreilles.

Elle reprit la route de Reykjavik et arriva au magasin de produits orientaux juste avant la fermeture. Johanna était absente. Quand elle demanda à lui parler, la jeune femme présente sur les lieux lui expliqua qu'il lui arrivait de la remplacer en cas de besoin. Elinborg ne se rappelait pas avoir déjà vu cette demoiselle. Elle précisa qu'elle connaissait bien Johanna et qu'elle aurait souhaité lui parler. La remplaçante était l'une des nièces de la propriétaire. Âgée d'environ vingt-cinq ans, souriante et serviable, elle lui avoua qu'elle travaillait de plus en plus fréquemment à la boutique depuis que la santé de sa tante s'était détériorée, il y avait maintenant environ une année. Il était impossible de dire ce dont elle souffrait, probablement était-ce le surmenage, expliqua-t-elle sans la moindre timidité en ajoutant que sa tante était une femme très courageuse, qu'elle travaillait constamment et qu'elle ne surveillait pas sa santé comme il se devait. Elinborg eut l'impression qu'il n'y avait pas eu foule au magasin depuis le début de la journée : cette jeune femme semblait toute heureuse d'avoir trouvé quelqu'un avec qui discuter.

– Vous pouvez peut-être m'aider puisque que vous êtes souvent ici, déclara-t-elle. J'ai déjà expliqué tout cela à Johanna. Elle sait que je suis de la police et que j'essaie de retrouver une jeune femme brune qui vient sans doute vous acheter des épices pour les plats tandooris, peut-être même des terres cuites.

La jeune femme secoua la tête, pensive.

– Elle porte certainement un châle, ajouta Elinborg. Je pourrais vous le montrer, mais je ne l'ai pas emporté avec moi.

– Un châle ? répéta la jeune femme. Et Johanna n'a pas pu vous aider ?

– Elle m'a dit qu'elle allait s'en occuper.

– Je n'ai vendu qu'une seule terre cuite à tandoori cet automne. Et ce n'était pas à une fille qui portait un châle, mais à un homme.

– Et parmi vos clients réguliers, vous ne vous souviendriez pas d'une jeune brune qui en aurait aussi acheté ? Une femme qui s'intéresserait à la cuisine indienne ou orientale, à des plats épicés de manière exotique, et qui aurait peut-être même voyagé en Extrême-Orient ?

La vendeuse secoua la tête.

– Je serais pourtant heureuse de pouvoir vous aider, observa-t-elle.

– Oui, je suppose. L'homme qui vous a acheté ce plat en terre cuite, est-il venu seul, vous rappelez-vous ce détail ?

– Oui. Aucune femme ne l'accompagnait. Je me souviens de lui parce que je l'ai aidé à porter ses paquets jusqu'à sa voiture.

– Ah bon ?

– Oui, il ne voulait pas me déranger, mais je lui ai dit que cela ne posait aucun problème.

– Il avait besoin de votre aide ?

– Il boitait, répondit la jeune femme. Il avait une jambe plutôt bizarre. Il était vraiment adorable. Il m'a remerciée je ne sais combien de fois.

19

Elinborg avait l'impression que ces gens s'étaient fait une place au soleil. Elle savait que l'homme, économiste de formation, était directeur de cabinet au ministère de l'Agriculture et que sa femme travaillait dans une banque. Ils habitaient un pavillon dans un quartier chic. À l'intérieur, on découvrait un salon en cuir, une table de salle à manger en chêne, une cuisine aménagée récente, du parquet sur le sol, deux belles peintures à l'huile et des dessins accrochés aux murs. Un peu partout étaient disposées des photos de famille qui montraient le couple à des âges divers et leurs trois enfants, depuis le jour de leur naissance jusqu'à celui de leur baccalauréat. Tout cela avait brièvement défilé devant ses yeux quand l'homme l'avait invitée à entrer. Ils s'étaient installés au salon.

Elle avait choisi de venir seule afin de ne pas le mettre mal à l'aise s'il était bien celui qu'elle recherchait. L'aide de Johanna dans la boutique de produits orientaux avait retrouvé le reçu de carte bancaire correspondant au plat en terre cuite qu'elle lui avait vendu à la fin de l'été. Il l'avait signé d'une belle écriture, nette et lisible qui n'avait rien d'un gribouillis. Certains se contentaient de tracer leurs initiales, d'une manière parfois indéchiffrable. La signature de cet homme était soignée, mesurée, rassurante.

Elinborg l'avait contacté par téléphone et ils avaient convenu d'un rendez-vous. Elle avait d'abord appelé deux personnes qui portaient exactement le même nom que lui et qui n'avaient pas du tout compris pourquoi ils recevaient un coup de fil de la police. Puis, elle était tombée sur le bon. Il lui avait demandé si elle souhaitait qu'il passe la voir au commissariat, mais elle avait préféré le rencontrer chez lui. Elle avait cru percevoir un certain soulagement de sa part, même au téléphone. Elle lui avait expliqué être à la recherche d'un témoin en relation avec le meurtre de Thingholt.

– Un homme a été aperçu, il portait une attelle autour d'une de ses jambes comme s'il souffrait d'un handicap ou d'une fracture, avait-elle dit.

– Ah bon ?

– Oui, l'une de ses jambes avait une attelle. Nous essayons de le retrouver depuis quelques jours et nous nous demandons s'il est possible qu'il s'agisse de vous.

Il y avait eu un silence à l'autre bout de la ligne. Puis son correspondant avait reconnu que cela lui disait quelque chose, il était effectivement passé dans le quartier de Thingholt à ce moment-là.

– Que... En quoi puis-je vous être utile ?

Il semblait incertain de la manière dont il devait s'adresser à la police, n'en ayant jamais fait l'expérience.

– Nous nous efforçons de trouver des témoins, ils sont très peu nombreux, avait expliqué Elinborg. Je souhaitais seulement voir avec vous si vous aviez remarqué quelque chose de suspect ou d'inhabituel quand vous avez traversé le quartier.

– Cela va de soi, avait poliment répondu l'homme, mais je ne suis pas sûr de pouvoir vous être très utile.

– Non, je comprends. Enfin, nous verrons bien, avait répondu Elinborg.

Et maintenant, ils étaient installés dans son salon. Son épouse n'était pas encore rentrée du travail et les enfants avaient quitté le foyer familial, confia-t-il à Elinborg sans qu'elle lui pose la moindre question.

– Il s'agit d'une simple vérification, j'espère que vous nous excuserez pour le dérangement, plaida Elinborg.

– Vous m'avez dit que les témoins étaient très peu nombreux, répondit l'homme, prénommé Konrad.

Il avait une bonne soixantaine d'années. Il était plutôt petit, mais bien charpenté. Ses cheveux drus et coupés court commençaient à grisonner sérieusement, il avait un visage carré, marqué de rides d'expression, des épaules larges et des mains imposantes. Il se déplaçait lentement à cause de l'attelle qu'il portait à une jambe. Elinborg pensa aux divagations de Petrina. La tige d'acier qu'elle avait aperçue aurait tout aussi bien pu ressembler à une antenne depuis sa fenêtre bombardée d'ondes. Konrad portait un confortable pantalon de jogging au bas duquel la fermeture éclair ouverte laissait apparaître l'appareillage à chacun de ses pas.

– Avez-vous essayé de me contacter au bureau ? s'enquit-il.

– Non, je n'ai appelé qu'ici, répondit Elinborg.

– C'est aussi bien, je trimballe une espèce de crève depuis quelque temps. Alors, vous avez eu du fil à retordre pour me trouver ?

– Eh oui, convint Elinborg. Un homme a été aperçu non loin de la scène de crime. Il portait une attelle et nous avons pensé qu'il souffrait peut-être d'une infirmité. Nous avons donc contacté un médecin orthopédiste qui nous a parlé de poliomyélite et de la clinique des maladies contagieuses de Farsott. Ensuite, on nous a communiqué une liste de noms où figurait le vôtre.

Elinborg préférait pour l'instant s'abstenir le mentionner le tandoori.

– J'ai séjourné à Farsott, c'est vrai. J'ai contracté cette maladie lors de la dernière épidémie qui a sévi chez nous en 1955 et elle m'a pris cela, observa Konrad en tapotant son attelle. Je n'ai jamais vraiment récupéré de forces dans cette jambe-là depuis. Mais bon, vous savez tout cela puisque vous connaissez l'existence de Farsott.

– Il s'en est fallu de peu, observa Elinborg. Ils ont commencé à vacciner l'année suivante.

– En effet.

– Vous êtes donc resté dans cet établissement un certain temps ?

Elinborg avait l'impression que son interlocuteur n'était pas tout à fait à l'aise.

– Oui, un certain temps.

– Il y a plus amusant pour un jeune garçon.

– Oui, répondit posément Konrad. C'est une rude épreuve d'être confronté à cette maladie. C'est très dur, mais vous n'êtes pas venue jusqu'ici pour parler de ça.

– Il va de soi que, comme tout le monde, vous savez ce qui est arrivé dans le quartier de Thingholt. Nous essayons de rassembler des informations par tous les moyens. Vous y êtes passé ce soir-là, n'est-ce pas ?

– Oui, mais ce n'était pas aux abords immédiats de la maison qu'on a vue en photo aux nouvelles. Je m'étais garé dans le quartier un peu plus tôt dans la soirée et je ne voulais pas stationner à cet endroit pour la nuit. C'était samedi soir. Avec mon épouse, nous avions décidé de sortir un peu nous distraire. Ensuite, je suis allé récupérer ma voiture pendant que ma femme m'attendait. J'avais peut-être un peu bu. Nous avions fait quelques bars et d'autres boîtes. Je sais bien qu'il est interdit de conduire dans cet état, mais je ne pouvais pas me résoudre à laisser ma voiture.

– Cela fait un petit bout de chemin si on se gare dans le quartier de Thingholt pour descendre en ville, vous ne trouvez pas ?

– L'important c'est surtout de se préserver des actes de vandalisme. Le centre-ville est parfois, comment dire, un peu difficile voire sauvage en la matière. On pourrait croire que tout ce qui reste immobile assez longtemps fini par être endommagé.

– C'est vrai, ce ne sont pas les imbéciles qui manquent, convint Elinborg. Donc, vous étiez sortis vous amuser ?

– Je suppose qu'on peut dire ça.

– Puis, vous êtes retourné chercher votre voiture ?

– Oui.

– Votre femme n'a pas voulu s'en occuper ? Étant donné l'état de votre jambe ?

– Elle... Elle avait bu plus d'alcool que moi, répondit Konrad avec un sourire. Je pensais qu'il était plus sûr d'y aller moi-même. N'allez pas vous imaginer que c'est le genre de choses que nous faisons tous les week-ends. D'ailleurs, nous n'étions pas garés si loin que ça et nous sommes restés dans les rues Laugavegur et Bankastraeti.

– Mais vous êtes allé la chercher tout seul ?

– Oui. Et quelqu'un m'a vu lui courir derrière avec ma patte folle, n'est-ce pas ?

Konrad sourit comme s'il avait dit quelque chose de drôle. Elinborg se fit la réflexion que c'était un homme extrêmement souriant. Elle se demanda si c'était une façade illusoire et si elle ne devait pas lui parler de la boutique de produits orientaux, de la terre cuite à tandoori ainsi que du châle trouvé chez Runolfur, et qui fleurait si bon la cuisine indienne. Elle décida d'attendre encore un peu. Les interrogatoires n'étaient pas sa tasse de thé. Cela l'ennuyait de voir les gens s'enferrer dans un tissu de mensonges. Elle était persuadée que la majeure partie de ce que cet homme lui avait raconté jusque-là était une comédie parfaitement répétée et qu'elle allait devoir user de ruse si elle avait l'intention de l'amener à dire ce que, justement, il voulait se garder de raconter. En lui posant des questions anodines et périphériques, elle le déstabiliserait et il finirait peut-être par laisser échapper des choses qui l'aideraient à mieux comprendre cette affaire. Dans ce sens, elle considérait la méthode de l'interrogatoire comme proche du jeu de la dame de Hambourg[1], très prisé des enfants. Si son intuition ne la trompait pas, cet homme savait tout comme elle qu'il devait faire attention à ne pas dire certaines choses et que, plus le jeu avancerait, plus il lui serait difficile de rester concentré.

– Eh oui, le monde est petit, observa Elinborg sans réellement lui répondre. Vous n'avez pas jugé bon de vous manifester auprès de nos services étant donné que vous étiez dans les parages la nuit du meurtre ?

– Cela ne m'est simplement pas venu à l'esprit, répondit Konrad. Je n'aurais pas hésité si j'avais pensé pouvoir vous être de quelque secours, mais je crains hélas que ce ne soit pas le cas.

---

1. Ce jeu ressemble à celui du « Ni oui, ni non ». Il nécessite deux participants : l'un dissimule au creux de sa paume un objet qu'il cache dans son dos tandis que son partenaire l'interroge sur « ce qu'il a acheté avec l'argent qu'il a reçu de la dame de Hambourg ». Les réponses ne doivent pas contenir les mots « oui », « non », « noir » et « blanc ».

– Donc, vous êtes tranquillement allé reprendre votre véhicule ?

– Oui, enfin, plus ou moins. J'ignore ce qu'a vu votre homme, il serait instructif de le savoir. J'essayais de me dépêcher à cause de ma femme. Elle m'a téléphoné alors que j'étais en chemin.

– Donc vous discutiez avec elle au téléphone ?

– Oui, je lui parlais. Y a-t-il quelque chose de précis que vous aimeriez savoir à ce sujet, des questions que vous souhaiteriez me poser ? Je n'imaginais pas que je prendrais une telle importance dans cette histoire.

– Veuillez m'excuser, plaida Elinborg. Nous essayons autant que possible de vérifier la fiabilité de nos témoins. Cela fait partie du jeu.

– Je le comprends parfaitement, répondit Konrad.

– Et rappelez-vous que tout a son importance, même les détails les plus insignifiants. Vers quelle heure êtes-vous passé là-bas ?

– Je ne l'ai pas vraiment noté avec précision, mais il devait être environ deux heures du matin quand nous sommes rentrés à la maison.

– Avez-vous remarqué la présence d'autres personnes dans les parages, des gens que nous pourrions retrouver ?

– Je ne peux pas dire. Je n'ai vu personne. D'abord, un certain nombre de rues ne sont pas très bien éclairées et ensuite, je n'étais pas garé à proximité de la maison du meurtre. Ma voiture stationnait même à une certaine distance, pour tout vous dire.

– Dans le cadre de cette enquête, nous sommes à la recherche d'une jeune femme.

– Oui, j'ai lu cela dans les journaux.

– Vous n'avez aperçu aucune jeune femme dans le quartier ?

216

– Aucune.

– Même accompagnée d'un homme ?

– Non plus.

– Nous supposons qu'elle était seule. Nous ne sommes pas tout à fait certains de l'heure du décès, mais l'agression a dû être commise aux alentours de deux heures du matin.

– Tout ce que j'ai vu c'était cette rue calme sur laquelle j'avançais à vive allure. Malheureusement, je n'ai rien remarqué de particulier. J'aurais un peu mieux ouvert l'œil si j'avais su que je deviendrais témoin dans cette affaire.

– À quel endroit de la rue votre voiture se trouvait-elle exactement ?

– Eh bien, elle n'était pas dans cette rue-là, je l'ai prise parce que c'était un raccourci. Elle était garée un peu plus haut. Voilà pourquoi ce que je pourrai vous dire ne vous apportera pas grand-chose : je ne suis à aucun moment passé par l'endroit où le crime a été commis.

– Avez-vous entendu des bruits dans les parages, quelque chose qui vous aurait semblé suspect ?

– Non, je ne peux pas dire.

– Ce sont vos enfants ? demanda Elinborg, changeant brusquement de conversation. Trois photos de bacheliers frais émoulus trônaient sur un petit guéridon. Deux adolescents et une jeune fille souriaient à l'appareil.

– Oui, ce sont mes fils et ma fille, confirma Konrad comme s'il était soulagé de voir la discussion s'orienter vers un autre sujet. Elle est la benjamine. Elle est toujours en compétition avec ses frères. L'aîné est en médecine et le cadet a choisi l'économie, comme moi ; quant à elle, elle est dans une école d'ingénieurs.

– Un médecin, un économiste et un ingénieur ?

– Oui, ce sont de braves petits.

– Pour ma part, j'ai quatre enfants, dont un garçon en section commerciale, précisa Elinborg.

– La petite dans une école d'ingénieurs à l'université. Notre médecin achève sa spécialisation à San Francisco. Il rentre au pays l'an prochain et il sera cardiologue.

– À San Francisco ? renvoya Elinborg.

– Il est là-bas depuis trois ans, il s'y plaît énormément. Nous…

Konrad s'interrompit brusquement.

– Oui ? encouragea Elinborg.

– Non, rien du tout.

Elinborg afficha un sourire.

– Tout le monde affirme que San Francisco est une ville superbe, je n'y suis, hélas, jamais allée, reprit-elle.

– Et c'est vrai, confirma Konrad. C'est un lieu vraiment fascinant.

– Et votre fille ?

– Comment ça, ma fille ?

– Elle y est allée avec vous ? demanda Elinborg.

– Oui, elle nous a accompagnés lors de notre second voyage, répondit Konrad. Elle est venue avec nous et elle est tombée amoureuse de cette ville, tout comme nous.

Elinborg sortait de chez Konrad et s'installait au volant de sa voiture quand son portable se mit à sonner. C'était Sigurdur Oli.

– Tu avais raison, annonça-t-il.

– Runolfur est passé chez elle ? interrogea Elinborg.

– D'après cette liste, il s'est rendu à son domicile il y a environ deux mois. Deux jours de suite.

20

Elinborg ne voyait aucune raison de céder à la précipitation. Elle laissa passer la soirée et la nuit avant
de demander une nouvelle entrevue à Konrad. C'était
lui qui avait répondu au téléphone et il lui avait dit
qu'elle pouvait sans problème passer aux alentours de
midi. Il n'avait pas prévu de s'absenter. Il avait cherché à savoir pour quelle raison elle souhaitait le revoir,
mais elle s'était contentée de lui répondre qu'elle avait
encore quelques petites questions à lui poser. Konrad
lui avait semblé très détendu au téléphone. Elle avait
eu l'impression qu'il devinait ce qui n'allait pas manquer de se produire.

Elle ne lui avait pas dit qu'elle avait mis en place
un dispositif de surveillance afin que ni lui ni aucun
membre de sa famille proche ne puissent quitter le
pays. Elle ne considérait pas la chose comme spécialement nécessaire, mais ne voulait pas que la situation lui échappe à cause d'une banale négligence. Elle
s'était également arrangée pour qu'Edvard soit arrêté à
la frontière au cas où il aurait tenté de quitter l'Islande.

Elle resta longtemps allongée sans trouver le sommeil après sa conversation avec son fils Valthor. Elinborg était allée le voir dans sa chambre dès son retour
à la maison. Teddi était endormi, de même que Theo-

dora et Aron. Comme à son habitude, Valthor était assis devant son ordinateur avec la télévision allumée. Il ne lui avait rien répondu quand elle lui avait demandé de discuter un moment avec lui.

– Il y a quelque chose qui ne va pas, mon petit ? l'avait-elle interrogé.

– Non, avait-il répondu d'un ton sec.

Elle n'était pas vraiment en forme après sa longue journée. Elle savait que Valthor était un bon garçon, qu'il lui avait longtemps été très attaché, même si ces années d'adolescence avaient fait naître en lui cette terrible opposition et ce besoin d'indépendance dont elle faisait principalement les frais.

Au bout de quelques tentatives pour établir le contact avec son fils, elle avait fini par éteindre la télévision.

Valthor avait alors consenti à cesser ses activités.

– Je souhaiterais que nous ayons une petite discussion, avait annoncé Elinborg. Au fait, j'aimerais bien que tu m'expliques comment tu peux en même temps surfer sur le Net et regarder la télé ?

– C'est très facile, avait-il répondu. Comment avance l'enquête ?

– Plutôt bien. Je préférerais que tu t'abstiennes de publier des choses me concernant sur ton blog. Je ne veux pas que tu racontes notre vie privée, la vie privée de cette famille.

– Dans ce cas, tu n'as qu'à pas le lire, avait répondu Valthor.

– Ces réflexions sont sur Internet que je les lise ou non. Et cela inquiète également Theodora. Valthor, ton blog est beaucoup trop intime. Tu y racontes certains détails qui ne regardent personne. Pourquoi fais-tu ça ? Pourquoi nous exposes-tu comme ça ? Et qui sont ces filles dont tu parles constamment ? Crois-tu qu'elles seront ravies de lire ce que tu dis sur elles ?

– Enfin, avait objecté Valthor. Tu ne comprends pas. Tout le monde le fait. Cela n'a rien de gênant. Personne ne trouve que ça pose un problème, c'est marrant, point, personne ne prend ces trucs-là au sérieux.

– Tu pourrais écrire sur bien d'autres sujets.

– J'envisage de déménager, avait-il alors annoncé, changeant brusquement de conversation.

– De déménager ?

– On voudrait louer un appart tous les deux avec Kiddi. Je viens d'en parler à papa.

– Et de quoi vivras-tu ?

– Je vais travailler et suivre les cours en même temps.

– Cela ne risque-t-il pas de nuire à tes études ?

– Je m'arrangerai pour que ce ne soit pas le cas. Je sais que je trouverai un travail en moins de deux. Birkir a bien déménagé et même... jusqu'en Suède.

– Tu n'es pas Birkir.

– Exact !

– Comment ça, exact ?

– Ah, laisse tomber. Tu n'as aucune envie d'entendre ça.

– Quoi donc ?

– Rien du tout.

– J'ai dit à Birkir que s'il voulait voir son père, cela ne posait évidemment aucun problème. Mais cela m'a semblé bizarre quand j'ai tout à coup compris qu'il voulait aller habiter avec lui. Qui plus est en Suède ! Je croyais que nous étions sa famille. Il ne partageait manifestement pas mon opinion. Nous nous sommes un peu disputés, je te l'accorde, mais ne me mets pas toute la responsabilité sur le dos. Ni sur celui de ton père, d'ailleurs. Birkir a fait son choix, c'est tout.

– Tu l'as foutu à la porte !

– C'est entièrement faux.

– C'est lui qui me l'a dit. Et il a pratiquement rompu le contact. C'est tout juste s'il nous donne quelques nouvelles. Il ne te parle plus. Tu trouves ça normal ?

– Birkir était à un âge difficile quand il est parti. Exactement comme toi en ce moment. Serais-tu en train de me dire que tout est ma faute ? J'espère qu'il a pris un peu de plomb dans la tête en grandissant.

– Il m'a expliqué qu'il n'avait jamais eu l'impression de faire vraiment partie de la fratrie.

Elinborg était restée un instant sans voix.

– Qu'est-ce que tu racontes ?

– Il le sentait parfaitement.

– Il sentait quoi ?

– Que tu ne le traitais pas comme nous. Il avait toujours l'impression de gêner, d'être comme un étranger dans sa propre maison.

– Birkir t'a raconté ça ?! Il ne me l'a jamais dit à moi !

– Tu crois vraiment qu'il aurait osé te sortir un truc pareil ? Il me l'a avoué quand il a déménagé, en m'interdisant de te le répéter.

– C'est le fruit de son imagination. Il n'a pas le droit de parler comme ça.

– Il a le droit de dire ce qu'il veut.

– Valthor, tu sais très bien que Birkir a toujours fait partie de cette famille. Je conçois que cela n'ait pas été facile pour lui de perdre sa mère, cela n'a pas été facile non plus de venir vivre avec son oncle et avec moi alors qu'il ne me connaissait pas du tout. Ensuite, vous êtes arrivés, toi, ton frère et ta sœur. Je me suis toujours efforcée de comprendre sa situation et de m'arranger pour qu'il se sente bien. Nous n'avons jamais fait la moindre différence entre lui et vous, il était l'un de nos enfants. Tu ne t'imagines pas à quel point cela me blesse qu'il ait pu dire ça.

– Je voudrais qu'il ne soit jamais parti, avait conclu Valthor.

– Moi aussi ! avait convenu Elinborg.

Elle regarda le réveil. 2 h 47.

Elle reprit le compte à rebours : 9 999, 9 998...

Elle avait réellement besoin de sommeil.

Konrad l'avait invitée au salon tout comme la veille. Il avançait en boitillant devant elle et semblait très calme, très posé. Elle était venue seule, ne s'attendant pas à voir surgir la moindre difficulté. Elle s'était attardée un moment au bureau quand les résultats des tests ADN pratiqués sur les cheveux trouvés dans le châle et dans le lit de Runolfur lui étaient parvenus.

– Je croyais pourtant vous avoir raconté tout ce que je savais hier, observa Konrad une fois qu'ils se furent installés.

– On nous communique constamment de nouveaux éléments, répondit Elinborg. Je me suis demandé si vous me permettriez de commencer par vous parler d'un homme...

– Vous prendrez bien un café ?

– Non, merci.

– Vous êtes sûre ?

– Oui. Je voudrais vous parler de l'homme qui a été assassiné dans le quartier de Thingholt, reprit-elle.

Konrad hocha la tête. Il posa sa jambe malade sur un repose-pied et écouta ce qu'elle avait à lui dire.

Elle lui fit un exposé des informations que détenait la police. Runolfur était né il y avait environ trente ans de cela dans un petit village de pêcheurs en province. Sa mère, toujours en vie, habitait encore là-bas et son père était décédé accidentellement. Le village était à l'agonie. La jeune génération partait et Runolfur l'avait quitté à la première occasion. Il n'entretenait avec sa mère que peu de relations. Cette femme semblait avoir une sacrée force de caractère et l'avait élevé avec une discipline de fer : c'était tout juste s'il daignait lui rendre visite quand il passait dans les parages. Il s'était installé à Reykjavik, avait entrepris des études qui lui plaisaient, les avait menées à terme puis avait commencé à travailler comme technicien en téléphonie. Il n'avait pas fondé de famille, pas eu d'enfants et ne s'était pas marié non plus. Il semblait qu'il n'ait connu de femmes que par le biais de rencontres d'un soir. Il louait un appartement et ne restait jamais très longtemps à la même adresse, semblait-il. Sa profession impliquait un contact permanent avec la clientèle, qu'il s'agisse de particuliers ou d'entreprises et partout, il était très apprécié, on le décrivait comme travailleur et fiable. Il semblait se passionner pour les super-héros de bandes dessinées et de films ; on ne lui connaissait pas vraiment d'autres centres d'intérêt.

Konrad l'écoutait en silence. Elle se demandait s'il comprenait où elle voulait en venir en lui racontant tous ces détails. Il aurait fort bien pu objecter : en quoi cela me concerne-t-il ? Mais il s'en abstenait. Il se taisait et l'écoutait d'un air grave tandis qu'elle continuait à lui parler de Runolfur.

– Nous pensons, nous disposons d'ailleurs d'un exemple, que ce technicien repérait des femmes chez lesquelles il se rendait dans le cadre de son travail et qu'il s'arrangeait ensuite pour les croiser dans divers bars et lieux de distraction. Elles avaient pour points communs d'être jeunes, célibataires et brunes. Peut-être arrivait-il aussi qu'il les croise par hasard, mais nous pensons qu'il parvenait à découvrir les endroits où les intéressées allaient le plus souvent s'amuser, comme dans le cas relevé par nos services.

Runolfur s'était procuré un médicament qui porte le nom de Rohypnol, également connu comme drogue du viol, et il en avait sur lui au moment où il avait été agressé, plus précisément égorgé à l'aide d'un couteau acéré. On avait découvert ce produit dans sa poche. La police avait une idée assez précise de la manière dont il était parvenu à l'obtenir. Il était très probable que Runolfur ait été en compagnie d'une jeune femme brune au moment de son décès. Celle-ci avait oublié son châle chez lui.

Les conclusions des tests ADN qu'attendait la police étaient arrivées plus tôt dans la matinée. Elles montraient une correspondance entre les cheveux trouvés dans le lit de Runolfur et ceux sur ce châle.

– Je l'ai apporté, poursuivit Elinborg en ouvrant son sac d'où elle sortit le tissu pour le déplier. C'est une merveille. Il s'en dégageait une forte odeur qui a maintenant tout à fait disparu. Une odeur de cuisine indienne. De tandoori.

Konrad ne disait pas un mot.

– Nous pensons savoir qu'une jeune femme se trouvait à son domicile au moment où il a été tué. Nous croyons qu'il l'a connue dans les mêmes conditions que d'autres qu'il a pu croiser « par hasard » dans divers bars et discothèques. Il serait venu chez elle pour installer une ligne téléphonique, la télévision par câble, la fibre optique ou encore pour réparer une connexion Internet, enfin bref, l'une de ces tâches dont s'occupent les techniciens en téléphonie. Probablement est-il repassé quelque temps plus tard prétextant qu'il avait oublié un objet très banal

225

comme un tournevis ou une lampe de poche. C'était un homme d'une compagnie très agréable, d'apparence soignée et il lui était facile d'engager la conversation avec de parfaits inconnus comme cette jeune femme. En outre, il n'y avait entre eux qu'une petite différence d'âge. Ils ont discuté de tout et de rien. Il a orienté la conversation de manière à ce qu'elle lui donne des informations bien précises. Elle lui a parlé des endroits où elle sortait s'amuser. Il a également compris que cette jeune femme n'était pas en couple, qu'elle vivait seule et qu'elle étudiait à l'université. Ainsi, il lui serait plus facile d'établir le contact avec elle quand il la croiserait dans le bar où elle se rendait régulièrement. On pouvait presque dire qu'ils se connaissaient.

– Je ne comprends pas bien pourquoi vous me racontez toute cette histoire, observa Konrad. Je ne vois pas en quoi elle me concerne.

– En effet, convint Elinborg. Je comprends parfaitement, mais j'ai quand même envie de vous soumettre tout cela. Il se trouve que nous disposons de divers petits indices sur lesquels j'aimerais avoir votre opinion. Runolfur s'est arrangé pour que cette femme le suive. Il avait ce produit dans sa poche et il est très probable qu'il l'ait versé dans son verre alors qu'ils étaient encore au bar. On peut aussi imaginer qu'il ne l'a fait qu'une fois tous les deux arrivés chez lui.

Elinborg regarda la photo qu'elle avait longuement observée la veille, et où l'on voyait la fille de Konrad coiffée de sa casquette de bachelière.

– Nous ignorons ce qui s'est passé au domicile de cet homme, poursuivit-elle. Ce que nous savons, en revanche, c'est qu'il a été assassiné et que la jeune femme qui était avec lui a disparu de l'appartement.

– Je comprends, observa Konrad.

– Est-ce que tout cela vous dit quelque chose ?

– Comme je vous l'ai déjà précisé, je n'ai rien remarqué de particulier en traversant ce quartier. J'en suis désolé.

– Quel âge a votre fille ?

– Vingt-huit ans.

– Elle vit seule ?

– Elle loue un appartement pas très loin de l'université. Pourquoi me posez-vous ces questions sur elle ?

– Elle est amatrice de cuisine indienne ?

– Il y a tant de choses qui l'intéressent, éluda Konrad.

– Est-ce que vous reconnaissez ce châle ? interrogea Elinborg. Vous pouvez le toucher, si vous voulez.

– C'est inutile, je ne l'ai jamais vu.

– Il s'en dégageait une très forte odeur que j'ai immédiatement reconnue, celle du tandoori. Il se trouve que je suis amatrice de cuisine orientale. Je possède même un de ces plats en terre cuite, je m'en sers beaucoup, je ne pourrais pas m'en passer. Votre fille en posséderait-elle un ?

– Je l'ignore.

– Nous savons pourtant que vous en avez acheté un au début de l'automne. Je peux vous montrer la facture, si vous voulez. Il était donc destiné à votre usage personnel ?

– Vous m'avez placé sous un microscope ? interrogea Konrad.

– Je dois savoir ce qui s'est passé chez Runolfur quand il a été assassiné, répondit Elinborg. Si vous pouvez me le dire, alors vous êtes l'homme que je recherche.

Konrad regarda la photo de sa fille.

– Peu de gens le savent, mais Runolfur portait un t-shirt quand on l'a égorgé, reprit-elle. Nous pensons qu'il appartenait à une femme ; personnellement, je suis convaincue que c'était celui de votre fille. Vous m'avez avoué qu'elle vous avait accompagnés lors de votre second voyage à San Francisco. Je dirais qu'elle l'a acheté à ce moment-là. Ce t-shirt porte une inscription : le nom de la ville.

Konrad ne quittait pas la photo des yeux.

– Vous avez été vu dans le quartier, poursuivit-elle. Vous étiez extrêmement pressé et vous parliez au téléphone. Je crois que vous avez eu le temps de lui porter secours. D'une manière ou d'une autre, elle est parvenue à vous joindre et à vous communiquer l'adresse. Quand vous avez vu la situation, quand vous avez compris ce qui se passait, quand vous avez vu votre fille, vous avez perdu votre sang-froid, vous avez attrapé le couteau…

Konrad secouait la tête.

– … que vous aviez emporté avec vous et vous avez bondi sur Runolfur.

Konrad regardait fixement Elinborg, droit dans les yeux.

– Runolfur s'est-il rendu chez votre fille par deux fois il y a environ deux mois ? interrogea-t-elle.

Il ne lui répondit rien.

– Nous avons une liste des tâches dont il s'est acquitté en tant que technicien. Elle nous donne le détail de ses visites dans les entreprises et chez les particuliers. Nous y avons découvert qu'il est passé deux fois en peu de temps chez une certaine Nina Konradsdottir. Je suppose qu'il s'agit de votre fille.

– Je ne saurais dire en détail qui rend visite à ma fille.

Elinborg avait l'impression qu'il avait perdu de son assurance en entendant sa réponse.

– Peut-être vous a-t-elle parlé de lui ?

Konrad quitta des yeux la photo et dévisagea longuement Elinborg.

– Qu'essayez-vous exactement d'insinuer ?

– Que vous avez assassiné Runolfur, répondit-elle à voix basse.

Konrad était assis, silencieux, et la fixait comme s'il réfléchissait à ce qu'il devait lui répondre, aux mots qu'il lui fallait prononcer pour qu'Elinborg reparte satisfaite de chez lui afin que le problème soit réglé une bonne fois pour toutes et que plus jamais personne ne vienne lui poser aucune question embarrassante. Mais les mots ne venaient pas. Il ignorait ce qu'il devait dire. Les secondes s'écoulaient et son visage indiqua bientôt qu'il abandonnait la lutte, avouant son impuissance en un douloureux soupir :

– Je… Je ne peux pas.

– Je sais que cela doit être très difficile.

– Vous ne comprenez pas, répondit-il. Vous ne pouvez pas comprendre à quel point c'est affreux, à quel point tout cela a été un cauchemar pour nous tous. Et je vous interdis d'essayer de le comprendre.

– Je ne voulais pas…

– Vous ne savez pas ce que c'était. Vous ignorez ce qui s'est passé. Vous ne pouvez pas vous imaginer…

– Dans ce cas, racontez-moi.

– Il a eu ce qu'il voulait. Voilà ce qui est arrivé. Il l'a violée ! Il a violé ma fille !

Konrad inspira profondément, au bord des larmes. Il évitait maintenant de regarder Elinborg dans les yeux. Il tendit le bras vers la photo de sa fille, la garda entre ses mains et se concentra sur son visage, ses cheveux bruns, ses jolis yeux marron et l'expression heureuse qu'elle avait eue en cette journée ensoleillée.

Puis il soupira lourdement.

– Je voudrais tellement que ce soit moi qui l'aie tué.

21

Jamais le coup de téléphone que lui avait passé sa fille cette nuit-là ne s'effacerait de son souvenir. Il avait vu son nom s'afficher sur l'écran. Nina. Accompagné de trois petits cœurs. Son portable était posé sur sa table de nuit et il avait répondu dès la première sonnerie.

Il avait sursauté quand il avait remarqué l'heure.

Il s'était empli de terreur en entendant l'angoisse palpable qui teintait la voix de sa fille.

– Mon Dieu, mon Dieu, soupira-t-il en levant les yeux vers Elinborg. Il tenait encore la photo entre ses mains. Je… Je n'ai jamais entendu un cri aussi déchirant de toute ma vie.

Ils ne s'inquiétaient pas beaucoup pour elle. En tout cas, plus vraiment. Quand elle avait été plus jeune et qu'ils la savaient occupée à traîner en ville avec ses amis, ils étaient toujours sur le qui-vive. De même lorsqu'elle avait quitté le foyer familial pour louer un appartement. Ce qu'on entendait sur les agressions sauvages en centre-ville, sur la violence grandissante liée à l'usage de drogues et sur les viols ne contribuaient pas à calmer leurs angoisses et ils lui répétaient constamment d'avoir son portable sur elle au cas où quelque chose arriverait. Elle devait immédiatement appeler à la maison. Ils avaient d'ailleurs eu pour ses frères le même genre d'inquiétudes lorsque ces derniers avaient commencé à sortir le week-end.

Rien de bien grave ne leur était arrivé jusque-là. Un portefeuille leur avait été volé lors d'un voyage au soleil. Deux ans plus tôt, le fils cadet avait eu un accident de la circulation et s'était trouvé dans son tort. Ils avaient mené l'existence paisible à laquelle ils aspiraient, toujours soigné leur réputation, s'étaient comportés avec respect et bienveillance envers autrui. Sa femme et lui s'entendaient bien, ils avaient de nombreux amis et aimaient à voyager, aussi bien en Islande qu'à l'étranger.

Leur courage et leur persévérance leur avaient permis de réussir plutôt bien dans la vie et ils étaient fiers de ce qu'ils avaient, fiers de leurs enfants. Leurs deux fils étaient en couple. L'aîné s'était marié à San Francisco avec une Américaine qui étudiait la médecine, tout comme lui, et avec laquelle il avait eu un enfant, une petite fille, baptisée du prénom de sa grand-mère islandaise. Le cadet avait emménagé deux ans plus tôt avec une femme qui travaillait au service entreprises d'une grande banque. Nina, elle, n'était pas pressée. Elle avait vécu avec un jeune informaticien pendant un an, mais après cette expérience, elle était restée célibataire.

– Elle a toujours eu tendance à rester en retrait et à se contenter de peu, précisa Konrad tout en reposant la photo sur le guéridon. Elle n'a jamais posé de problèmes et, même si elle a beaucoup d'amis, je crois que c'est lorsqu'elle est seule qu'elle se sent le mieux. C'est simplement sa personnalité. Elle n'a jamais fait de mal à une mouche.

– Cela, les violeurs ne le demandent pas, observa Elinborg.

– Non, convint Konrad, je suppose qu'ils s'en fichent complètement.

– Que vous a-t-elle dit quand elle vous a appelé ?

– C'était complètement incompréhensible. Un hurlement d'angoisse qu'elle tentait d'étouffer. C'était un mélange de pleurs et de peur panique qui m'a terrifié. Elle ne parvenait pas à articuler un mot. Je savais que c'était elle car son nom était apparu sur l'écran de mon portable. En fait, j'ai d'abord cru que quelqu'un lui avait volé le sien. Je ne reconnaissais même pas le son de sa voix. Puis je l'ai entendue dire : « papa » et là, j'ai compris qu'une chose affreuse avait dû lui arriver. Une chose horrible et indescriptible avait dû lui arriver.

– Papa… avait-il entendu entre deux lourds sanglots.

– Calme-toi, avait-il répondu. Essaie de te calmer, ma chérie.

– Papa, pleurait sa fille… tu peux venir ? Il faut… Il faut que… que tu viennes…

Sa voix s'était brisée. Il avait entendu sa fille pousser un hurlement au téléphone. Il s'était levé et avait traversé le couloir pour aller au salon. Sa femme l'avait suivi avec l'air inquiet.

– Que se passe-t-il ? s'était-elle alarmée.

– C'est Nina, avait-il répondu. Tu es là, ma chérie ? Nina ? Dis-moi à quel endroit tu te trouves. Tu peux me le dire ? Tu peux m'expliquer où tu es, comme ça je viendrai te chercher.

Il n'entendait rien que les pleurs de sa fille.

– Nina ! Dis-moi où tu es !

– Je suis… chez… chez lui.

– Chez qui ?

– Papa, il faut… il faut que… que tu viennes. Tu ne dois… tu ne dois pas appeler la police.

– Où es-tu ? Tu es blessée ? Tu as eu un accident ?

– Je… je ne sais pas… ce que j'ai fait. Papa, c'est horrible… Ce… c'est horrible. Papa !

– Nina, qu'est-ce qu'il t'arrive ? Que s'est-il passé ? Tu as eu un accident de voiture ?

Sa fille s'était remise à sangloter et il n'entendait rien d'autre que cette plainte angoissée qu'elle tentait d'étouffer.

– Parle-moi, ma petite. Dis-moi à quel endroit tu es. Tu peux me dire ça ? Explique-moi où tu es et je viendrai te chercher tout de suite. Je viendrai immédiatement.

– Il y a du sang partout et il est couché… il est allongé par terre. Je… je n'ose pas sortir de la chambre…

– Tu es à quelle adresse, ma chérie ?

– Nous y sommes allés à pied. On est venus ici à pied. Papa… tu ne dois pas venir… il ne faut pas… il ne faut pas qu'on te… qu'on te voie. Qu'est-ce que je dois… Qu'est-ce que je dois faire ? Tu dois venir seul. Rien que toi ! Je t'en supplie, il faut que tu m'aides !

– Je viens te chercher. Tu connais le nom de la rue ?

Il avait commencé à enfiler ses vêtements, un pantalon de jogging et une veste qu'il avait mise sur son haut de pyjama.

– Je t'accompagne, avait dit sa femme.

Il avait secoué la tête.

– Elle veut que je vienne seul, tu vas devoir m'attendre ici. Il lui est arrivé quelque chose.

– Tu es toujours là, ma chérie ? avait-il dit au téléphone.

– Je ne sais pas… je ne connais pas le nom de la rue.

– Comment s'appelle l'homme qui vit là où tu es, est-ce qu'il est dans l'annuaire ?

– Il s'appelle Runolfur.

– Tu connais le prénom de son père ? De qui est-il le fils ?

Sa fille ne lui répondit pas.

– Nina ?

– Je crois…

– Oui.

– Papa ? Tu es là ?

– Oui, ma chérie.

– Je crois… je crois qu'il est mort.

– D'accord. Essaie de garder ton calme et tout ira bien. Je viens te chercher et tout ira bien. Mais il faut que tu me dises où tu es. Quel chemin as-tu pris pour y aller ?

– Il y a du sang partout.

– Essaie de te calmer.

– Je ne me souviens plus de rien. Je ne me rappelle rien. Rien du tout !

– D'accord.

– J'étais sortie en ville pour m'amuser.

– Oui.

– Et j'ai rencontré cet homme.

– Oui.

Il sentait que sa fille s'était légèrement calmée.

– Je suis passée à côté du lycée et ensuite, devant l'ambassade des États-Unis, dit-elle. Il faut que tu viennes seul. Et personne ne doit te voir.

– D'accord.

– J'ai tellement peur, papa. Je ne sais pas ce qui est arrivé. Tout ce que je suis capable de dire, c'est que… je l'ai agressé.

– Par où êtes-vous passés ensuite, ma chérie ?

– Je ne me souviens de rien. Je n'étais pourtant pas ivre. Je n'avais rien bu. Mais je ne me rappelle rien. Je ne sais pas ce qui m'arrive…

– Est-ce que tu vois des factures sur une table ? Quelque chose où il y aurait son nom ? Une adresse qui serait celle de l'endroit où tu es ?

– Je ne… je ne sais pas ce qui se passe.

– Regarde autour de toi, ma petite.

Il avait ouvert la porte du garage, était monté en voiture et avait démarré. Il avait reculé sur la rue et s'était éloigné. Sa femme avait refusé de l'attendre seule à la maison. Assise, morte d'inquiétude sur le siège du passager, elle écoutait la conversation.

– J'ai trouvé une facture. Il est écrit Runolfur et il y a aussi l'adresse.

Elle la lui avait communiquée.

– C'est très bien, ma chérie. Je suis en route, je serai là d'ici cinq minutes, tout au plus.

– Je veux que tu viennes seul.

– Ta mère est avec moi.

– Non, mon Dieu, non, elle ne doit pas entrer ici, personne ne doit vous voir, ni maman ni toi, je ne veux pas qu'on vous voie. Je veux que personne ne voie ça, je veux seulement rentrer à la maison, je t'en supplie, *please*, ne viens pas avec maman…

Elle s'était mise à pleurer de façon incontrôlable.

– Je ne le supporterais pas, avait-elle sangloté.

– D'accord. Je vais venir seul. Je vais me garer dans une rue voisine. Ça ira ? Calme-toi. Ta mère nous attendra dans la voiture.

– Dépêche-toi, papa. Dépêche-toi.

Il avait quitté le boulevard Hringbraut, remonté la rue Njardargata et tourné à gauche. Il avait garé le véhicule à une distance respectable, demandé à sa femme de l'attendre comme le demandait sa fille et s'était mis en route vers la maison qu'elle lui avait indiquée. Il se pressait autant qu'il le pouvait, le téléphone collé à l'oreille, disant à Nina des choses rassurantes tandis qu'il marchait. Les rues étaient désertes. Apparemment, personne ne remarquait sa présence. En arrivant devant la maison, il avait d'abord gravi l'escalier qui menait au premier étage, mais avait constaté qu'aucun Runolfur n'habitait là. Il avait rebroussé chemin et trouvé l'entrée qui donnait sur le jardin, à l'arrière. Le nom du locataire était inscrit sur la boîte aux lettres.

– Je suis là, ma chérie, avait-il annoncé au téléphone.

Il avait poussé la porte très légèrement entrebâillée pour entrer. Il avait vu un homme couché dans son sang sur le sol et sa fille, enveloppée dans une couverture, assise contre un mur, les genoux repliés sous le menton, et qui se balançait d'avant en arrière, le portable collé à l'oreille.

Il avait éteint son téléphone, s'était avancé vers elle afin de la relever doucement. Elle s'était effondrée dans ses bras, toute tremblante.

– Mon enfant, qu'as-tu fait ? avait-il gémi.

Konrad acheva son récit. Il fixa longuement son attelle, comme plongé dans un autre monde avant de lancer un regard à Elinborg.

– Pourquoi ne pas avoir appelé la police ? demanda-t-elle.

– J'aurais évidemment dû vous contacter sur-le-champ, répondit-il. Mais au lieu de ça, j'ai ramassé tous les vêtements de ma fille et je me suis précipité dehors avec elle. Je ne suis pas reparti par le même chemin, je suis passé par le jardin et ensuite, par la rue juste en dessous. De là, nous avons rejoint la voiture pour rentrer à la maison. Je sais que j'ai mal réagi. Je pensais protéger ma fille, nous protéger nous, notre vie privée, mais je crains d'avoir plutôt empiré les choses.

– Il va falloir que j'aie une conversation avec votre fille, observa Elinborg.

– Évidemment, répondit Konrad. Je leur ai parlé de votre visite d'hier, à elle et à sa mère. Je crois que nous sommes tous soulagés de voir cette partie de cache-cache enfin terminée.

– Des heures difficiles vous attendent, je le crains, dit Elinborg en se levant.

– Nous n'avons pas encore eu le courage de l'annoncer à ses frères. À nos fils. C'est… Nous ne savons pas quoi faire. Comment allons-nous pouvoir leur expliquer que leur petite sœur a égorgé un homme ? Un homme qui l'a violée.

– Je le comprends bien.

– La pauvre enfant. Quand je pense à ce qu'elle a dû endurer.

– Il faudrait maintenant que nous allions chez elle.

– Nous tenons à ce qu'elle bénéficie d'un traitement juste et honnête, observa Konrad. Cet homme lui a fait du mal et elle le lui a rendu. Nous trouvons que c'est surtout sous cet angle que vous devriez envisager les choses. C'était de la légitime défense. Elle a été forcée de se défendre. C'est aussi simple que ça.

22

Nina louait un petit appartement dans la rue Falka-gata. Konrad appela chez elle en disant qu'il était en route, suivi par la police. Il parla avec son épouse, qui se trouvait là-bas, et lui demanda d'en informer leur fille. C'était fini. Il précéda Elinborg dans son véhicule jusqu'à Falkagata et se gara devant un petit immeuble. Ils entrèrent ensemble dans la cage d'escalier et mon-tèrent au premier étage. Konrad appuya sur la sonnette et une femme de son âge vint ouvrir. Le regard qu'elle lança à Elinborg était terriblement inquiet.

– Vous êtes venue seule ? lui demanda-t-elle. Je n'ai aperçu aucune voiture de police.

– Oui, répondit Elinborg. Je ne m'attends pas à ce que vous me posiez de problèmes.

– Non, répondit la femme en lui serrant la main. Il n'y en aura aucun. Entrez.

– Est-ce que Nina est ici ? demanda Elinborg.

– Oui, elle vous attend. Elle et moi sommes heu-reuses que cela soit terminé, que cette partie de cache-cache soit terminée.

Les deux femmes entrèrent dans le salon, suivies de Konrad. Nina se tenait là, debout, les bras croisés, les yeux gonflés de larmes.

– Bonjour Nina, salua Elinborg en lui tendant la main. Je m'appelle Elinborg et je travaille dans la police.

Nina lui donna une poignée de main aussi molle qu'humide. Elle n'essaya pas de sourire.

– D'accord, répondit-elle. Mon père vous a raconté tout ce qui s'est passé ?

– Oui, il m'a donné sa version. Maintenant, nous devons vous entendre.

– J'ignore ce qui est arrivé, je ne me rappelle plus rien, répondit Nina.

– Je sais, ce n'est pas grave, nous avons tout notre temps.

– Je crois qu'il m'a droguée, vous avez trouvé de la drogue chez lui.

– En effet. Vos parents peuvent vous accompagner au commissariat, mais ensuite, nous devrons nous entretenir seule à seule. Vous comprenez ? C'est d'accord ?

Nina hocha la tête.

Elinborg jeta un regard vers la cuisine. L'odeur qui imprégnait cet appartement n'était pas sans rappeler celle qui planait chez elle : des senteurs épicées venues de mondes lointains, de plats tellement étrangers dont elle était pourtant si familière. Elle remarqua une terre cuite à tandoori posée sur le plan de travail à côté de l'évier.

– Moi aussi, j'aime beaucoup la cuisine indienne, remarqua-t-elle avec un sourire.

– Ah bon ? J'avais justement préparé un repas pour quelques invités le soir... le soir où... hésita Nina.

– Je vous ai rapporté votre châle, annonça Elinborg. Celui que vous portiez ce soir-là. L'odeur qui s'en dégageait m'a dit que vous étiez amatrice de plats indiens.

– Nous l'avons oublié, répondit Nina. Papa a pris ce qu'il voyait, mais j'ai oublié mon châle.

– Et votre t-shirt.

– Oui, et mon t-shirt.

– Il faut que nous parlions aux garçons, observa Konrad. Avant que tout ne se mette en branle, que tout ne soit révélé dans les médias.

– Vous pouvez le faire au commissariat, si vous le souhaitez, proposa Elinborg.

La famille se rendit en voiture jusqu'à le rue Hverfisgata. Cette fois-ci, c'était Konrad qui suivait la voiture d'Elinborg. À leur arrivée, Nina fut emmenée à la salle d'interrogatoire. Ses parents purent patienter dans le bureau d'Elinborg. La nouvelle ne tarda pas à se répandre que la police avait avancé dans l'enquête sur le meurtre de Thingholt, comme l'avaient désormais baptisé les médias, et les journalistes commencèrent à appeler. Une demande de placement en garde à vue fut envoyée à la cour de justice régionale. Konrad engagea un avocat ; il avait anticipé les choses et savait auprès de qui il souhaitait prendre conseil. L'avocat en question, réputé pour ses excellents résultats dans les affaires criminelles, avait laissé de côté ses autres obligations et était venu en même temps que le procureur de la police quand la demande de placement en garde à vue avait été envoyée. Le fils cadet du couple avait rencontré ses parents dans le bureau d'Elinborg, abasourdi par la nouvelle que sa mère lui avait annoncée au téléphone. Son incrédulité et sa surprise n'avaient pas tardé à laisser place à une violente colère, d'abord contre ses parents qui lui avaient caché toute cette histoire, puis envers Runolfur.

Elinborg plaignait terriblement Nina qui était assise, prostrée, dans la salle d'interrogatoire en attendant l'inéluctable. Elle n'avait franchement rien d'un assassin de sang-froid, mais ressemblait plutôt à une victime qui avait vécu une expérience traumatisante et s'apprêtait à connaître des heures difficiles.

Elle désirait ardemment s'exprimer, maintenant que la police avait découvert qu'elle connaissait Runolfur et qu'elle était la femme présente chez lui au moment de sa mort. Elle semblait soulagée de pouvoir enfin dire la vérité, de vider son cœur pour commencer le long processus qui l'amènerait à comprendre et à accepter.

– Connaissiez-vous Runolfur avant de le rencontrer ce soir-là ? demanda Elinborg une fois que, s'étant acquittée des formalités d'usage, elle put commencer l'interrogatoire.

– Non, répondit Nina.

– N'était-il pas venu à votre domicile deux mois plus tôt ?

– Si, mais je ne le connaissais pas pour autant.

– Pouvez-vous me raconter ce qui s'est passé à ce moment-là ?

– Il ne s'est rien passé du tout.

– Vous aviez besoin des services d'un technicien en téléphonie, n'est-ce pas ?

Nina hocha la tête.

Elle souhaitait installer sa télévision dans sa chambre et devait, pour ce faire, passer un nouveau câble d'antenne télé à travers le mur. Elle changeait également de compagnie téléphonique et connaissait quelques problèmes avec son Internet sans fil. Elle voulait se servir de son ordinateur portable dans n'importe quelle pièce. Le service clients pouvait s'en occuper pour elle, lui avait proposé une femme au bout du fil quand elle avait appelé pour obtenir de l'assistance. Plus tard dans la journée, un technicien s'était présenté à sa porte. C'était un lundi.

L'homme était avenant et loquace, il avait deux ou

trois ans de plus qu'elle et faisait son travail avec professionnalisme. Elle n'avait pas vraiment suivi ce qu'il avait fait. Elle avait entendu le bruit d'une perceuse. Il avait dû soulever une latte du parquet afin d'y dissimuler le câble télé. Elle n'avait pas eu l'impression qu'il s'attardait anormalement dans la chambre. Elle n'y avait réfléchi que plus tard, une fois que tout était terminé.

Il l'avait également aidée à connecter l'Internet sans fil, puis avait rédigé une facture qu'elle avait immédiatement réglée par carte. Il avait discuté avec elle de tout et de rien, c'était une banale conversation entre gens qui ne se connaissent pas. Ensuite, il était reparti.

Le lendemain, il était revenu poser ses filets. À la fin de l'après-midi, il s'était retrouvé devant sa porte et lui avait demandé s'il n'avait pas oublié la mèche spéciale béton dont il s'était servi pour pratiquer le trou dans le mur entre le salon et la chambre. Non, elle n'avait rien remarqué.

– Cela ne vous dérangerait pas que je jette un coup d'œil ? lui avait-il demandé. J'ai fini ma tournée et je me suis dit qu'elle était peut-être chez vous. Je n'arrive pas à remettre la main dessus et elle m'est très utile.

Ils étaient allés ensemble jusqu'à la chambre à coucher où elle l'avait aidé à chercher. Le câble de la télé passait à travers un placard à vêtements qu'elle avait ouvert. Il avait regardé sur le rebord de la fenêtre et sous le lit. Puis, il avait fini par renoncer.

– Excusez-moi du dérangement, avait-il dit. Je passe mon temps à perdre des choses.

– Je contacterai votre compagnie si je la retrouve, avait-elle proposé.

– D'accord, merci bien. Vous voyez, c'est que je suis un peu fatigué de mon week-end. J'ai dû rester trop longtemps au Kaffi Victor samedi soir.

– Je connais ça, avait-elle observé avec un sourire.

– Ah, vous y allez aussi ?

– Non, nous fréquentons plutôt Krain, la Taverne.

– Vous ?

– Mes copines et moi.

– Prévenez-moi si vous retrouvez cette fichue mèche, avait-il dit en guise d'au revoir. Et peut-être à la prochaine.

Elle était connue pour ses talents de cuisinière et aimait recevoir ses amies pour se livrer à quelques essais. Elle s'était intéressée à la cuisine indienne après avoir travaillé comme serveuse dans un restaurant exotique de Reykjavik où elle avait fait connaissance avec le chef qui lui avait donné quelques bons conseils. Peu à peu, elle avait constitué son stock d'épices et de recettes de porc ou de poulet. Tout comme Elinborg, elle avait souvent tenté de préparer des plats à base d'agneau. Le soir où elle avait croisé Runolfur, elle avait invité ses amies à manger de l'agneau qu'elle avait fait cuire dans le plat à tandoori que son père lui avait offert en cadeau d'anniversaire. Elles étaient restées chez elle jusque vers minuit avant de sortir en ville où elles n'avaient pas tardé à se séparer. Au moment où Runolfur était venu lui parler, elle était sur le point de rentrer.

Elle n'était pas vraiment ivre. Voilà pourquoi elle s'était étonnée de se rappeler si peu de choses jusqu'au moment où elle avait lu dans un journal qu'on avait découvert du Rohypnol au domicile de son agresseur. Elle avait avalé un cocktail au martini en apéritif, puis un peu de vin rouge pour accompagner le repas et ensuite, elle avait bu un peu de bière car ce plat épicé lui avait donné soif.

Elle ne se rappelait presque rien des événements qui avaient suivi sa rencontre au bar avec Runolfur. Elle se souvenait qu'il s'était approché d'elle et qu'ils avaient parlé de San Francisco. Elle lui avait dit être allée là-bas pour rendre visite à son frère. Elle avait fini son verre et il lui avait demandé s'il ne pouvait pas lui en offrir un autre en réparation de la facture ridiculement élevée pour le travail qu'il avait effectué chez elle l'autre jour. Elle avait accepté en le remerciant. Pendant qu'il était parti chercher leurs boissons, elle avait consulté sa montre. Elle ne voulait pas s'attarder.

Elle n'avait gardé en mémoire que quelques bribes du trajet à pied jusque chez lui, dans le quartier de Thingholt. Elle avait subitement eu l'impression d'être complètement ivre, de ne parvenir que difficilement à contrôler ses mouvements et de n'avoir plus aucune volonté.

Elle s'était réveillée progressivement, tard dans la nuit. Spiderman la fixait du haut de son mur, prêt à bondir sur elle.

Elle ne savait plus du tout où elle était, elle se croyait chez elle. Puis, elle avait compris que c'était impossible et s'était dit qu'elle avait dû s'endormir dans le bar.

Mais cela ne collait pas non plus. Peu à peu, elle avait compris qu'elle se trouvait dans un lit qu'elle ne connaissait pas, une chambre où elle n'avait jamais mis les pieds. Elle était à moitié assommée et très fatiguée, elle avait envie de vomir et ne parvenait pas à se rappeler ce qui lui était arrivé. Elle ignorait combien de temps elle était restée allongée dans ce lit et s'était brusquement rendu compte qu'elle était nue comme un ver.

Elle avait laissé son regard glisser le long de son corps et trouvé la situation tout à fait ridicule. Elle n'avait même pas eu la présence d'esprit de dissimuler sa nudité.

Spiderman la regardait. Elle s'était dit qu'il allait voler à son secours. Cette pensée l'avait fait sourire. Elle et Spiderman.

Elle s'était à nouveau réveillée. Elle avait froid. Elle s'était réveillée, toute tremblante. Elle était nue dans un lit étranger.

– Mon Dieu, avait-elle soupiré en attrapant la couverture sur le sol pour s'en envelopper.

Elle ne connaissait pas cette chambre. Elle avait appelé dans l'appartement : « Ohé ! » et n'avait obtenu pour toute réponse qu'un profond silence. Elle était lentement sortie de la chambre pour aller au salon où elle avait trouvé un interrupteur. Elle y avait vu un homme couché sur le sol. Il était allongé sur le dos, elle se souvenait vaguement l'avoir déjà croisé, mais était incapable de dire à quel endroit.

Ensuite, elle avait vu ce sang.

Et cette entaille en travers de sa gorge.

Elle avait été prise de nausée. Elle ne voyait plus que le visage blafard de l'homme et cette entaille rouge, béante. Elle avait l'impression qu'il la fixait de ses yeux mi-clos et qu'il l'accusait.

Comme s'il avait voulu lui dire : « C'est toi ! »

– J'ai trouvé mon portable et j'ai appelé à la maison, reprit Nina. Le chuintement de la bande magnétique résonnait dans la salle d'interrogatoire. Elinborg la regardait. Son récit avait été quelque peu erratique sur la fin, mais il était crédible. Elle n'avait perdu son sang-froid qu'au moment où elle s'était mise à décrire ce qui s'était passé quand elle s'était réveillée dans cette maison inconnue et qu'elle avait découvert le cadavre de Runolfur.

– Vous n'avez pas voulu appeler la police ? interrogea Elinborg.

– J'ai été prise de panique, répondit Nina. Je ne savais pas quoi faire. Je ne réfléchissais plus logiquement. Je me sentais mal. Je ne sais pas si c'étaient les effets du produit qui se dissipaient. J'étais… j'étais certaine que c'était moi qui avais fait cela. J'en étais sûre. Et j'avais terriblement peur. Il ne m'est rien venu d'autre à l'esprit que d'appeler chez mes parents et d'essayer ensuite de cacher ça. De cacher cette abjection. Je voulais que personne n'apprenne que j'étais venue dans cet endroit. Que c'était moi qui avais fait ça. Je… je ne parvenais pas à supporter cette idée. Je n'y arrivais pas. Mon père a pris fait et cause pour moi. Je me suis arrangée pour qu'il cache tout. Il s'est occupé de moi. Vous devez comprendre ça. Il n'a pas fait ça par malhonnêteté ; il a fait ça pour moi.

– Vous êtes persuadée que Runolfur vous a administré cette ignoble drogue ?

– Oui.

– Vous l'avez vu le faire ?

– Non, parce que dans ce cas, je n'aurais sans doute pas bu ce verre.

– Effectivement.

– Je ne me drogue pas. Je ne prends pas de médicaments. Et je sais que je n'avais pas bu à ce point. Il s'agissait d'autre chose.

– Si vous nous aviez contactés à ce moment-là, nous aurions pu confirmer que vous aviez ingéré du Rohypnol. À l'heure qu'il est, nous ne pouvons pas vérifier vos propos. Vous le comprenez ?

– Oui, répondit Nina. Je le sais.

– Avez-vous remarqué la présence d'une troisième personne à l'intérieur de l'appartement ?

– Non.

– Avez-vous remarqué que quelqu'un accompagnait Runolfur en ville ?

– Non plus.

– Vous êtes sûre ? Un autre homme ?

– Je ne me souviens d'aucun autre homme, répondit Nina.

– Vous n'avez vu personne avec Runolfur quand vous étiez au bar ?

– Non. Qui est l'homme dont vous parlez ?

– Cela n'a aucune importance pour l'instant, répondit Elinborg. Savez-vous ce que vous avez fait du couteau dont vous vous êtes servie ?

– Non. J'ignore tout de ce couteau. J'ai fait défiler cela dans tous les sens à l'intérieur de ma tête et je ne me souviens même pas d'avoir attaqué ce... ce Runolfur.

– Il possédait quelques couteaux fixés sur un aimant dans sa cuisine, vous souviendriez-vous les avoir touchés ?

– Non, je viens de vous dire tout ce dont je me souviens. Je me suis réveillée dans une maison complètement inconnue avec un homme tout aussi inconnu qui gisait sur le sol de son salon, la gorge tranchée. Je sais qu'il est très probable que ce soit moi l'auteur de ce crime. Je suppose qu'il n'y a pas d'autre suspect et je me retrouve donc dans de beaux draps, mais je n'arrive simplement pas à me rappeler ce qui est arrivé.

– Avez-vous eu des relations sexuelles avec Runolfur ?

– Non.

– Vous en êtes sûre ? C'est un autre élément que nous ne sommes plus en mesure de vérifier à l'heure qu'il est.

– J'en suis parfaitement sûre, répondit Nina. La

manière dont vous exprimez les choses est déplacée. Votre question est ridicule.

– Ah bon ?

– Nous n'avons pas eu de relations sexuelles. Il m'a violée.

– Il est donc parvenu à ses fins ?

– Oui, mais on ne peut pas parler de relations sexuelles.

– Vous en souvenez-vous ?

– Non, mais je le sais. Je ne veux pas entrer dans les détails. Je sais qu'il m'a violée.

– Cela correspond aux éléments dont nous disposons. Nous savons que Runolfur a eu des relations sexuelles peu de temps avant son décès.

– Arrêtez de parler de relations sexuelles, cela n'avait rien à voir. C'était un viol !

– Ensuite, que s'est-il passé ?

– Je n'en sais rien.

Elinborg ménagea une brève pause. Elle ne savait pas jusqu'où elle pouvait se permettre d'aller avec Nina lors de ce premier interrogatoire. Une foule de questions se faisaient jour dans son esprit, et qui, pensait-elle, ne pouvaient pas attendre. Il fallait en passer par là, même si elle devait bousculer la jeune femme.

– Êtes-vous en train de protéger quelqu'un ? demanda Elinborg.

– De protéger ?

– Avez-vous appelé votre père plus tôt que vous ne le dites ? Par exemple, dès le moment où vous avez compris que vous étiez prisonnière dans l'appartement de Runolfur ?

– Non.

– L'avez-vous contacté en lui expliquant où vous étiez et en lui disant que vous couriez un grand danger ?

– Non, pas du tout.

– Vous affirmez ne pas vous souvenir de grand-chose, mais vous vous souvenez de ça, comment cela se fait-il ?

– Je… Je…

– Ne pensez-vous pas que votre père aurait pu l'agresser ?

– Mon père ?

– Oui.

– Vous essayez de m'embrouiller.

– Nous verrons bien, répondit Elinborg, relâchant son emprise. Pour l'instant, cela suffit.

Elle sortit dans le couloir et entra dans son bureau où les parents de Nina l'attendaient.

– Est-ce qu'elle va bien ? s'enquit Konrad.

– N'auriez-vous pas oublié un petit détail ? renvoya Elinborg sans répondre à sa question.

– Lequel ?

– Votre rôle dans toute cette affaire.

– Mon rôle ?

– Quelle raison aurais-je de croire l'histoire que vous me racontez ? Vos versions me semblent un peu trop concertées. Pourquoi devrais-je croire ce que vous me dites ?

– Et puis quoi encore ? Mon rôle ? Qu'entendez-vous par là ?

– Et si c'était vous qui aviez égorgé Runolfur ?

– Vous êtes folle ou quoi ?

– Nous ne pouvons exclure cette hypothèse. Votre fille vous a appelé, vous vous êtes précipité sur les lieux et vous avez égorgé cet homme avant de vous enfuir avec elle.

– Vous pensez sérieusement que j'ai fait ça ?!

– Est-ce que vous le niez ?

– Évidemment que je le nie ! Vous êtes cinglée !

– Votre fille avait-elle du sang sur elle quand vous l'avez trouvée ?

– Non, je ne l'ai pas remarqué.

– N'aurait-elle pas dû être couverte de sang étant donné la manière dont le meurtre a été commis ?

– Peut-être, je n'en sais rien.

– Je n'ai vu aucune trace de sang sur ma fille, glissa la mère. Je m'en souviens.

– Et sur votre mari ? interrogea Elinborg.

– Non plus.

– Nous retrouverons les vêtements qu'il portait ce soir-là. Vous les avez peut-être brûlés ?

– Brûlés ? rétorqua Konrad.

– Nina est en meilleure posture que vous, observa Elinborg. Elle pourrait s'en tirer en plaidant la légitime défense. En ce qui vous concerne, vous seriez jugé pour meurtre. Vous avez eu plus de temps qu'il n'en faut pour accorder vos versions, pour vous mettre d'accord sur ce que vous alliez nous dire.

Konrad la dévisageait comme s'il n'en croyait pas ses oreilles.

– Je n'arrive pas à imaginer que vous puissiez affirmer de telles inepties !

– Il y a une chose que j'ai apprise des jeux de cache-cache comme celui auquel vous vous êtes livrés, répondit Elinborg. Ils sont presque toujours bâtis sur des mensonges.

– Vous croyez que j'irais mettre un meurtre sur le dos de ma fille ?!

– J'ai déjà vu pire !

23

Assise dans sa voiture à proximité du domicile d'Edvard, Elinborg picorait un sandwich en sirotant un café refroidi. Elle écoutait à la radio les nouvelles du soir, où il était question de l'arrestation du père et de la fille. On y affirmait qu'ils étaient tous les deux suspectés d'être impliqués dans le meurtre de Runolfur et qu'on les avait placés en garde à vue. Plusieurs théories étaient avancées sur ce qui avait pu se produire dans l'appartement, sur ce qui les avait conduits à causer la mort de la victime et sur l'enchaînement des faits. Certaines étaient vraies, d'autres non. La radio émettait l'hypothèse que la jeune femme avait été violée par Runolfur et qu'elle s'était ensuite vengée. La police n'avait pas communiqué sur ce point précis : elle avait laissé en suspens un certain nombre de questions auxquelles les journalistes s'étaient empressés d'apporter une réponse. Elinborg avait quitté le commissariat pour échapper à toute cette agitation.

Le sandwich était mauvais, le café froid et l'attente mortellement ennuyeuse. Elle avait pourtant l'impression d'être parfaitement à sa place. Bientôt, elle irait frapper à la porte d'Edvard pour l'interroger sur Lilja, la jeune fille d'Akranes subitement disparue six ans auparavant. Il faisait froid dans la voiture car elle n'avait pas voulu laisser le moteur allumé, elle souhaitait rester discrète et préférait ne pas polluer inutilement. Elle ne laissait jamais tourner le moteur à l'arrêt, c'était presque la seule règle qu'elle s'imposait en tant qu'automobiliste.

Elle n'aimait pas les produits de restauration rapide, mais comme elle avait faim, elle s'était arrêtée dans une *sjoppa* en se rendant chez Edvard. Elle avait cherché quelque chose de sain dans les rayons, mais le choix était des plus restreints. Elle s'était donc contentée d'un sandwich au thon. Quant à ce café, il provenait d'une de ces cafetières sur plaque chauffante et il avait recuit pendant des heures, ce qui le rendait pratiquement imbuvable.

Elle pensait à Valthor qui l'avait accusée de faire des différences entre ses enfants en précisant que Birkir en avait toujours été persuadé. Birkir lui avait pourtant affirmé avant de quitter la maison qu'il s'était toujours senti bien au sein de la famille, mais qu'il désirait vraiment connaître son père. Elle lui avait demandé si c'était l'unique raison de son départ et il avait répondu que oui. Sur le moment, elle avait cru ses paroles, même si elle avait eu l'impression qu'il cherchait à l'épargner. Birkir était toujours très calme et discret. Un peu comme un hôte timide qui se serait comporté en invité poli au sein de sa propre vie. Il en avait toujours été ainsi depuis qu'il était arrivé chez eux. Valthor demandait beaucoup plus d'attention, de même qu'Aron. Puis était arrivée cette unique fille, Theodora, à laquelle sa mère tenait comme à la prunelle de ses yeux. Avait-elle négligé Birkir ? Il ne semblait pas s'en être plaint auprès de Teddi. Peut-être les relations étaient-elles différentes entre hommes. Ils ne ressentaient pas ce besoin de proximité tant qu'ils pouvaient discuter football ensemble.

Elinborg poussa un profond soupir et descendit du véhicule. Elle ne disposait d'aucune réponse à ses questions.

Edvard avait cessé de s'étonner de ses visites.

– Qu'avez-vous oublié cette fois-ci ? ironisa-t-il sur le pas de sa porte.

– Pardonnez-moi de vous importuner constamment comme ça, répondit-elle. Me permettriez-vous d'entrer un moment ? Il s'agit de Runolfur et de divers autres points de détail. Vous avez peut-être appris que nous avions arrêté des suspects dans le cadre de l'enquête.

– J'ai vu ça aux informations, en effet. Dans ce cas, l'affaire est close, n'est-ce pas ?

– Oui, je suppose, mais il reste quelques petites zones d'ombre et je pense que vous pourriez nous aider à les éclaircir puisque vous étiez celui qui connaissait le mieux Runolfur. Si je pouvais m'asseoir un moment avec vous pour en discuter, ajouta-t-elle en prenant un air buté.

Edvard la regardait comme s'il avait eu devant lui un insecte puis il consentit à la laisser entrer et elle le suivit au salon. Il retira un paquet de copies d'un des fauteuils pour le poser sur un tas de vieux films.

– Vous pouvez vous installer ici, si vous voulez, je suppose que je ne peux pas m'opposer à votre visite, mais je ne vois vraiment pas en quoi je pourrais vous être encore utile. Je ne sais rien du tout.

– Merci bien, répondit Elinborg en s'asseyant. Vous savez que nous avons découvert l'identité de la personne qui se trouvait chez lui.

– Oui, ils l'ont dit au journal télévisé. Et apparemment, il l'aurait violée. C'est vrai ?

– Aviez-vous connaissance des activités de Runolfur ? éluda-t-elle.

– Je me tue à vous le répéter : je ne sais rien, répondit Edvard sans même tenter de dissimuler à quel point la visite d'Elinborg lui déplaisait. Je ne comprends pas pourquoi vous passez votre temps à venir ici.

– Par le mot activités, j'entends la manière dont il se comportait avec les femmes, le fait qu'il leur administrait une drogue pour profiter ensuite de leur état.

– Je ne savais pas ce qu'il faisait chez lui.

– Vous m'avez dit qu'il avait des problèmes de sommeil et que c'était pour cette raison qu'il avait besoin de Rohypnol. Qu'il n'avait pas voulu demander ce médicament à un médecin parce que c'était un produit qui posait problème. Et vous l'avez aidé à se procurer cette drogue du viòl. Pour vous dire le fond de ma pensée, il me semble que vous n'avez pas défini assez clairement les relations que vous entreteniez avec Runolfur. Voyez-vous où je veux en venir ?

– J'ignorais que c'était un violeur, répondit Edvard.

– Et vous aviez simplement décidé de croire tout ce qu'il vous racontait ?

– J'ignorais qu'il me mentait.

– Connaissez-vous quelques-unes de ses victimes ?

– Moi ?! Je me tue à vous dire que je ne sais rien de plus.

– Lui est-il arrivé de vous parler d'autres victimes, d'autres femmes qu'il aurait rencontrées, et qui seraient venues chez lui ?

– Non.

– À combien de reprises avez-vous acheté du Rohypnol pour lui ?

– Il n'y en a eu qu'une, cette unique fois.

– En avez-vous fait usage personnellement dans un but peu avouable ?

Edvard la dévisagea.

– Qu'entendez-vous par là ? demanda-t-il.

– Vous adonniez-vous tous les deux à des jeux spé-ciaux avec les femmes ?

– De quoi parlez-vous ? Je ne comprends pas.

– Vous affirmez avoir passé la soirée tout seul chez vous au moment où Runolfur a été assassiné, répondit Elinborg en sortant discrètement son portable. Or, vous n'avez personne pour le confirmer. Vous dites avoir regardé la télévision. Serait-il possible que vous vous soyez trouvé au domicile de Runolfur ?

– Moi ? Non.

– Et que vous lui ayez tranché la gorge ?

– Moi ?! Vous êtes folle ?

– Et pourquoi pas ? renvoya Elinborg.

– Je n'ai rien à voir avec ça ! J'ai passé la soi-rée chez moi et ensuite, j'ai appris sa mort aux infor-mations. Vous avez trouvé les coupables. Pourquoi revenez-vous m'interroger ? Je n'ai rien fait. Quelle raison aurais-je eu de tuer Runolfur ?

– Je l'ignore, répondit Elinborg. C'est à vous de me le dire. Peut-être partagiez-vous de petits secrets. Peut-être savait-il certaines choses sur vous, des détails embarras-sants que vous ne vouliez pas que les gens apprennent.

– Quoi ? De quoi parlez-vous ?

– Gardez votre calme. J'ai encore des questions à vous poser sur un sujet un peu différent.

Edvard hésita, puis il s'affaissa lentement sur son fauteuil. Ses yeux étaient rivés sur Elinborg. Elle était parvenue à le rendre aussi nerveux que désemparé. Il ne lui inspirait aucune peur. Elle avait parfois été confron-tée à des hommes qui l'avaient terrifiée. Il n'était pas de ceux-là. Elle avait préféré lui rendre visite seule, ainsi, il se sentirait moins menacé. Cependant, malgré son absence de peur, elle s'était armée de quelques pré-cautions. Elinborg n'avait aucune idée de celui qu'il était vraiment ou des réactions qu'il pouvait avoir s'il se sentait acculé. Un véhicule de police patrouillait aux abords de la maison. Elle faisait passer son portable d'une main à l'autre ; il lui suffisait d'appuyer sur une touche pour que ses collègues fassent irruption. Elle avait bien envie de secouer cet Edvard, de le pousser à bout afin de voir comment il réagirait.

– Vous avez enseigné autrefois au lycée d'Akranes, reprit-elle. Au lycée polyvalent. Les matières scientifiques, à ce qu'on m'a dit. Je me trompe ?

Edvard la regarda, totalement déconcerté.

– Vous avez raison.

– Cela remonte à quelques années. Ensuite, vous avez quitté ce poste pour venir à Reykjavik. Un événement étrange s'est produit à l'époque où vous étiez là-bas : une jeune fille, une lycéenne, a disparu sans laisser de traces. Vous vous en souvenez ?

– Je me souviens de sa disparition, répondit Edvard. Pourquoi me posez-vous ces questions sur elle après tout ce temps ?

– Cette jeune fille s'appelait Lilja. Je crois savoir que vous l'avez eue en cours l'année précédant les faits. Est-ce exact ?

– Oui, j'ai été son professeur pendant un semestre, répondit Edvard. Que signifie tout cela ? Pourquoi me posez-vous des questions sur elle ? En quoi cela me concerne-t-il ?

– Que pouvez-vous me dire à propos de cette jeune fille, de Lilja ? Quel souvenir avez-vous conservé d'elle ?

– Aucun, hésita Edvard. Je ne la connaissais pas plus que cela. Je l'ai eue comme élève et j'en ai eu des dizaines d'autres. J'ai enseigné là-bas quelques années. Avez-vous posé ces questions à d'autres personnes du lycée ou seulement à moi ?

– J'ai envisagé d'interroger d'autres gens, en fait, j'ai déjà commencé, répondit Elinborg. J'ai bien envie de me replonger dans cette affaire et j'ai eu l'idée de vous poser ces questions parce que votre nom apparaît dans le dossier.

– Comment ça, mon nom ?

– La police vous a entendu à l'époque. J'ai lu les rapports. Vous faisiez le trajet entre Akranes et Reykjavik tous les jours, matin et soir. C'est consigné sur les procès-verbaux. Vous terminiez votre journée assez tôt le vendredi si je me souviens bien. Ai-je raison ?

– Je suppose que oui, si c'est dans le rapport en question. je n'en ai plus aucun souvenir.

– Quel genre de jeune fille était Lilja ?

– Je ne la connaissais pas.

– Possédiez-vous une bonne voiture à l'époque ?

– J'avais la même que celle qui est garée le long de la maison.

– Vous arrivait-il de déposer des élèves à Reykjavik ? S'ils avaient des choses à y faire ou bien s'ils voulaient venir s'y amuser pour le week-end ?

– Non.

– Vous n'avez jamais proposé à aucun d'entre eux de l'emmener ?

– Non.

– Jamais ?

– Non, je ne l'ai jamais fait.

– Et si je vous disais que je connais une jeune fille que vous avez un jour emmenée à Reykjavik pour la déposer au centre commercial de Kringlan ?

Edvard s'accorda un instant de réflexion.

– Vous pensez que je vous mens ? demanda-t-il.

– Je n'en sais rien, répondit Elinborg.

– Si j'ai emmené quelqu'un en voiture à Reykjavik, il s'est agi d'une exception. Probablement est-ce une personne qui m'a demandé de lui rendre ce service. Un enseignant, peut-être. Je ne me souviens pas avoir pris d'élèves dans ma voiture.

– Celle avec qui j'ai parlé n'a pas eu besoin de vous demander quoi que ce soit. Vous l'avez ramassée à Akranes. Vous vous êtes arrêté et lui avez proposé de l'emmener. Vous souvenez-vous de ça ?

Le visage d'Edvard était devenu rouge écarlate et ses mains, qui avaient nerveusement tripoté les feuilles et les étuis de films qui occupaient la table, reposaient maintenant immobiles sur le plateau. Des gouttes de sueur perlaient à son front. Il avait chaud. Elinborg continuait de faire passer son portable d'une main à l'autre.

– Non, répondit-il. Il y a sans doute quelqu'un qui vous a menti.

– Elle attendait le car.

– Je n'ai aucun souvenir de cet événement.

– Elle ne tarit pas d'éloges à votre sujet, observa Elinborg. Vous l'avez déposée à Kringlan. Elle se rendait en ville pour y effectuer des achats. Je ne vois pas quelle raison elle aurait eu de me mentir.

– Je ne m'en souviens pas, c'est tout.

– C'était une élève du lycée.

Edvard garda le silence.

– Lilja a disparu un vendredi alors que vous terminiez tôt et que vous repartiez vers Reykjavik. À ce que je sais, vous avez fini votre journée de cours à midi. On ne vous a pas posé cette question à l'époque, mais êtes-vous rentré directement à Reykjavik ? Dès midi ?

– Insinuez-vous que j'aurais tué à la fois cette jeune fille et Runolfur ? Vous êtes folle ou quoi ?

– Je n'insinue rien du tout, répondit Elinborg. Voulez-vous me répondre ?

– Je ne suis pas sûr d'être obligé de répondre à vos questions ridicules, rétorqua Edvard.

On aurait dit qu'il prenait les choses en main et qu'il voulait lui montrer qu'il n'avait pas l'intention de se laisser traiter de la sorte.

– C'est à vous de voir. Mon rôle est de les poser. Soit vous y répondez maintenant, soit vous y répondrez plus tard. Avez-vous croisé Lilja ce vendredi-là avant de quitter Akranes et de repartir pour Reykjavik ?

– Non.

– Lui avez-vous proposé de la déposer en ville ?

– Non plus.

– Savez-vous où elle était ce jour-là ?

– Non et vous feriez mieux de partir. Je n'ai plus rien à vous dire. Je ne comprends pas pourquoi vous vous acharnez comme ça sur moi. Il se trouve que je connaissais Runolfur, mais cela s'arrête là. C'était un bon ami. Est-ce que cela me rend coupable de tous les crimes sur lesquels vous enquêtez ?

– Vous avez pris contact avec un dealer notoire et vous lui avez acheté de la drogue destinée à Runolfur.

– Et alors ? Est-ce que cela fait de moi un assassin ?

– C'est vous qui le dites.

– C'est moi qui le dis ?! Pourquoi venez-vous constamment ici ? Je n'ai jamais rien affirmé de tel !

– Je n'ai jamais non plus laissé entendre que vous leur aviez fait du mal, observa Elinborg. C'est vous qui n'arrêtez pas de le répéter. Je me suis contentée de vous demander si vous aviez pris Lilja dans votre voiture pour l'emmener à Reykjavik le jour où elle a disparu. Je ne vous ai pas posé d'autre question que celle-là. Vous possédiez une voiture, vous faisiez le trajet. Vous connaissiez vaguement Lilja pour l'avoir eue comme élève. Avez-vous réellement l'impression que je vous pose des questions suspectes ?

Edvard ne lui répondit rien.

Elle se leva et plongea son portable dans la poche de son manteau. Edvard ne ferait pas de difficultés. Il semblait abasourdi par ses questions. Il était inquiet et nerveux. Elle ne parvenait pas à déterminer s'il lui mentait ou non.

– Il est tout à fait possible qu'elle soit venue à Reykjavik ce jour-là et qu'elle y ait disparu, observa Elinborg. C'est une hypothèse comme une autre. Je me suis simplement dit que vous saviez peut-être où elle était allée. Je n'ai à aucun moment insinué que vous étiez responsable de sa disparition. C'est vous qui le faites.

– Vous essayez de m'embrouiller !

– Vous avez enseigné les matières scientifiques à Lilja et vous avez déclaré qu'elle n'était pas une élève d'exception.

– Exact.

– Or, sa mère m'a confié qu'elle était très douée dans ces domaines et qu'elle affectionnait particulièrement les maths.

– Je ne vois pas le rapport ?

– Il est possible que vous vous soyez intéressé à elle si c'était une bonne élève.

Edvard se taisait.

– Mais vous n'avez pas voulu vous engager dans cette voie lors de votre déposition, vous ne vouliez pas risquer d'attirer l'attention sur vous.

– Fichez-moi la paix, commanda-t-il.

– Je vous remercie de votre coopération, renvoya Elinborg.

– Fichez-moi la paix, répéta Edvard. Fichez-moi simplement la paix !

24

Les interrogatoires croisés du père et de sa fille débutèrent tôt le lendemain matin, dirigés par Elinborg. Elle commença par Nina, qui fut conduite dans la pièce où elle l'attendait. Le père serait interrogé à la suite. Nina semblait calme et posée au moment où elle salua Elinborg. Elle avait subi un examen médical à l'accueil d'urgence pour les victimes de viol et s'était vue proposer une aide psychologique.

– Avez-vous réussi à dormir ? demanda Elinborg.

– Oui, un peu, pour la première fois depuis des jours, répondit Nina, assise à côté de son avocat, un homme d'une cinquantaine d'années. Et *vous*, avez-vous bien dormi ? poursuivit-elle d'un ton accusateur. Mon père n'a rien fait. Il s'est contenté de m'aider. Il est innocent.

– Espérons-le.

Elinborg s'abstint de préciser qu'elle avait, pour sa part, plutôt bien dormi après avoir avalé un somnifère, extrémité à laquelle elle ne recourait qu'exceptionnellement parce qu'elle préférait éviter de prendre des médicaments, quel que soit leur nom. Elle avait souffert d'insomnies ces dernières nuits et s'était rendue au travail épuisée : cela ne pouvait pas continuer ainsi. Elle avait donc placé une petite pilule sous sa langue au coucher et avait dormi d'un sommeil de plomb jusqu'au matin.

Tout comme la veille, elle commença par reconstituer l'emploi du temps de Nina avant sa rencontre avec Runolfur. La jeune femme ne modifia rien de ce qu'elle avait déjà déclaré, elle se montrait claire et résolue, comme si elle était bien décidée à se confronter à l'ensemble des faits, à la nouvelle situation dans laquelle elle se trouvait et au procès qui l'attendait. Elle semblait moins abattue que la veille. On aurait dit que le cauchemar embrumé, le déni et la peur avaient enfin cédé leur place à une réalité qu'elle ne pouvait fuir.

– Quand Konrad, votre père, est arrivé pour vous aider, comme vous dites, comment est-il entré dans l'appartement ? demanda Elinborg.

– Je n'en sais rien, je crois que la porte n'était pas bien fermée ou, tout du moins, pas à clef. Tout à coup, il était là.

– Ce n'est pas vous qui êtes allée lui ouvrir ?

– Non, je ne pense pas. Je ne m'en souviens pas. Je vivais un vrai cauchemar. Il a dû vous l'expliquer.

Elinborg opina de la tête. Konrad lui avait effectivement précisé que la porte n'était pas correctement fermée à son arrivée sur les lieux.

– Donc, vous n'êtes pas allée jusqu'à cette porte pour lui ouvrir ?

– Je ne le pense pas.

– Peut-être avez-vous essayé de vous enfuir, mais renoncé en arrivant devant cette porte ?

– Je ne m'en souviens pas, c'est possible. Je me rappelle avoir trouvé mon téléphone et j'ai directement appelé papa.

– Pensez-vous que ce soit Runolfur qui aurait ouvert ?

– Je n'en sais rien, répondit Nina en haussant le ton.

Je vous le jure, je ne me rappelle presque rien de ce qui s'est passé. Que voulez-vous que je vous réponde ? Je ne m'en souviens pas. Je ne me souviens de rien !

– Croyez-vous possible que vous soyez parvenue à contacter votre père avant le décès de Runolfur ? Et qu'il vous ait porté secours en s'en prenant à lui ?

– Non.

– Pouvez-vous en être sûre ?

– Je vous l'ai déjà expliqué. Je me suis réveillée seule dans cet appartement, je suis allée dans le salon et là, j'ai vu Runolfur étendu par terre. Ensuite, j'ai appelé mon père. Pourquoi refusez-vous de me croire ? C'est la seule chose dont je me souvienne. Je suppose que j'ai bondi sur Runolfur et qu'ensuite…

– Il n'y a que bien peu d'indices qui laissent à penser qu'il y a eu lutte à l'intérieur de cet appartement, interrompit Elinborg. Ce meurtre était, si j'ose dire, plutôt propre, pour peu qu'on exclue tout ce sang. Cela impliquerait que vous soyez parvenue à le prendre par surprise et à lui trancher la gorge d'une manière pour ainsi dire professionnelle. Pensez-vous être capable de ce genre de chose ?

– Peut-être. Si je suis acculée. Si je dois me défendre. Si je suis droguée.

– Pourtant, il n'y avait sur vous aucune tache de sang, à ce qu'a déclaré votre mère.

– Je ne m'en souviens pas. J'ai pris une douche en rentrant chez mes parents, même si j'en garde également un souvenir imprécis.

– Avez-vous vu Runolfur boire quelque chose ou absorber un médicament quand vous êtes arrivés tous les deux chez lui ?

– J'ai l'impression de passer mon temps à vous répéter la même chose. Je ne me rappelle plus rien de ces moments-là. Je garde un souvenir très vague du chemin jusqu'à son domicile et ensuite, je me rappelle seulement le moment où je me suis réveillée dans son lit.

– Lui avez-vous administré du Rohypnol avant sa mort ? Afin de pouvoir lui trancher la gorge avec plus de facilité ?

Nina secoua la tête comme si elle ne comprenait pas exactement où Elinborg voulait en venir. Comme si elle n'avait pas saisi la question.

– Lui ai-je administré… ?

– Nous savons qu'avant sa mort, il avait pris la drogue que vous l'accusez de vous avoir donnée. Ce produit l'a mis hors d'état de se défendre. Il y a une chose que vous ne voulez pas nous dire, un détail que vous continuez de nous dissimuler. Peut-être afin de protéger votre père, peut-être à cause de quelqu'un d'autre. Toujours est-il que vous essayez de vous cacher derrière vos parents. Vous continuez ce jeu de cache-cache. Je crois que vous protégez votre père. Est-ce possible ?

– Je n'ai donné aucune drogue à cet homme et je ne protège personne.

– Vous n'avez pas appelé la police quand vous êtes sortie de la chambre et que vous avez trouvé le cadavre de Runolfur par terre. Pourquoi ?

– Je vous l'ai déjà dit.

– C'était pour couvrir votre père ?

– Non, ce n'était pas pour couvrir qui que ce soit. Mon père n'a joué aucun rôle dans cette histoire.

– Mais…

– Vous ne devez pas croire qu'il a tué cet homme, coupa Nina, subitement alarmée. Papa ne ferait jamais une telle chose. Jamais. Vous ne le connaissez pas et vous n'avez pas idée de tout ce qu'il a enduré depuis qu'il était petit.

– Vous voulez parler de la poliomyélite ?

Nina hocha la tête. Elinborg demeura silencieuse.

– Je n'aurais jamais dû l'appeler, reprit Nina. Si j'avais imaginé que vous alliez penser qu'il s'en était pris à lui, je ne lui aurais jamais téléphoné.

– Pourriez-vous expliquer avec un peu plus de précision pour quelle raison vous n'avez pas contacté la police ?

– Je…

– Oui ?

– J'avais honte. J'avais honte d'être à cet endroit. D'y être arrivée sans me souvenir comment et d'être allongée nue dans cette maison inconnue. J'avais honte d'avoir été violée. J'ai tout de suite compris ce qu'il m'avait fait. Je trouvais… cela me faisait honte. Je voulais que personne ne l'apprenne. Je ne voulais le dire à personne. Je trouvais cette chose-là tellement abjecte et dégoûtante. J'ai vu le préservatif sur le sol. Je me suis imaginée ce qu'allaient dire les gens. Et si c'était moi qui lui avais fait des avances ? Et si je portais ma part de responsabilité ? Et si c'était entièrement ma faute ? Était-ce moi qui avais appelé cette chose-là sur nous ? Quand je l'ai vu couché par terre, je crois que j'ai eu un moment de folie. Je ne sais pas comment je pourrais vous le décrire mieux que ça. J'avais peur, ce que je voyais me terrifiait et j'étais tout autant terrifiée par la honte. J'ai à peine été capable de dire à mon père ce que je faisais là, seule et nue, en compagnie d'un homme que je ne connaissais pas. Et je l'étais encore moins d'appeler la police.

– C'est le violeur sur qui retombe toute la honte, observa Elinborg.

– Je les comprends mieux maintenant, murmura Nina. Mon Dieu, comme je les comprends !

– Qui ça ?

– Les femmes qui tombent sur ces hommes-là. Je crois que je comprends ce qu'elles traversent. On entend bien parler de ces viols, mais il y a tellement d'horreurs dans l'actualité qu'on essaie de balayer tout ça. Y compris les viols. Aujourd'hui, je sais que derrière chacune de ces informations, il se cache des histoires affreuses de femmes qui, comme moi, ont subi une violence insupportable. Et ces hommes ! Comment peuvent-ils donc être aussi abjects ? Je…

– Quoi ?

– Je sais que je devrais m'abstenir de tenir ce genre de propos, surtout à vous, surtout à l'intérieur de cette salle. Mais je m'en fiche complètement. Je ressens une telle colère quand je pense à ce qu'il m'a fait. Il m'a droguée, puis il m'a violée !

– Et qu'avez-vous envie de dire ?

– Quand on pense aux peines auxquelles on les condamne ! Elles sont ridicules ! C'est une honte ! La justice ne punit pas ces sales types, elle leur donne une petite tape sur la main.

Nina inspira profondément.

– Il m'arrive parfois de…

Elle tentait de réfréner ses larmes.

– Parfois, je voudrais tellement me rappeler le moment où je l'ai égorgé.

Environ une heure plus tard, c'était le tour de Konrad. Assis aux côtés de son avocat comme Nina, il semblait calme et posé au début de l'interrogatoire. Il manquait de sommeil, il affirmait n'avoir pas fermé l'œil de la nuit. Sa femme avait eu la tâche difficile d'expliquer à leur fils de San Francisco la tragédie qui s'était abattue sur la famille et il était terriblement inquiet pour sa fille.

– Comment va Nina ? furent les premiers mots qu'il prononça.

– Elle ne va évidemment pas très bien, répondit Elinborg. Nous allons essayer d'en finir aussi vite que possible.

– Je ne comprends pas comment vous pouvez imaginer que j'aie quoi que ce soit à voir avec la mort de cet homme. Je sais bien que j'ai dit que j'aurais préféré que ce soit moi qui l'aie tué plutôt que ma fille. Je crois d'ailleurs que ce serait la réaction de n'importe quel père. Et je suppose que vous diriez la même chose à ma place.

– Il ne s'agit pas de moi, fit remarquer Elinborg.

– J'espère que vous n'avez pas pris mes paroles comme des aveux.

– Pourquoi n'avez-vous pas contacté la police quand vous avez compris ce qui s'était passé chez Runolfur ?

– C'était une erreur, répondit Konrad. J'en ai conscience. Jamais nous n'aurions pu vivre avec cela. Nous l'avons su dès le début. Je sais qu'il vous est difficile de le comprendre, mais essayez de vous mettre à notre place. Il me semblait que Nina en avait déjà assez subi et je me disais que ce n'était pas si grave tant que vous, la police, n'aviez pas connaissance de son existence dans cette affaire. Il n'y avait rien qui les reliait. Ils s'étaient rencontrés dans un bar. Elle n'avait dit à personne où elle était ni avec qui. J'ai essayé de ramasser tous ses vêtements. Je n'ai pas vu ce châle.

– Pourrions-nous aborder la manière dont vous avez pénétré dans l'appartement de Runolfur ? Je n'ai pas très bien saisi les choses.

– Je suis simplement entré. La porte était entrebâillée. Je suppose que Nina a dû l'entrouvrir parce qu'elle m'attendait. Peut-être en avons-nous parlé au téléphone pendant que j'étais en route. Je ne me souviens pas précisément.

– Elle ne s'en souvient pas non plus.

– Elle était dans un état pitoyable. Et je n'étais guère mieux moi-même. J'ai eu l'impression qu'il avait fait brûler quelque chose, cet homme. J'ai senti comme une odeur de brûlé.

– Une odeur de brûlé ?

– Ou peut-être… Avez-vous vérifié s'il y avait du pétrole dans son appartement ?

– Du pétrole ?

– Vous n'avez pas découvert de pétrole à son domicile ?

– Non, rien de tel.

– Et pas non plus d'odeur ? Une odeur qui ressemblerait à ça ?

– Nous n'en avons pas trouvé la moindre trace, répondit Elinborg. Il n'y en avait pas.

– En tout cas, cela sentait le pétrole au moment où je suis entré, répéta Konrad.

– À notre connaissance, il n'a rien fait brûler. Il y avait de petites bougies dans son appartement, mais c'est tout. Qu'avez-vous fait du couteau ?

– Du couteau ?

– Celui dont votre fille s'est servie pour le tuer.

– Elle n'avait aucun couteau à la main quand je suis arrivé. Je n'y ai pas vraiment réfléchi. Je suppose qu'elle s'en est débarrassée d'une manière ou d'une autre.

– Comment vous rasez-vous ? Avec un rasoir électrique, un rasoir mécanique ou un coupe-chou ?

– Un rasoir mécanique.

– Possédez-vous un coupe-chou ?

– Non.

– En avez-vous eu un ?

Konrad s'accorda un moment de réflexion.

– Nous avons obtenu un mandat de perquisition pour fouiller votre domicile, précisa Elinborg. De même que celui de votre fille à Falkagata.

– Je n'ai jamais possédé de coupe-chou, répondit Konrad. Je ne sais pas m'en servir. Est-ce l'arme du crime ? Un coupe-chou ?

– Il y a encore une chose qui représente pour nous un casse-tête, poursuivit Elinborg sans lui répondre. Votre fille Nina affirme s'en être prise à Runolfur, même si elle n'en garde aucun souvenir clair. Elle n'envisage aucune autre hypothèse. Il n'y avait qu'eux dans l'appartement. Vous semble-t-il envisageable qu'elle ait pu, toute seule, maîtriser un homme comme lui ? Surtout s'il l'avait droguée et que sa perception de la réalité était altérée ?

Konrad réfléchit à la question.

– Je ne me rends pas bien compte de l'état qui était le sien à ce moment-là, répondit-il.

– Elle en aurait sans doute été capable si elle avait été en pleine possession de ses moyens, si elle avait été rapide, silencieuse et que Runolfur ne s'était pas tenu sur ses gardes, observa Elinborg. Mais il fallait d'abord qu'elle se procure un couteau. Il fallait qu'elle se soit préparée.

– Je suppose.

– Était-ce le cas ?

– Comment ça ?

– S'était-elle préparée avant d'aller chez Runolfur ?

– Vous êtes folle ? Comment voudriez-vous qu'elle

se soit, comme vous dites, préparée ? Elle ne le connaissait même pas. De quoi est-ce que vous parlez ?

– Je vous parle de meurtre, rétorqua Elinborg. Je
dis que votre fille a assassiné Runolfur avec préméditation. Et je voudrais découvrir pourquoi. Quel mobile
avait-elle et comment s'y est-elle prise pour s'assurer
votre complicité ?

– Je n'ai jamais entendu une telle ineptie, répondit
Konrad. Vous ne dites quand même pas cela sérieusement ?

– Runolfur n'est pas mort comme par enchante-
ment, poursuivit Elinborg. Nous pouvons également
envisager les choses sous un autre angle. L'une des
données qui n'a pas été communiquée à la presse est
qu'il a lui-même ingéré du Rohypnol peu de temps
avant son décès. Je doute qu'il l'ait avalé de plein gré.
Quelqu'un l'y a forcé ou bien l'a berné, tout comme
il a berné votre fille.

– A-t-il réellement absorbé cette drogue du viol ?

– Nous en avons trouvé des traces dans sa bouche.
Il en a ingéré une certaine quantité. Cela donne une
allure quelque peu différente à l'histoire que vous nous
racontez avec votre fille, vous ne trouvez pas ?

– Comment ça ?

– Il a bien fallu que quelqu'un le force à avaler
ce produit.

– Ce n'est pas moi.

– Si votre fille nous dit la vérité, j'ai du mal à imaginer qu'elle en ait été capable. Or il n'y a que peu
d'autres possibilités. Je pense que vous avez vengé
votre fille. À mon avis, il s'agit d'un cas typique. Voilà
comment les choses se sont passées. Nina est parvenue
à vous téléphoner pour vous demander de la secourir.
Vous vous êtes précipité à Thingholt. Elle a réussi à

vous ouvrir la porte. Peut-être Runolfur était-il endormi. Vous avez perdu la tête quand vous avez compris ce qui était arrivé, ce que Runolfur lui avait fait subir. Vous lui avez fait avaler sa propre drogue avant de lui trancher la gorge sous les yeux de votre fille.

— C'est n'importe quoi, ce n'était pas moi, répondit Konrad en haussant le ton.

— Alors qui ?

— Ce n'était pas moi et ce n'était pas Nina, s'emporta-t-il. Je sais qu'elle ne ferait jamais de mal à personne. Elle n'est pas comme ça, même s'il lui avait fait ingérer ce poison et qu'elle n'était plus elle-même.

— Vous ne devriez pas sous-estimer les gens qui se sentent menacés.

— Ce n'était pas elle.

— Quelqu'un lui a bien fait avaler cette drogue.

— Dans ce cas, c'était quelqu'un d'autre, ce n'est pas moi, je le sais et donc, il n'y a qu'une autre solution possible. Une tierce personne devait se trouver chez Runolfur. Quelqu'un d'autre que ma fille !

25

La théorie d'une tierce personne n'était pas nouvelle pour la police. Elinborg avait à deux reprises interrogé Edvard sur son emploi du temps dans la soirée du meurtre de Runolfur et reçu de sa part la même réponse : il était resté chez lui à regarder la télévision. Personne n'était à même de corroborer ses propos. Il n'était pas exclu qu'il mente, mais la police ne lui connaissait aucune raison d'assassiner son ami. Quant à Elinborg, elle ne pouvait pas se l'imaginer se livrant à ce genre de prouesse étant donné la manière dont il lui apparaissait. L'idée de son implication dans la disparition de Lilja ne tenait également qu'à un fil. C'était une pure conjecture d'affirmer qu'il avait peut-être déposé la jeune fille en ville et, quand bien même cela eût été le cas, cela ne prouvait rien. Il pouvait parfaitement dire l'avoir laissée quelque part et elle aurait pu disparaître ensuite.

Pourtant, Elinborg ne parvenait pas à se détacher de lui. La journée fut consacrée aux interrogatoires du père et de la fille, dont le récit ne dévia pas à un seul moment de leurs précédentes déclarations. Nina était de plus en plus persuadée d'avoir tué Runolfur, elle allait même jusqu'à le désirer. Konrad s'entêtait dans la direction opposée : il considérait sa fille incapable d'avoir fait une telle chose et niait catégoriquement s'en être personnellement pris à Runolfur. Il était désormais trop tard pour faire subir à Nina un examen médical prouvant qu'elle aurait ingéré du Rohypnol, produit qui l'aurait rendue incapable d'agresser cet homme. Peut-être avait-elle été entièrement consciente du début à la fin de la soirée. Se posait ensuite la question de Runolfur lui-même : ce dernier n'avait sans doute pas avalé ce produit de son plein gré. Quelqu'un l'y avait évidemment forcé, quelqu'un qui voulait qu'il ressente l'effet du traitement qu'il infligeait à ses victimes. Était-il possible que ce soit Nina qui l'ait forcé à le faire ? Une foule de questions demeuraient sans réponse. Dans l'esprit d'Elinborg, Konrad et Nina étaient les assassins les plus probables de Runolfur. Nina n'avait pas avoué l'acte à mots nus, mais Elinborg pensait que son passage aux aveux ne tarderait plus et qu'elle ou son père lui indiqueraient bientôt l'endroit où se trouvait l'arme. Elle ne s'en réjouissait nullement. Runolfur avait entraîné ces braves gens avec lui dans la fange.

À la fin de l'après-midi, elle avait une nouvelle fois garé son véhicule à distance respectable du domicile d'Edvard pour observer chaque mouvement autour de la maison. Sa voiture était toujours stationnée au même endroit. Elinborg était allée visiter le site Internet de l'école où il enseignait et avait consulté son emploi du temps. Il terminait en général ses journées vers trois heures de l'après-midi. Elle ignorait ce que cela lui apporterait d'espionner ainsi cet homme. Probablement éprouvait-elle tant de compassion à l'égard de Konrad et de sa fille qu'elle s'acharnait un peu trop à trouver une autre solution à cette enquête.

Elle apercevait les chantiers navals depuis l'endroit où elle était garée. Ce lieu où on réparait les bateaux céderait bientôt la place à des immeubles d'habitation avec vue sur le port. Les vestiges de l'Histoire s'évanouiraient comme la rosée au soleil. Elle pensa à Erlendur qui aurait souhaité conserver tout ce qui rappelait le passé. Elle n'était pas toujours d'accord avec lui. Il fallait laisser une place à l'évolution. Erlendur avait été très agacé au moment où on avait déplacé la maison Gröndal de la rue Vesturgata, là où Elinborg était garée en ce moment, pour l'emmener au musée de l'habitat d'Arbaer. Il avait passé son temps à demander pourquoi on ne pouvait pas laisser cette maison là où elle était, dans le Reykjavik du temps passé où elle avait sa place, son histoire et sa raison d'être. Il affirmait que c'était une construction remarquable, qui tirait son nom de Benedikt Gröndal, l'auteur du XIXe qui y avait écrit l'une de ses œuvres préférées : *Daegradvöl*, *Passe-temps*. La maison Gröndal était l'un des rares bâtiments du XIXe qu'avait conservé la ville. Et il faudrait l'arracher jusqu'à la racine ? s'était irrité Erlendur, pour la balancer sur des tas d'immondices là-haut, à Arbaer !

Elinborg était assise là depuis bien plus d'une heure quand elle distingua enfin du mouvement chez Edvard. La porte s'ouvrit, il sortit et s'avança vers sa voiture. Elle le prit en filature. Il fit une première halte dans un magasin discount puis se rendit à une laverie. Ensuite, il s'arrêta à une boutique de location de vidéos en faillite. Les mots *Liquidation totale* étaient écrits dans la vitrine. *Cessation d'activité*. Edvard s'attarda longuement à l'intérieur et ressortit les bras chargés de films qu'il déposa dans le coffre de son véhicule. Il discuta un bon moment sur le parking avec l'un des employés avant de prendre congé de lui. Il passa ensuite dans une compagnie de téléphonie, celle où avait travaillé Runolfur. Elinborg vit par la vitrine qu'il s'intéressait aux nouveaux téléphones portables. Un conseiller vint lui proposer son assistance. Ils discutèrent longuement puis Edvard choisit un appareil et l'acheta. Il reprit la direction du quartier ouest de la ville, mais s'arrêta en chemin dans un restaurant à hamburgers pour manger. Il consacra à cette activité un certain temps. Elinborg était sur le point de laisser tomber sa filature. Elle ignorait ce qu'elle cherchait et pensa brusquement que, sans doute, elle suivait un homme parfaitement innocent.

Elle appela chez elle. Ce fut Theodora qui décrocha. Elles discutèrent un bref moment. Deux camarades de sa fille l'avaient raccompagnée après l'école et Theodora avait autre chose à faire que de distraire sa mère de son ennui. Teddi n'était pas encore rentré et la petite ne savait pas où ses frères se trouvaient.

Edvard sortit du restaurant et se remit au volant de sa voiture. Elinborg dit au revoir à Theodora et recommença à le suivre. Il était sur le chemin du retour, il remonta la rue Tryggvagata vers l'ouest puis s'engagea sur Myrargata, ralentit en passant à côté des chantiers navals et s'arrêta, en se garant à cheval sur le trottoir. Il semblait regarder la cale sèche et la montagne Esja, de l'autre côté de la baie. Elinborg était coincée. Elle ne pouvait pas arrêter son véhicule à cet endroit, juste derrière celui d'Edvard, et le dépassa pour aller sur le parking de Hédinshus. Elle attendit là qu'Edvard se remette en route. Il rentra chez lui.

Elle s'immobilisa au même endroit qu'avant et éteignit le moteur. Edvard emporta sa lessive et ses produits alimentaires jusqu'à chez lui et referma sa porte. C'était le soir. Elinborg éprouvait de la mauvaise conscience envers sa famille qui, ces temps-ci, se nourrissait principalement de plats rapportés par Teddi. Elle se dit qu'elle devait passer plus de temps à la maison, être plus disponible pour Theodora et pour ses fils, ainsi que pour Teddi qui avait tendance à rester collé devant la télévision. Il affirmait regarder principalement des documentaires scientifiques ou animaliers, mais c'était un mensonge éhonté. Elle l'avait souvent pris la main dans le sac alors qu'il avalait les pires programmes américains de divertissement ou de téléréalité qui ne s'intéressaient qu'aux mariages, aux mannequins ou à des individus naufragés sur quelque île déserte. Voilà les nouveaux documentaires animaliers de Teddi.

Elle vit l'un des voisins d'Edvard sortir et ouvrir la porte de son garage où se trouvait une vieille voiture que l'homme commença à bichonner. Elle ne reconnaissait pas la marque, mais c'était un de ces anciens tanks qu'on fabriquait dans les années 60. Bleu clair avec des pare-chocs chromés dont dépassaient des ailerons qui lui conféraient une certaine allure. Teddi les appelait tombereaux ou tonneaux : il les adorait. Surtout les Cadillac. Il répétait que c'étaient les meilleures voitures jamais produites.

Elinborg ignorait si celle-là était une Cadillac, mais elle savait comment engager la conversation avec cet homme. Elle descendit de son véhicule et se dirigea vers lui.

– Bonsoir, lança-t-elle depuis la porte.

Le propriétaire leva les yeux de ses occupations et répondit à son salut. Il devait avoir dans les cinquante ans et son visage rondouillard respirait la bonhomie.

– Elle est à vous ? s'enquit Elinborg.

– Eh oui, répondit l'homme, c'est la mienne.

– C'est une Cadillac, n'est-ce pas ?

– Non, une Chrysler New Yorker, modèle 59. On me l'a expédiée d'Amérique il y a quelques années.

– Ah, c'est une Chrysler ? Elle est en bon état ?

– Oui, elle est très bien, répondit l'homme. Elle me demande très peu d'entretien, je dois juste la lustrer de temps à autre. Vous vous intéressez aux voitures de collection ? C'est assez rare de rencontrer des femmes qui se passionnent pour ça.

– Non, je n'irai pas jusque-là. C'est plutôt mon compagnon qui se passionne pour ces chars. Il est mécanicien et il avait autrefois une de ces vieilles bagnoles. Il a fini par la vendre. Je me dis qu'il aurait été tout heureux de voir celle-là.

– Ma chère, vous n'avez qu'à me l'envoyer, suggéra l'homme. Je lui ferai faire un petit tour en ville.

– Il y a longtemps que vous habitez ici ? demanda Elinborg.

– Depuis que nous sommes mariés, cela doit faire vingt-cinq ans. J'avais envie d'être à côté de la mer. Nous allons souvent nous promener vers les chantiers navals et jusqu'à l'île d'Örfirisey.

– Ils vont maintenant faire disparaître tout ça pour construire à côté du port. Qu'en pensent les habitants du quartier ?

– Je n'en suis pas satisfait, répondit l'homme. Je ne saurais me prononcer sur ce qu'en pensent les autres. Je trouve qu'on ne devrait pas comme ça passer notre temps à évacuer l'Histoire et les métiers qui ont fait cette ville à coups de pelleteuse. Voyez ce qu'on a fait de la rue Skulagata. Qui se souvient encore de Völundur, de Kveldulfur ou des Abattoirs de Slaturfélag ? Et voilà maintenant qu'ils vont aussi effacer les chantiers navals.

– J'imagine bien que les riverains ne sautent pas de joie.

– Non, je suppose.

– Vous connaissez bien vos voisins ?

– Plutôt, oui.

– Je passais par ici et j'ai eu l'impression de reconnaître l'homme qui vit dans la maison jaune avec l'aulne dont les branches penchent par-dessus le toit. Vous souvenez-vous de son nom ?

– Vous voulez parler d'Edvard ? demanda l'homme.

– Oui, Edvard, c'est bien ça, confirma Elinborg comme si elle venait d'obtenir la réponse à une énigme qu'elle s'était employée à résoudre depuis un certain temps. C'est bien lui. Nous avons travaillé ensemble à une époque, précisa-t-elle.

– Ah.

– Il est toujours dans l'enseignement, ou… ?

– Oui, il est professeur dans un lycée, je ne me rappelle plus lequel.

– Nous avons été collègues au lycée de Hamrahlid, dit Elinborg, désolée de devoir mentir ainsi à ce brave homme.

Elle préférait ne pas dévoiler qu'elle était dans la police et risquer de jeter ainsi tel ou tel soupçon sur la personne d'Edvard. La nouvelle ne tarderait pas à se répandre dans le quartier et lui reviendrait bientôt aux oreilles.

– Ah, je vois. Je ne le croise que peu. Il aime bien sa solitude et il est plutôt discret.

– Cela ne m'étonne pas. Il est un peu secret. Il vit ici depuis longtemps ?

– Je dirais qu'il a emménagé dans cette maison il doit y avoir environ dix ans. Il était encore étudiant.

– Et il a eu les moyens d'acheter alors qu'il n'avait pas terminé ses études ?

– Cela, je n'en sais rien, répondit l'homme. Je crois me souvenir qu'il a loué une chambre à quelqu'un pendant un certain temps, cela a dû l'aider à économiser.

– En effet, il m'en a parlé à l'époque, mentit Elinborg. Je me souviens qu'il a aussi enseigné à Akranes.

– Tout à fait.

– Il y allait tous les matins et revenait tous les soirs ?

– Exact. Il avait déjà cette voiture. Aujourd'hui, c'est un vrai tacot. Mais comme je viens de vous le dire, je ne connais pas très bien Edvard même si nous sommes voisins. Disons que nous nous connaissons vaguement. Je ne peux pas vous dire grand-chose de lui.

– Il est toujours célibataire ? interrogea Elinborg afin de s'approcher lentement du vif du sujet.

– Oui, on ne voit pas de femme. En tout cas, je n'ai rien remarqué.

– Il ne sortait pas beaucoup à l'époque où nous travaillions ensemble.

– Et ça n'a pas changé. Je ne remarque jamais le moindre passage là-bas, même en fin de semaine, précisa l'homme avec un sourire. Ni les autres jours, d'ailleurs. Il est très solitaire.

– Eh bien, bon courage avec votre Chrysler, conclut Elinborg, c'est vraiment une belle voiture.

– Oh que oui, convint l'homme. Ça, c'est de la bagnole.

Le portable d'Elinborg sonna au moment où elle arrivait devant chez elle. Elle éteignit le moteur et consulta l'écran. Le numéro du correspondant lui était inconnu et elle n'avait pas envie de répondre. Sa journée avait été longue. Elle souhaitait s'accorder quelques

279

moments de tranquillité avant que le jour ne touche à sa fin. Elle regarda le numéro et s'efforça de se souvenir. Ses enfants se servaient parfois de son portable et il arrivait que certains de leurs camarades l'appellent alors qu'elle était au travail. Cette sonnerie était insupportable, mais elle se refusait à éteindre l'appareil. Elle décida finalement de répondre.

– Bonsoir, dit une voix de femme à l'autre bout de la ligne. Vous êtes bien Elinborg ?

– Oui, c'est moi, répondit-elle d'un ton un peu sec.

– Pardonnez-moi de vous appeler si tard.

– Ce n'est pas grave. Qui êtes-vous ?

– Nous ne nous sommes jamais rencontrées, précisa sa correspondante. Je suis un peu inquiète même si je n'ai sans doute aucune raison de l'être. Il est capable de se débrouiller seul, d'ailleurs, il aime tellement sa solitude.

– Si vous me permettez, qui êtes-vous ?

– Je m'appelle Valgerdur. Il ne me semble pas que nous ayons déjà parlé toutes les deux.

– Valgerdur ?

– Je suis l'amie d'Erlendur, votre collègue. J'ai essayé de contacter Sigurdur Oli, mais il n'a pas répondu.

– Non, répondit Elinborg. S'il n'a pas reconnu le numéro, je suppose qu'il n'a pas voulu répondre. Dites-moi, il y a quelque chose qui ne va pas ?

– Non, tout va bien, merci. Je voulais simplement savoir si Erlendur vous avait contactée. Il est parti dans les fjords de l'Est l'autre jour et je n'ai aucune nouvelle de lui depuis.

– Il ne m'a pas donné de nouvelles non plus, répondit Elinborg. Depuis combien de temps est-il parti là-bas ?

– Il y aura bientôt deux semaines. Il venait de travailler sur une enquête qui l'a éprouvé et je suis un peu inquiète pour lui.

Erlendur n'avait pas dit au revoir à Elinborg ni à Sigurdur Oli. Ils avaient appris au commissariat qu'il s'était offert quelques vacances. Juste avant son départ, il avait trouvé les restes de deux personnes, un jeune homme et une jeune femme, disparus depuis un quart de siècle. Ils savaient qu'il avait également travaillé en solitaire sur une affaire dont il n'avait pas pu arrêter les coupables.

– N'a-t-il pas tout simplement envie qu'on le laisse tranquille ? suggéra Elinborg. Cela ne fait pas si longtemps qu'il est parti, s'il comptait voyager un peu dans l'Est et je sais qu'il a beaucoup travaillé ces derniers temps.

– Peut-être. Soit il a éteint son portable, soit il se trouve en dehors de la zone de couverture.

– Il reviendra, observa Elinborg. Il lui est déjà arrivé de prendre des vacances et de ne pas se manifester du tout.

– Bon, cela me rassure un peu. Vous pourriez peut-être lui dire que j'ai cherché à prendre de ses nouvelles si jamais il vous appelle.

26

Theodora n'était pas encore endormie. Elle fit une place dans son lit pour que sa mère s'installe à ses côtés. Elles restèrent un long moment plongées dans un silence paisible. Elinborg pensait à Lilja qui avait disparu d'Akranes sans que personne ne la revoie jamais. Elle pensait à la jeune femme de Nybylavegur, emmurée dans son silence. Elle revit Nina fondre en larmes face à elle dans la salle d'interrogatoire ; elle l'imagina avec un couteau à la main en train de trancher la gorge de Runolfur.

Le calme régnait dans la maison. Les garçons n'étaient pas rentrés et Teddi était resté au garage pour s'occuper de la comptabilité.

– Ne te fais pas trop de souci, dit Theodora qui percevait combien sa mère était inquiète, fatiguée et absente. En tout cas, pas pour nous, nous savons bien que tu dois parfois travailler beaucoup. Ne t'inquiète pas pour nous.

Elinborg sourit.

– Je crois que personne au monde n'a de fille aussi gentille que la mienne, observa-t-elle.

Puis ce fut à nouveau le silence. Le vent avait forci et chantonnait à la fenêtre. L'automne cédait graduellement sa place à l'hiver qui attendait son heure, froide et sombre.

– Quelle est la chose que tu ne dois jamais faire ? demanda Elinborg. Absolument jamais.

– Monter dans la voiture d'un inconnu, répondit Theodora.

– Exactement, confirma Elinborg.

– Sans aucune exception, reprit Theodora comme si elle avait depuis longtemps appris par cœur la leçon de sa mère. Quoi qu'ils puissent me dire, qu'il s'agisse d'un homme ou d'une femme. Je ne dois jamais monter en voiture avec un inconnu.

– Ce n'est pas très gentil de…

Theodora l'avait souvent entendue prononcer cette phrase et elle la termina à sa place.

– … dire ce genre de chose parce que en général, les inconnus sont de braves gens, mais il y en a toujours quelques-uns pour tout gâcher. Voilà pourquoi tu ne dois jamais monter dans la voiture de gens que tu ne connais pas. Et même s'ils t'affirment qu'ils sont de la police.

– Très bien, ma chérie, observa Elinborg.

– Tu enquêtes sur une histoire comme celle-là ?

– Je n'en sais rien, répondit Elinborg. Peut-être.

– Quelqu'un est monté en voiture avec un inconnu ?

– Je n'ai pas trop envie de te raconter ce qui m'occupe ces jours-ci. Parfois, ce n'est vraiment pas drôle de parler du travail quand on rentre à la maison.

– J'ai lu dans le journal que deux personnes avaient été mises en prison, un homme et sa fille.

– En effet.

– Comment tu les as trouvés ?

– Le flair, répondit Elinborg avec un sourire tandis qu'elle pointait son index en direction de son nez. Je

crois réellement qu'on peut dire que c'est mon odo-
rat qui a résolu cette enquête. La jeune femme aime
le tandoori, tout comme moi.

– Est-ce qu'il y a chez elle la même odeur de cuisine qu'ici ?

– Oui, elle est très semblable.

– Tu as été en danger ?

– Non, Theodora, je n'ai couru aucun risque. Ce
n'est pas ce type de gens. Combien de fois faudra-t-il
que je te répète que les policiers se retrouvent rarement dans des situations dangereuses ?

– Mais ils sont souvent agressés, en ville.

– Ce n'est que par de pauvres types ou des épaves,
répondit Elinborg. Ne t'inquiète pas pour ça.

Theodora réfléchit longuement. Sa mère travaillait
dans la police bien avant sa naissance. Elle ne savait
pourtant que peu de choses sur sa profession car Elinborg préférait la préserver tant qu'elle était petite. Les
enfants de son âge savaient en général en quoi consistait le travail de leurs parents. Ses connaissances dans
ce domaine étaient plutôt limitées. Une fois, elle avait
accompagné sa mère au commissariat de la rue Hverfisgata : Elinborg n'avait pas eu d'autre choix que de l'y
emmener. Elle était restée assise dans un petit bureau
pendant que sa mère terminait à la hâte diverses tâches.
Des hommes et des femmes en uniforme ou en civil
avaient passé leur tête à la porte pour lui dire bonjour
en lui souriant et en s'étonnant de voir à quel point
elle avait grandi à l'exception d'un bonhomme avec
un imperméable qui l'avait regardée d'un air sévère
en demandant d'un ton brutal à sa mère ce qu'il lui
prenait d'emmener son enfant dans un endroit pareil.
Theodora n'avait pas oublié les mots de cet homme.
Un endroit pareil. Elle avait demandé à Elinborg qui

c'était, mais sa mère s'était contentée de secouer la tête et de lui répondre de ne pas y prêter attention : il avait une vie difficile.

– Quel genre de travail tu fais, maman ? l'avait-elle alors interrogée.

– Eh bien, c'est un peu comme du secrétariat, ma chérie, lui avait-elle répondu. J'ai presque fini.

Theodora savait cependant qu'il ne s'agissait pas du tout de banales tâches de bureau. Elle considérait connaître la plupart des missions dont étaient chargés les policiers et savait bien que sa mère était flic. Elinborg avait d'ailleurs à peine prononcé le mot qu'on avait entendu des éclats de voix dans le couloir : deux fonctionnaires emmenaient un homme menotté qui avait été pris d'un accès de folie. Il se débattait, donnait des coups de pieds dans tous les sens et avait réussi à atteindre l'un des policiers en plein visage, ce qui l'avait fait tomber à terre, la tête en sang. Elinborg avait éloigné Theodora de l'embrasure de la porte qu'elle avait aussitôt fermée.

– Fichus cinglés, avait-elle marmonné en adressant un sourire embarrassé à sa fille.

Theodora se rappelait ce que Valthor lui avait confié un jour, alors que la soirée était bien avancée et que leur mère n'était toujours pas rentrée à la maison. Il lui avait dit qu'elle était aux trousses des plus grands criminels du pays. C'était l'une des rares fois où Theodora avait perçu que son frère aîné était fier de sa mère.

La même question revenait maintenant aux lèvres de Theodora, allongée sur son lit à côté d'Elinborg.

– Quel genre de travail tu fais, maman ?

Elinborg ne savait pas comment lui répondre. Cette enfant s'était toujours intéressée à ses activités professionnelles, toujours montrée curieuse des détails : ce

qu'elle faisait, les gens qu'elle rencontrait, ses collègues. Elinborg avait déjà tenté de lui répondre aussi
bien qu'elle l'avait pu sans lui parler de meurtres, de
viols, de violences faites aux femmes et aux enfants
ou encore d'agressions physiques. Elle avait vu un certain nombre de choses dont elle se serait bien passée
et qu'elle ne pouvait se résoudre à décrire à un enfant.

– Nous portons secours aux gens, répondit-elle finalement. Aux gens qui ont besoin qu'on les aide. Nous
essayons de veiller à ce qu'ils puissent mener leur vie
dans la paix de Dieu.

Elinborg se leva et couvrit sa fille avec la couette.

– Crois-tu que je n'aie pas été assez gentille avec
Birkir ? demanda-t-elle.

– Non.

– Alors, que s'est-il passé ?

– Birkir ne t'a jamais considérée comme sa mère,
répondit Theodora. C'est ce qu'il a raconté à Valthor.
Ne lui répète pas que je te l'ai dit.

– Valthor te confie un certain nombre de choses
assez bizarres.

– Il m'a aussi dit que Birkir en avait marre de sa
famille d'adoption.

– Tu crois que nous aurions pu nous y prendre autrement ? s'inquiéta Elinborg.

– Sûrement pas, répondit Theodora.

Elinborg déposa un baiser sur le front de sa fille.

– Bonne nuit, ma chérie.

Les interrogatoires de Konrad et de Nina se poursuivaient, même si elle ne les dirigeait plus. On les
questionnait sans relâche sur leurs emplois du temps
au cours de la nuit où Runolfur avait été assassiné.
Leurs dépositions demeuraient pour l'instant inchan-

gées. Leurs déclarations étaient très semblables. On soulignait qu'ils avaient eu assez de temps pour accorder leurs violons. L'homme qui s'était manifesté à la police en disant avoir vu une femme assise à la place du passager dans le quartier de Thingholt alors qu'il rentrait chez lui dans la rue Njardargata avait été contacté afin qu'il puisse identifier l'épouse de Konrad. Il avait affirmé être certain que c'était bien cette femme qu'il avait aperçue dans la voiture stationnée à proximité du domicile de Runolfur cette nuit-là.

Elinborg était venue s'asseoir dans la salle d'interrogatoire avec Konrad dans la fin de l'après-midi. Il était visiblement fatigué par son isolement, ces perpétuelles questions et les inquiétudes qu'il nourrissait pour sa famille, surtout pour Nina. Il lui demanda des nouvelles de sa fille et elle le persuada qu'elle allait aussi bien que possible étant donné les circonstances. Tout le monde s'employait à ce que cette affaire ne traîne pas en longueur.

– Les vêtements qu'elle portait et ses mains n'auraient-ils pas dû être couverts de sang ? observat-il quand les questions s'orientèrent vers la participation de Nina au meurtre. Je n'ai pas remarqué la moindre trace de sang. Ni sur ses vêtements, ni sur ses mains. Il n'y avait pas de sang.

– Vous m'aviez dit ne pas vous être soucié de ce détail.

– Cela me revient maintenant.

– Êtes-vous en mesure de le prouver ?

– Non, j'en suis incapable. Je sais que nous avons commis une grave erreur en n'appelant pas immédiatement la police pour qu'elle vienne sur les lieux et pour lui montrer que Nina n'avait pas pu tuer cet homme. C'était également une erreur de ne pas envoyer Nina au service d'accueil d'urgence des victimes de viols pour qu'elle reçoive une aide psychologique. Évidemment, nous aurions dû faire tout cela. Nous n'aurions pas dû fuir. C'était une erreur et nous la payons maintenant. Mais vous devez me croire. Nina n'aurait jamais pu faire une telle chose. Jamais.

Elinborg lança un regard à ses collègues chargés de l'interrogatoire qui lui firent signe qu'elle pouvait intervenir.

– Je crois que votre fille est prête à passer aux aveux, glissa-t-elle. Nina m'a pratiquement dit qu'elle avait tué Runolfur. Elle affirme que la seule chose qu'elle regrette, c'est de ne pas se rappeler le moment où elle lui a tranché la gorge.

– Il l'a violée, répondit Konrad. Cette sale petite ordure l'a violée.

C'était la première fois qu'Elinborg entendait Konrad se permettre un écart de langage.

– C'est pourquoi il y a d'autant plus de chances qu'elle soit brusquement sortie de son état, qu'elle lui ait fait avaler la drogue qu'il lui avait donnée, qu'elle ait pris le dessus et qu'ensuite elle l'ait égorgé. Elle est peut-être parvenue à le berner et à verser le produit à son insu dans un verre qu'elle a ensuite rincé. Un certain nombre d'indices vont dans ce sens.

– Ce genre de propos oiseux me dégoûte, observa Konrad.

– À moins que ce ne soit vous qui l'ayez fait, renvoya Elinborg.

– Qui était ce Runolfur ? interrogea Konrad. Quel genre d'homme était-il donc ?

– Je ne sais ce que je dois vous répondre. Il n'a jamais eu affaire à la police de son vivant. Vous comprenez bien à quel point vous nous compliquez la tâche. Même si votre fille affirme qu'elle a été violée, en réalité, nous n'en avons aucune certitude. Pourquoi devrions-nous la croire ? Quelle raison aurions-nous de vous croire vous ?

– Vous pouvez croire tout ce qu'elle vous dit.

– Je voudrais bien, observa Elinborg, mais il y a un certain nombre de choses qui s'y opposent.

– Elle n'a jamais menti. Que ce soit à moi, à sa mère ou à qui que ce soit. C'est terrifiant de la voir impliquée dans cette tragédie, dans ce cauchemar. C'est tout bonnement terrifiant. Je ferais n'importe quoi pour que tout cela s'arrête. N'importe quoi.

– Vous savez qu'il portait son t-shirt.

– Je ne m'en suis aperçu qu'ensuite. J'avais une veste que j'ai immédiatement mise sur les épaules de Nina, j'ai ramassé ses vêtements, j'aurais dû être plus minutieux. J'ai compris que vous étiez sur la piste dès que vous m'avez posé des questions sur San Francisco. Votre venue n'avait rien d'une visite de courtoisie chez un simple témoin.

– Vous avez alors déclaré que vous auriez souhaité que ce soit vous qui l'ayez assassiné. Nina affirme qu'elle aimerait se souvenir du moment où elle lui a tranché la gorge. Lequel de vous l'a fait ? Êtes-vous disposé à me le dire ?

– Nina vous a-t-elle avoué que c'était elle ?

– Pratiquement.

– Je n'avouerai pas, conclut Konrad. Nous sommes innocents. Vous devriez nous croire et arrêter ce cinéma.

27

Elinborg consacra ce qui restait de la journée à faire des emplettes pour la famille. Comme d'habitude, elle choisit d'excellents produits, des choses saines, qu'elle tentait péniblement d'amener ses deux fils et leur père à avaler. Elle prit un petit filet de bœuf afin de tenir sa promesse quant au steak, qui était le plat préféré de Valthor qui le consommait presque cru. Pour sa part, elle n'aimait pas spécialement la viande saignante, sauf quand c'était du renne. Elle apprécia de flâner un peu dans le magasin et s'efforça de ne pas penser à toutes ces choses qui l'avaient si lourdement affectée au cours des derniers jours. Un bocal de cœurs d'artichauts rejoignit son panier. Du café de Colombie. Du yaourt islandais.

Dès son retour à la maison, elle alla s'allonger dans un bain chaud où elle se détendit tellement qu'elle s'endormit. Elle n'avait pas mesuré combien la pression qu'elle subissait depuis quelques jours l'avait épuisée. Quand elle se réveilla, elle entendit du mouvement dans la cuisine, c'était le signe que l'un des enfants était rentré. Elle essayait de ne pas penser à son travail, ce qui n'allait pas sans peine. Edvard ne lui laissait aucun répit. Sa petite maison miteuse dans le quartier ouest, son tacot garé à côté et qui menaçait ruine, les branches toutes tordues de cet arbre qui s'étendaient par-dessus le toit, comme des serres inquiétantes. Plus elle réfléchissait à Lilja, plus cette maison lui semblait misérable, de même qu'Edvard, l'enseignant qui l'occupait, avec son dos légèrement voûté, ses cheveux en bataille, sa barbe clairsemée et son air mal à l'aise, gêné. Elle n'arrivait certes pas à imaginer qu'il puisse faire du mal à une mouche, mais cela ne signifiait rien en soi. L'apparence d'Edvard ne lui apprenait rien à part ce qui était manifeste : cet homme était un crasseux.

Elle avait envie de retourner à Akranes pour y interroger d'autres personnes qui avaient connu Edvard et Lilja. Peut-être ses anciens collègues détenaient-ils des informations qui leur semblaient dénuées d'importance, mais qui auraient pu lui être utiles. Elle souhaitait une nouvelle entrevue avec la mère de Lilja qui avait trouvé refuge dans la foi. Probablement devrait-elle également s'entretenir avec son père qui luttait contre la douleur en s'enfermant dans un silence glacé. Il serait difficile de parler à ces gens sans rien avoir de tangible entre les mains et Elinborg ignorait jusqu'où elle pouvait aller. Elle ne voulait surtout pas réveiller en eux le moindre espoir. Les chimères n'avaient jamais aidé personne.

Elle souhaitait également en apprendre plus sur le compte de Runolfur. Konrad lui avait demandé qui était cet homme, ce que la police savait de lui et les informations dont ils disposaient étaient en réalité bien maigres. Peut-être devait-elle reprendre l'avion pour se rendre là-bas dans la campagne et retourner dans ce village de pêcheurs afin d'y interroger à nouveau les gens du cru.

Elle enfila de confortables vêtements d'intérieur et se dirigea vers la cuisine. Theodora était rentrée de l'école, accompagnée par deux camarades qu'elle avait emmenées dans sa chambre. Valthor était également à la maison. Elle décida de le laisser tranquille, préférant éviter les frictions pour le reste de la journée.

Avant de s'occuper du bœuf, elle sortit deux filets d'agneau qu'elle s'était achetés pour les essais culinaires auxquels elle se livrait pendant son temps libre. Elle alla dans le jardin à l'arrière de la maison et alluma le gril afin qu'il soit bien chaud au moment où elle en aurait besoin. Elle sortit son plat à tandoori où elle prépara une marinade à base d'herbes islandaises. Elle débita l'agneau en morceaux assez gros qu'elle plongea dans le liquide pour les laisser reposer une bonne demi-heure. Le gril était brûlant au moment où elle posa son plat avec quelques pommes de terre destinées à accompagner le steak de bœuf. Elle appela Teddi. Il lui répondit qu'il était en route.

Un grand calme envahissait Elinborg à chaque fois qu'elle s'accordait un peu de temps pour la cuisine. Elle s'autorisait à changer d'attitude, à s'abstraire de l'agitation du quotidien, de son travail et à se reposer sur sa famille. Elle se vidait l'esprit de tout ce qui ne concernait pas les divers ingrédients et la manière dont elle pourrait se servir de son intelligence et de son imagination fertile afin de créer une entité parfaite à partir d'éléments chaotiques. La cuisine lui permettait de satisfaire ses besoins créatifs, qui consistaient à transformer une matière brute pour lui donner une autre nature, un autre goût, une autre odeur. Elle considérait les trois stades de la cuisine comme une sorte de recette pour la vie : la préparation, la réalisation et le repas autour de la table.

Elle consignait soigneusement tout ce qu'elle faisait en vue d'un deuxième livre de recettes. Il suivrait celui qu'elle avait publié sous le titre *Des feuilles et des lys*. Theodora avait trouvé ce titre assez drôle. L'ouvrage avait reçu un bon accueil. Elinborg était même passée dans une émission à la télé et elle avait répondu à des interviews de la presse écrite. Elle avait déjà trouvé le titre de son prochain livre, pour peu qu'elle ait le temps de le terminer : *Autres feuilles et lys*.

Elle entendit que Teddi rentrait. Elle reconnaissait les membres de la famille aux habitudes qu'avait chacun en arrivant à la maison. Valthor claquait généralement la porte derrière lui, se débarrassait de ses chaussures d'un coup de pied, balançait son cartable par terre et disparaissait dans sa chambre sans dire bonjour. Son frère cadet commençait à prendre les mêmes habitudes ; déjà presque adolescent, il imitait beaucoup l'aîné. Il mettait toujours son manteau par terre dans le vestibule, peu importe le nombre de fois où on lui avait répété qu'il devait l'accrocher dans le placard. Theodora était discrète : elle refermait doucement la porte, pendait son manteau dans le placard avant d'aller s'asseoir à la cuisine pour discuter un peu avec ses parents s'ils étaient à la maison. Teddi, quant à lui, passait parfois par le garage en faisant un certain vacarme, généralement de bonne humeur, fredonnant une chanson qu'il avait entendue en chemin à la radio. Il remettait diverses choses en place sur son passage, s'occupait du manteau de son fils, balançait les cartables dans le placard, rangeait les chaussures sur l'étagère avant de venir embrasser Elinborg.

– Déjà rentrée ? s'étonna-t-il.

– Il y a longtemps que j'avais promis ces steaks, répondit-elle. Et j'ai un petit tandoori pour nous sur le gril. Tu veux bien mettre du riz à cuire ?

– Aurais-tu résolu cette affaire ? demanda Teddi tout en attrapant un paquet de riz.

– Je n'en sais rien, nous le verrons bientôt.

– Tu es un vrai génie, observa-t-il, heureux de voir sa femme rentrée à la maison à une heure convenable.

Depuis quelques jours, il était abonné à ces minables restaurants qui vous vendaient des morceaux de poulet et son épouse lui manquait cruellement, tout autant que sa cuisine.

– Que dirais-tu de fêter ça avec un petit vin rouge ?

Elinborg entendit son portable sonner dans son manteau qu'elle avait laissé dans le vestibule. Teddi la regarda et cessa de sourire. Il avait reconnu la sonnerie de son numéro professionnel.

– Tu ne vas pas répondre ? s'étonna-t-il tandis qu'il attrapait une bouteille dans le placard.

– Est-ce que cela m'est déjà arrivé ? répondit-elle. Elinborg quitta la cuisine.

Elle avait bien envie d'éteindre cet appareil et l'envisageait sérieusement tandis qu'elle le sortait de la poche de son manteau.

Elle nota que Teddi avait posé sa veste sur une chaise dans le vestibule. Il la laissait généralement au garage car elle était restée pendue à la patère de l'atelier toute la journée et s'était imprégnée de l'odeur.

– Tu es chez toi ? interrogea Sigurdur Oli.

– Oui, répondit-elle, agacée. Pourquoi m'appelles-tu ? Que se passe-t-il encore ?

– Je voulais juste te féliciter, mais puisque j'ai l'air de tomber comme un cheveu sur la soupe, je peux aussi bien...

– Me féliciter ? Pourquoi donc ?

– Il a avoué.

– Qui ça, il ?

– Eh bien, l'homme que tu as placé en garde à vue, répondit Sigurdur Oli. Ton ami à la patte folle. Pied d'acier. Il a avoué le meurtre de Runolfur.

– Konrad ? Quand ça ?

– Il y a quelques instants.

– Et alors, il a dit ça tout à coup ?

– Pas vraiment. Ils s'apprêtaient à arrêter pour aujourd'hui et là, il leur a dit qu'il jetait l'éponge. Je n'étais pas présent, mais il s'est exprimé grosso modo de cette manière. Il a avoué le meurtre. Il a dit qu'en voyant ce qui s'était passé, il a été pris d'un moment de folie. Il n'a pas avoué avoir forcé Runolfur à avaler quoi que ce soit, mais il a expliqué qu'il était dans un drôle d'état. Ensuite, il est allé prendre l'un des couteaux dans la cuisine. Il affirme l'avoir jeté à la mer sur le chemin du retour. Il ne se rappelle pas exactement à quel endroit.

Elinborg accueillit la nouvelle avec circonspection.

– La dernière chose qu'il m'ait dite, c'est que lui et sa fille étaient innocents.

– Il en a eu marre. Je ne suis pas dans sa tête.

– Et sa fille ? Et Nina ?

– Comment ça ?

– Elle sait qu'il est passé aux aveux ?

– Non, nous ne lui avons pas encore annoncé. Je suppose que nous allons laisser passer la nuit.

– Merci, répondit Elinborg.

– Tu as réglé le truc, ma chère, observa Sigurdur Oli. Je n'aurais jamais cru que ta tambouille indienne allait résoudre l'enquête.

– Bon, à demain.

Elinborg raccrocha. Elle ramassa d'un air absent la veste de Teddi pour la remettre dans le garage. Une forte odeur s'y était imprégnée, qui emplissait tout le vestibule, une odeur de pneus, d'huile et de carburant. Teddi s'armait généralement de précautions afin de ne pas inviter ces senteurs-là dans la maison, mais il n'y avait pas pensé cette fois-ci. Peut-être avait-il simplement eu hâte de la voir. Elle l'avait souvent réprimandé quand il avait oublié ce vêtement dans l'entrée parce que, comme lui, elle tenait à ce que leur demeure soit propre et n'avait pas envie qu'elle empeste le cambouis.

Elle accrocha le vêtement à la patère du garage puis retourna à la cuisine.

– Qu'est-ce que c'était ? s'enquit Teddi.

– Nous avons des aveux, répondit Elinborg. Pour l'homme de Thingholt.

– Eh bien, observa-t-il avec la bouteille de vin qu'il n'avait pas encore ouverte à la main. Je commençais à me demander s'il fallait la déboucher ou non.

– Tu n'as qu'à l'ouvrir, invita Elinborg d'une voix dénuée de joie. Au fait, tu as oublié ta veste dans l'entrée.

– C'est que j'étais pressé. Pourquoi as-tu l'air éteinte à ce point ? L'enquête est résolue, n'est-ce pas ?

Un bruit sourd et puissant se fit entendre au moment où le bouchon sortit du goulot. Teddi servit deux verres et en offrit un à Elinborg.

– Santé ! lança-t-il.

Elle trinqua avec lui d'un air absent. Teddi avait l'impression que quelque chose grondait en elle. Ses yeux fixaient le fond de la casserole de riz. Il avala une gorgée en regardant sa femme, silencieux, n'osant pas la déranger.

– Ce serait donc possible ? soupira Elinborg.

– Quoi ?

– Non, c'est n'importe quoi, poursuivit-elle.

296

– Euh… fit Teddi, qui ne comprenait rien. Il y a un problème avec le riz ?

– Le riz ?

– J'ai pourtant mis la dose habituelle.

– Il pensait que c'était du pétrole, mais il s'agissait d'autre chose, observa Elinborg.

– Qu'y a-t-il ?

Elle le dévisagea puis retourna dans le vestibule et, de là, dans le garage où elle prit sa veste. À son retour, elle lui tendit le vêtement.

– Qu'est-ce que c'est exactement que cette odeur ?

– Sur ma veste ?

– Oui, c'est une odeur de pétrole ?

– Non, pas tout à fait… répondit-il en reniflant le tissu. C'est plutôt de l'huile de vidange et du cambouis.

– Qui était ce Runolfur ? murmura Elinborg. Quel genre d'homme était-ce ? Konrad m'a posé cette question aujourd'hui et je n'ai pas pu lui répondre parce que je n'en sais rien. Or… il faudrait que je le sache.

– Que devrais-tu savoir ?

– Ce n'est pas une odeur de pétrole que Konrad a sentie. Mon Dieu, nous aurions dû nous concentrer sur son histoire à lui. J'en étais sûre. Nous aurions dû orienter cette enquête en creusant beaucoup plus dans son passé.

28

Elinborg resta un bon moment assise dans sa voiture avant d'entrer dans la station-service. Malgré la journée très chargée qui l'attendait, elle s'accorda un peu de temps pour écouter une émission où il était question d'anciennes variétés islandaises. Le programme touchait à sa fin. Elle avait grandi avec cette musique-là qu'elle appréciait beaucoup, même si elle s'était aperçue plus tard que la plupart de ces chansons étaient en réalité des mélodies étrangères pour lesquelles on avait composé des paroles en islandais. Les titres s'enchaînaient dans l'habitacle. Ils parlaient du printemps dans la forêt de Vaglaskogur, de la Petite Loa du village de Bru et de Sinbad le marin. Ils lui rappelaient un monde révolu ; ils lui rappelaient Bergsteinn. Son ex-mari s'était toujours intéressé à ces vieux succès et parlait souvent de la différence entre l'ancien temps et le monde moderne où l'innocence et la simplicité de la musique destinée à la danse avaient été remplacées par des chansons revendicatives, emplies de ressentiment et d'âpres critiques. Cette musique lui rappelait également Erlendur qui était parti dans l'Est, sur les lieux de son enfance où il voulait être tranquille : sans doute n'avait-il pas emporté avec lui son téléphone portable. Il ne s'était manifesté auprès de personne. Cela avait été comme cela les rares fois où il s'était accordé quelques vacances là-bas. Elle s'était demandée ce qu'il était allé y faire et s'était permise de contacter la pension d'Eskifjördur pour voir s'il y avait pris une chambre, mais personne ne l'avait croisé. Elle avait hésité à téléphoner car, connaissant Erlendur peut-être mieux qui quiconque, elle savait qu'il ne supportait pas ce genre d'intrusion.

Elle descendit de sa voiture et entra dans la station-service. Elle avait consulté les vieux procès-verbaux de l'accident mortel qui avait coûté la vie au père de Runolfur sur la route nationale et retrouvé le nom de l'homme qui conduisait le camion. À l'époque, il travaillait pour un transporteur basé à Reykjavik. Elinborg s'était rendue aux bureaux de l'entreprise afin de le rencontrer et elle avait discuté avec son ancien chef.

– Je voulais savoir si Ragnar Thor était en ville, je n'ai que son numéro de portable et ça ne répond pas, avait-elle précisé après s'être présentée.

– Ragnar Thor ? Il y a des lustres qu'il ne travaille plus ici.

– Ah, pour quelle entreprise roule-t-il ?

– Pour qui il roule ? Eh bien, c'est qu'il ne roule plus. Pas depuis l'accident.

– Vous voulez parler de cet accident mortel ?

– Oui, il a changé de métier après ça.

– C'était lié à cet événement ?

– Oui, répondit l'homme.

Assis dans son bureau où il feuilletait les fiches de chargement, il avait à peine levé les yeux quand Elinborg était venue le déranger.

– Savez-vous à quel endroit il travaille maintenant ?

– Dans une station-service de Hafnarfjördur. Je l'ai croisé là-bas il y a disons deux mois. Je suppose qu'il y est toujours.

– Cet accident l'a atteint à ce point ?

– Vous voyez bien, il a arrêté de rouler. Complètement.

Elinborg l'avait quitté pour se rendre directement à la station-service qu'il lui avait indiquée. Les lieux étaient calmes, il n'y avait que peu à faire. Un client se tenait à côté de son véhicule et se servait en carburant, économisant ainsi quelques maigres couronnes. Deux employés étaient assis à la caisse, une femme âgée d'une trentaine d'années et un homme d'environ soixante ans. La caissière ne lui accorda aucune attention, mais son collègue se leva, lui adressa un sourire et vint lui demander en quoi pouvait lui être utile.

– Je suis à la recherche de Ragnar Thor, déclara-t-elle.

– Eh bien, c'est moi, répondit l'homme.

– Votre portable ne fonctionne pas.

– En effet, vous avez essayé de me joindre ? Je n'ai pas encore eu le temps de m'en acheter un autre.

– Pourrions-nous discuter tranquillement quelques instants ? s'enquit Elinborg en regardant la caissière. Je voudrais vous poser quelques questions, il n'y en a pas pour longtemps.

– Eh bien, nous pouvons allez dehors, proposa l'homme en lançant également un regard à sa collègue. Que... Qui êtes-vous ?

Ils sortirent du bâtiment. Elinborg lui expliqua qu'elle était de la police et qu'elle enquêtait sur une affaire compliquée. En résumé, elle désirait l'interroger sur l'accident qu'il avait eu quelques années plus tôt quand une voiture avait percuté son camion avec à son bord un homme qui avait perdu la vie.

– L'accident ? renvoya Ragnar Thor, subitement très méfiant.

– J'ai lu les procès-verbaux, précisa Elinborg, et je sais parfaitement qu'ils ne sont pas toujours complets.

Voilà pourquoi j'ai souhaité vous rencontrer. Vous avez arrêté de rouler, n'est-ce pas ?

– Je... Je ne vois pas en quoi je peux vous être utile, répondit Ragnar Thor en reculant d'un pas. Je n'ai jamais parlé de cet événement à personne.

– Je le comprends parfaitement, ce n'est pas drôle de se retrouver confronté à un tel drame.

– Avec tout le respect que je vous dois, je crois que, justement, vous ne le comprendriez qu'en le vivant vous-même. Je ne vois pas en quoi je peux vous aider et je serais heureux que vous me laissiez tranquille avec cette histoire. Je n'ai jamais parlé de ça à quiconque et ce n'est pas maintenant que je vais commencer. J'espère que vous m'en excuserez.

Il s'apprêta à retourner à l'intérieur de la station.

– L'enquête sur laquelle je travaille est le meurtre du quartier de Thingholt, cela vous dit quelque chose ? interrogea Elinborg.

Ragnar Thor s'immobilisa. Une voiture se gara devant l'une des pompes.

– Ce jeune homme qui a été assassiné, égorgé, était le fils de celui qui est décédé dans cet accident de la route.

– Son fils ?

– Il s'appelait Runolfur et il a perdu son père à ce moment-là.

L'homme qui s'était garé à côté de la pompe restait rivé sur son siège où il attendait qu'on vienne le servir. La caissière demeurait immobile.

– Je n'y étais pour rien, murmura Ragnar Thor. Je n'avais aucun tort dans cet accident.

– Ragnar, il me semble que tout le monde est d'accord sur ce point. L'homme a tourné d'un coup sec et vous a barré la route.

Le client dans sa voiture klaxonna. Ragnar Thor jeta un regard dans sa direction. La femme assise à la caisse ne levait toujours pas le petit doigt. Il s'approcha du véhicule et Elinborg le suivit. Le conducteur abaissa sa vitre par laquelle il tendit au pompiste un billet de cinq mille couronnes sans dire un mot. Puis, il remonta la vitre.

– Que voulez-vous savoir ? demanda Ragnar Thor tandis qu'il commençait à servir l'automobiliste.

– Y avait-il quoi que ce soit d'étrange dans cet accident ? Un détail que vous n'auriez pas mentionné dans votre déposition, une chose qui expliquerait comment cela s'est passé avec précision ? Tout ce qui est dit dans le procès-verbal, c'est qu'il semble que le père de Runolfur ait perdu le contrôle de son véhicule.

– Je le sais.

– Sa femme affirme qu'il s'est endormi au volant. Est-ce la vérité ou bien s'est-il passé autre chose ? A-t-il commis une faute d'inattention ? Perdu sa cigarette sur son siège ? Qu'est-il réellement arrivé ?

– C'était vraiment le père de ce gars assassiné à Thingholt ?

– Oui.

– Je l'ignorais.

– Maintenant, vous le savez…

– Si je vous raconte ce qui n'est pas consigné sur le procès-verbal, il faut absolument que cela reste entre nous.

– Je n'en dirai rien à personne. Vous pouvez me faire confiance.

Ragnar Thor acheva de faire le plein de la voiture. Ils se tenaient tous les deux à côté de la pompe. Il était presque midi, il faisait froid.

– C'était tout bonnement un suicide, déclara-t-il.

– Un suicide ? Qu'est-ce qui vous fait dire ça ?

– Vous me promettez de ne le répéter à personne.

– C'est promis.

– Il m'a adressé un sourire.

– Un sourire ?

Ragnar hocha la tête.

– Il a souri au moment où nos deux véhicules se sont percutés. Je crois qu'il m'a choisi. Il a choisi le camion que je conduisais parce qu'il était très gros, très lourd et qu'il avait une remorque. Cet homme a tourné tout à coup sous mon nez. Je n'ai rien pu faire. Je n'avais aucune possibilité de réagir. Il a foncé droit sur moi et juste avant la collision, il avait un grand sourire sur le visage.

L'avion décolla de l'aéroport de Reykjavik dans l'après-midi. Seule la moitié des places étaient occupées. Il s'éleva rapidement dans les airs. À moins que l'État ne mette encore un peu plus la main à la poche, il était question d'abandonner cette ligne intérieure tant sa fréquentation avait diminué. Le vol avait été retardé à cause du brouillard qui bouchait la vue sur l'aéroport de destination et il était plus de deux heures quand on avait enfin considéré pouvoir partir sans courir de risque.

Le commandant de bord avait salué les passagers dans les haut-parleurs, il avait présenté ses excuses pour le retard, précisé le temps de vol et exposé les conditions météo de la destination. Le temps y était très couvert, il y faisait un froid piquant, moins quatre degrés. Ensuite, il avait souhaité à tout le monde un agréable voyage. Elinborg avait attaché sa ceinture en repensant au vol qu'elle avait pris quelques jours plus tôt. Il lui sembla que c'était le même pilote que l'autre fois. Ils volèrent au-dessus des nuages presque tout au long du trajet. Elinborg profitait du soleil qui brillait à sa gauche. Il ne s'était pas beaucoup montré à Reykja-vik pendant ces maussades journées d'automne.

Elle avait emporté avec elle le dossier concernant le crime du 101, comme les journaux l'appelaient désor-mais. L'appellation meurtre de Thingholt était pas-sée de mode. L'affaire était présentée par la presse comme l'histoire d'un yuppie qui avait été tué dans le centre-ville, lequel portait le code postal 101. Les journalistes n'avaient décidément pas tardé à apposer sur le meurtre l'étiquette du quartier central. Elinborg relisait les aveux de Konrad. Il continuait à s'y tenir et affirmait ne rien vouloir modifier. Elle savait que la garde à vue produisait sur les intéressés des effets aussi étranges qu'imprévisibles.

– Je veux voir ma fille, avait-il déclaré quelque part. Je refuse de répondre à d'autres questions si on ne me permet pas de la rencontrer.

– C'est exclu, avait répondu le policier.

Elinborg supposait qu'il s'agissait de Finnur, l'homme qui leur avait indiqué le lien possible entre Edvard et Lilja.

– Comment va-t-elle ?

– Nous pensons qu'elle ne va pas tarder à s'effon-drer. Ce n'est qu'une question de temps.

Elinborg grimaça en lisant ces mots. Konrad pas-sait son temps à demander des nouvelles de sa fille et elle trouvait que son collègue recourait là de façon inutile à une stratégie psychologique des plus puériles.

– Elle va bien ?

– Oui, pour le moment.

– Comment ça, pour le moment ?

– Je n'en sais rien. Évidemment, ce n'est pas très drôle de mariner en garde à vue.

Un peu plus loin dans le document, Konrad semblait

abandonner la lutte. Les questions s'étaient orientées sur son arrivée à la maison de Runolfur. On lui avait inlassablement demandé la même chose et il s'était subitement armé de courage. Elinborg l'imaginait dans la salle d'interrogatoire. Sans doute s'était-il redressé sur sa chaise en poussant un profond soupir.

– Je suppose que cela ne me servira à rien de m'entêter ainsi. Je ne sais pas comment j'ai pu m'imaginer que j'allais m'en tirer comme ça. J'aurais dû me livrer juste après l'avoir agressé. Cela aurait épargné d'inutiles souffrances à ma fille. C'était une erreur monumentale de ma part, mais je continue d'affirmer que j'étais en état de légitime défense.

– Êtes-vous en train de… ?

– Oui, c'est moi qui l'ai tué. Laissez Nina tranquille. C'est moi. Je regrette de l'avoir entraînée dans cette partie de cache-cache. C'était ma faute. Tout est ma faute. J'ai été pris d'une colère noire quand j'ai découvert ma fille dans cet état et que j'ai compris ce qui s'était produit en entrant dans cet appartement. Elle m'avait expliqué où elle était, où habitait cet homme. Elle m'a passé ce coup de fil terrifiant. Je me suis précipité là-bas. Elle avait réussi à m'ouvrir la porte. Je suis entré, j'ai tout de suite vu ce couteau sur la table. J'ai cru qu'il s'en était servi pour la menacer. Je ne savais pas ce qui se passait. Nina était assise sur le sol et il y avait cet homme à demi nu qui la surplombait. Je ne l'avais jamais vu. Il me tournait le dos. J'ai cru qu'il allait faire du mal à ma fille, j'ai attrapé le couteau et je l'ai égorgé. Il n'a même pas aperçu mon visage. Ensuite, j'ai ramassé les vêtements que j'ai vus par terre, je l'ai emmenée hors de cette maison, nous sommes passés par le jardin, nous avons rejoint la rue en contrebas puis notre voiture. Je me suis arrêté en route pour balancer le couteau à la mer. Je ne me souviens pas exactement à quel endroit. Voilà, c'est comme ça que cela s'est passé, voilà la vérité.

Dans la matinée, la police avait interrogé l'épouse de Konrad, qui était complice, à en croire ce qu'il racontait. Elle confirma qu'il était revenu à la voiture accompagné de leur fille, mais ne se souvenait pas qu'il se soit arrêté pour se débarrasser de l'arme du crime. Tous les trois étaient complètement bouleversés et elle n'était pas certaine de se rappeler la manière dont les événements s'étaient enchaînés, ni même tout ce qui s'était passé. Pour l'instant, on ne jugeait pas nécessaire de demander à ce qu'elle soit placée en garde à vue.

Elinborg sursauta violemment quand, traversant un trou d'air, l'avion plongea et vibra de tous les côtés. Elle se cramponna au fauteuil et les documents tombèrent par terre. Les secousses durèrent quelques minutes, l'appareil cessa bientôt de trembler. Le pilote intervint dans les haut-parleurs pour informer des turbulences et demander aux passagers de garder leurs ceintures attachées. Elle ramassa ses feuilles pour les remettre dans l'ordre. Elle n'aimait pas beaucoup les déplacements dans ces coucous à hélices.

Elle se replongea dans l'interrogatoire. On questionnait Konrad sur tel et tel point de détail et il y répondait avec précision. Il n'apportait toutefois aucune réponse à la question qui agitait l'esprit d'Elinborg et qui concernait le Rohypnol ingéré par Runolfur. Il ne l'avait aucunement forcé à avaler ce produit et Nina ne se souvenait pour ainsi dire de rien.

Elinborg sentait que l'avion descendait. Une fine couche de neige recouvrait toujours la terre et faisait ressortir les couleurs d'automne dont s'était parée la végétation. Elle savait que deux policiers l'attendaient à l'aéroport et qu'ils la conduiraient à destination, comme la première fois. Elle repensa à la scène qui avait eu lieu dans sa cuisine la veille au soir. Elle revit l'expression de Teddi alors qu'elle se creusait la tête sur les propos de Konrad et sur cette odeur d'huile de vidange qu'elle avait sentie sur la veste que son compagnon avait oubliée dans le vestibule.

– Qu'est-ce que c'est que cette histoire de pétrole ? avait interrogé Teddi.

– Konrad m'a raconté qu'il pensait que Runolfur avait fait brûler quelque chose, avait-elle expliqué. Or ce n'était pas le cas. D'ailleurs, l'odeur qu'il a sentie n'était sans doute pas celle du pétrole.

– Qu'est-ce que ça change ? avait demandé Teddi.

– Dès que nous l'avons interrogé, Konrad m'a confié qu'il avait perçu chez Runolfur une odeur de pétrole. Nous n'avons trouvé aucune trace de ce produit, du reste, la description de Konrad n'était pas des plus précises. En tout cas, pour moi, elle ne l'était pas. Je crois que l'odeur qu'il a sentie ressemblait à celle qui imprègne ta veste. Peut-être que cela a suffi. Il suffit que tu la laisses traîner sur une chaise dans le vestibule pour qu'il s'emplisse de son odeur.

– Et alors ?

– Eh bien, cela change tout, avait conclu Elinborg en attrapant son portable pour rappeler Sigurdur Oli.

– Ces aveux ne valent rien, lui avait-elle annoncé.

– Hein ?

– Konrad est persuadé qu'il fait le meilleur choix en endossant la responsabilité du crime. Je crois au contraire que ni lui ni sa fille n'ont joué le moindre rôle dans le décès de Runolfur.

– Qu'est-ce que ça veut dire ? Si ce n'est pas eux, alors qui veux-tu que ce soit ?

– Il faut que je reprenne tout cela depuis le début, avait répondu Elinborg. Il faut que je voie Konrad dès demain matin. Je crois très sérieusement qu'il nous ment.

– Tu voudrais bien ne pas compliquer les choses, s'était agacé Sigurdur Oli. Je viens de t'adresser mes félicitations pour avoir bouclé cette enquête.

– Certes, mais il est encore beaucoup trop tôt, malheureusement.

Elle avait raccroché et s'était tournée vers Teddi.

– Est-ce que je pourrais t'emprunter ta veste demain ?

Tôt le lendemain matin, elle s'était installée avec Konrad dans la salle d'interrogatoire du commissariat. L'air fatigué, il lui avait confié n'avoir que peu dormi de la nuit. Les cheveux en bataille et le visage froissé, il avait à peine répondu à la salutation qu'elle lui avait adressée, mais avait, comme à chaque fois, demandé des nouvelles de Nina. Elinborg lui avait répondu qu'elle était comme à son habitude.

– Je crois que vous nous mentez, avait-elle commencé. En fait, vous nous disiez la vérité depuis le début et nous ne vous avons pas cru. Il en va de même pour votre fille. Nous ne l'avons pas crue non plus. Vous avez décidé de vous accuser de ce meurtre. Vous préférez être emprisonné un certain temps afin de l'épargner. Vous êtes un homme âgé, elle est jeune et elle a sa vie devant elle. Mais voilà, il y a deux choses qui ne collent pas et je crois que vous n'y avez pas suffisamment réfléchi. La première c'est que Nina ne souscrira sans doute jamais à votre version des faits. Elle n'acceptera pas que vous endossiez la responsabilité du crime. La seconde c'est tout simplement que vous nous mentez.

– Qu'en savez-vous ?

– Je le sais, c'est tout.

– Vous ne me croyez jamais, quoi que je puisse vous dire.

– Si, partiellement, je crois la majeure partie de ce que vous avez déclaré, jusqu'au moment où vous affirmez vous en être pris à Runolfur.

– Nina ne l'a pas fait.

– J'ignore si vous avez gardé ce détail en mémoire, mais vous m'avez affirmé avoir perçu comme une odeur de pétrole quand vous êtes arrivé chez Runolfur. Vous pensiez qu'il avait fait brûler quelque chose. Avez-vous aussi senti une odeur de brûlé ?

– Non, cela ne sentait pas le brûlé.

– Donc, il n'y avait que cette odeur de pétrole ?

– C'est exact.

– Savez-vous quelle odeur a le pétrole ?

– Pas plus que le commun des gens. Je me suis dit qu'elle devait ressembler à ça.

– Était-elle très forte ?

– Non, pas réellement. Je la décrirais plutôt comme légère.

Elinborg avait sorti un sac en plastique pour en tirer la veste que Teddi avait oubliée la veille dans le vestibule. Elle la posa sur la table de la salle d'interrogatoire.

– Je n'ai jamais vu ce vêtement, avait immédiatement déclaré Konrad, comme s'il voulait se prémunir contre une nouvelle série d'ennuis.

– Je le sais, avait répondu Elinborg. Je voudrais que vous me disiez si vous sentez l'odeur qui s'en dégage, sans vous en approcher et sans la renifler. La sentez-vous ?

– Non.

Elinborg avait pris la veste, l'avait secouée puis repliée avant de la replonger dans le sac en plastique.

Elle s'était levée pour aller la déposer dans le couloir. Ensuite, elle était revenue s'asseoir face à Konrad.

– Je reconnais que la méthode n'est pas très scientifique, mais sentez-vous quelque chose maintenant ?

– Oui, je perçois bien une odeur, avait confirmé Konrad.

– Est-ce la même que celle qui se trouvait chez Runolfur ?

Konrad inspira profondément, deux fois de suite.

– Oui, c'est exactement la même que celle que j'ai perçue en entrant chez cet homme, avait-il répondu. Peut-être un peu moins présente, quand même.

– Vous êtes certain ?

– Oui, c'est bien cette odeur-là. À qui appartient cette veste ?

– À mon compagnon, avait répondu Elinborg. Il est mécanicien. Elle reste accrochée à longueur de journée dans son bureau et elle est tout imprégnée d'huiles de vidange et de cambouis. On retrouve la même dans tous les garages du pays. Elle est extrêmement tenace et s'accroche dans les vêtements.

– Une odeur d'huile de vidange ?

– En effet.

– Et alors ?

– Eh bien, je ne sais pas, je ne suis absolument pas certaine, mais je crois que vous feriez mieux d'attendre d'avoir de mes nouvelles avant de vous livrer à de nouveaux aveux, avait-elle conclu.

Le pilote ne soigna pas franchement son atterrissage. Elinborg fut arrachée à ses pensées au moment où l'avion se posa brutalement sur la piste.

29

On lui redonna la même chambre à la pension du village et elle s'installa tranquillement. Rien ne pressait, la nuit tombait. Sur la route depuis l'aéroport, elle avait été en contact téléphonique avec Sigurdur Oli à Reykjavik ainsi qu'avec d'autres collègues qui travaillaient sur l'enquête afin de tenter de trouver des informations complémentaires sur la famille de Runolfur, sa mère, ce père qui avait marché vers la mort le sourire aux lèvres, les amis que Runolfur avait eus au village et leurs familles. Les informations dont ils disposaient étaient minces, mais elle en obtiendrait d'autres au cours des prochains jours si son intuition était bonne.

La femme qui dirigeait la pension l'avait immédiatement reconnue et s'était beaucoup étonnée de la revoir aussi vite. Elle n'avait pas pris la peine de dissimuler sa curiosité.

– Y a-t-il une raison spéciale qui vous amène à nouveau chez nous ? lui avait-elle demandé en l'accompagnant à sa chambre pour lui ouvrir la porte. Je suppose qu'il ne s'agit pas d'un simple voyage d'agrément, n'est-ce pas ?

– Je crois me rappeler que quelqu'un m'a dit qu'ici, il ne se passait jamais rien, répondit Elinborg.

– Oui, c'est vrai, il ne se passe presque rien, convint la femme.

– Dans ce cas, ma présence ne devrait pas vous inquiéter, observa Elinborg.

Elle se rendit à l'unique restaurant du village pour y dîner. Elle opta pour le plat de poisson qu'elle avait commandé lors de sa première visite. Cette fois-ci, elle était seule. La femme qui s'appelait Lauga et s'occupait de tout nota sa commande sans un mot puis disparut à la cuisine. Soit elle ne se rappelait pas d'elle, soit elle n'avait pas envie d'engager une conversation de convenance. Elle s'était montrée plus loquace la première fois. Elle revint bientôt avec l'assiette qu'elle posa sur la table.

– Magnifique, commenta Elinborg. J'ignore si vous vous souvenez de moi, mais je suis déjà venue il y a quelques jours et j'ai trouvé votre poisson succulent.

– Il est toujours de la première fraîcheur, observa Lauga sans lui dire si elle se souvenait d'elle. Merci bien.

Alors qu'elle s'apprêtait à retourner à la cuisine, Elinborg la pria d'attendre un moment.

– Quand je suis passée ici l'autre jour, j'ai parlé à une jeune fille qui regardait les vidéos, là-bas, dans le coin, dit-elle en montrant le petit présentoir à côté de la porte. Où croyez-vous que je pourrais la trouver ?

– Il y a encore un certain nombre de jeunes filles au village, éluda Lauga. Je ne vois pas de qui vous parlez.

– Elle devait être âgée d'une vingtaine d'années, blonde, le visage fin, assez jolie, plutôt svelte et elle portait une doudoune bleue. Je me suis dit qu'elle devait passer régulièrement ici. J'imagine bien que vous êtes le seul endroit à proposer des vidéos à la location dans ce village.

Lauga ne lui répondit pas immédiatement.

312

– Je serais vraiment heureuse si vous pouviez… reprit Elinborg.

Lauga lui coupa la parole :

– Vous savez comment elle s'appelle ?

– Non.

– Cela ne me dit rien, répondit Lauga en haussant les épaules. Il se peut qu'elle vienne du village voisin.

– Je pensais que vous pourriez peut-être m'aider, cela ne va pas plus loin, observa Elinborg avant de se tourner vers son poisson.

Comme la première fois, il était délicieux, frit juste comme il le fallait, frais et correctement assaisonné. Lauga s'y connaissait en cuisine et Elinborg se demanda si elle ne gâchait pas son talent dans ce trou perdu. Elle s'en excusa mentalement. Elle savait bien qu'elle avait tendance à être emplie de préjugés à l'égard de la province. Elle aurait plutôt dû se réjouir de voir que les gens du cru aient à leur disposition une aussi bonne cuisinière.

Elle s'accorda un certain temps pour manger et prit en dessert un gâteau au chocolat bien frais qu'elle accompagna d'une bonne tasse de café.

Trois gamins, deux garçons et une fille, entrèrent pour examiner les vidéos du présentoir. L'un d'eux alluma le grand poste de télévision au-dessus du bar et sélectionna une chaîne sportive. Le volume étant inutilement élevé, Lauga sortit de sa cuisine et le pria de bien vouloir baisser le son. Il s'exécuta sur-le-champ.

– Tu diras à ta mère que je peux passer lui couper les cheveux demain après-midi, lança-t-elle à l'autre adolescent qui lui répondit d'un hochement de tête.

Il regarda Elinborg et celle-ci lui adressa un sourire qui le laissa impassible. La gamine qui les accompagnait alla s'asseoir devant la télé et, bientôt, les trois se retrouvèrent les yeux fixés sur l'écran. Elinborg s'auto-risa un sourire. Elle se demandait si elle ne devait pas s'offrir un alcool, mais renonça. La journée du lende-main promettait d'être éprouvante.

Elle finit par se lever et alla régler au comptoir. Lauga encaissa sans un mot. Elinborg avait l'impression que les gamins suivaient chacun de ses mouvements. Elle remercia la cuisinière pour l'excellent repas et lança une salutation aux adolescents qui ne lui répondirent pas, à l'exception de la jeune fille qui lui adressa un signe de la tête.

Elle reprit le chemin de la pension, plongée dans ses pensées. Elle réfléchissait à la façon dont elle allait procéder le lendemain quand elle aperçut brusquement du coin de l'œil la jeune fille blonde d'une vingtaine d'années et vêtue de sa doudoune bleue qui marchait d'un pas pressé sur le trottoir, de l'autre côté de la rue principale. Elle s'immobilisa et la détailla, incertaine, mais fut bientôt persuadée que c'était elle. La jeune fille ralentit son pas et lui lança un regard.

– Ohé ! cria Elinborg en lui adressant un signe de la main.

Elles étaient chacune d'un côté de la rue.

– Vous vous souvenez de moi ? demanda Elinborg.

La jeune fille la dévisagea.

– Je viens juste de demander où je pouvais vous trouver, précisa-t-elle en descendant du trottoir.

La jeune fille recula d'un pas et reprit sa marche sans répondre. Elinborg allait la rejoindre lorsqu'elle se mit à courir à toutes jambes. Elinborg lui emboîta le pas en lui criant de s'arrêter. Au lieu de lui répondre, la jeune femme accéléra. Bien chaussée, Elinborg la poursuivit aussi loin qu'elle le pouvait, mais comme elle n'était pas en excellente forme physique, elle se retrouva rapidement distancée. Elle finit par ralentir jusqu'à reprendre une allure de marche rapide et elle la vit disparaître entre deux maisons.

Elle tourna les talons et reprit le chemin de la pension. La réaction de cette jeune fille ne laissait pas de la surprendre. Pourquoi ne voulait-elle plus lui parler maintenant alors qu'elle avait tenté de l'aider l'autre jour ? Pourquoi avait-elle ainsi pris la fuite ? Elinborg était également persuadée que Lauga savait parfaitement de qui elle lui parlait quand elle lui avait décrit cette jeune fille en doudoune bleue. Que lui cachaient-elles ? À moins que ce n'ait été son imagination qui l'ait induite en erreur ? Étaient-ce ce village, ce silence et cette obscurité qui produisaient cet effet sur elle ?

Elle avait sa propre clef pour entrer dans la pension, celle de la porte extérieure et celle de sa chambre, ce qui lui évitait d'avoir à déranger qui que ce soit. Elle appela Teddi qui lui affirma que tout était tranquille à la maison et lui demanda à quel moment elle comptait rentrer. Elle lui répondit qu'elle l'ignorait. Sur quoi, ils se souhaitèrent bonne nuit. Elle se prépara à dormir en lisant un livre qui traitait de cuisine orientale et des liens que cet art entretenait avec la philosophie.

Elle allait s'endormir l'ouvrage entre les mains quand elle entendit qu'on frappait doucement à la vitre.

Elle se leva d'un bond en entendant qu'on frappait à nouveau, cette fois d'une manière plus résolue.

Sa chambre se trouvait au rez-de-chaussée. Elle s'approcha de la fenêtre pour tirer doucement les rideaux et plonger son regard dans l'obscurité. L'ouverture donnait sur l'arrière du bâtiment. Elle ne distingua rien au premier abord, mais un être humain ne tarda pas à sortir de l'ombre et elle se retrouva les yeux dans les yeux avec la jeune fille à la doudoune bleue.

Celle-ci lui fit signe de la suivre avant de s'évanouir à nouveau dans la nuit noire. Elinborg recula de la fenêtre, enfila des vêtements à la hâte et sortit. Elle referma doucement la porte derrière elle afin de ne pas déranger les propriétaires qui occupaient l'étage. Elle scruta la nuit avec attention : on n'y voyait pas grand-chose. Elle se dirigea vers l'arrière de la maison où donnait sa fenêtre, mais n'y vit aucune trace de la doudoune bleue. Elle n'osait pas appeler. Le comportement de cette jeune fille laissait à penser qu'elle ne voulait prendre aucun risque et se montrer aussi discrète que possible. Il était manifeste qu'elle redoutait d'entrer en contact avec Elinborg, cette femme-flic venue de la capitale et qu'elle ne voulait pas être vue en sa compagnie.

Elinborg allait abandonner et retourner à sa chambre quand elle remarqua du mouvement un peu plus bas sur la rue. L'éclairage public était minimaliste et, en s'approchant, elle constata que la jeune fille l'attendait. Elle se dépêcha de la rattraper, mais à ce moment-là, celle-ci se mit à courir sur une brève distance avant de s'arrêter pour jeter un œil par-dessus son épaule. Elinborg s'immobilisa. Elle n'avait pas envie d'une seconde course-poursuite. La jeune fille s'approcha légèrement, Elinborg se remit en marche et, à ce moment-là, l'autre recula et s'éloigna à nouveau. Elle comprit enfin qu'elle voulait qu'elle la suive à distance respectable. Elle se conforma à ses souhaits et se laissa guider tranquillement.

Il faisait froid. Un vent piquant s'était mis à souffler du nord, qui s'infiltrait à travers les vêtements et forcissait constamment. Elles avançaient contre la bise. Elinborg frissonna et resserra son manteau au plus près de son corps. Elles longèrent la mer, dépassèrent le groupe de maisons qui formaient le cœur du village en surplomb du port puis continuèrent vers le nord. Elinborg se demandait combien de temps cette promenade allait durer et à quel endroit son guide comptait l'emmener. Elles s'étaient à nouveau éloignées de la côte. Elinborg avançait d'un pas ferme le long de la route qui sortait du village et passa devant un grand bâtiment qu'elle supposait être la salle des fêtes, laquelle était éclairée par une ampoule au-dessus de la porte. Elle entendait le profond murmure de la rivière qui coulait dans l'obscurité et perdait régulièrement de vue celle qu'elle suivait. La lune éclairait le ciel nocturne. Elle s'était mise à trembler de froid ; la bise avait encore forci pour se transformer en ce qui ressemblait de plus en plus à une tempête qui venait vous hurler aux oreilles.

Tout à coup, elle aperçut un faisceau lumineux sur la route. Elle s'approcha. La jeune fille se tenait immobile sur l'accotement, une lampe de poche à la main.

– Avez-vous vraiment besoin de faire tout ce cinéma ? interrogea Elinborg une fois qu'elle l'eut rejointe. Ne pourriez-vous pas simplement me dire ce que vous souhaitez me confier ? Il fait nuit et vous allez me faire mourir de froid.

Sans même la regarder, la jeune fille reprit sa marche rapide pour descendre la route en direction de la mer. La policière la suivit. Elles parvinrent à un mur en pierre qui arrivait à la taille d'Elinborg et qu'elles longèrent jusqu'à atteindre une grille que la jeune fille ouvrit. La barrière grinça.

– Où sommes-nous ? s'enquit Elinborg. Où m'emmenez-vous ?

Elle ne tarda pas à obtenir la réponse. Elles s'engagèrent sur une étroite allée et dépassèrent un grand arbre. Elinborg distinguait dans le faisceau de la lampe un escalier de pierre qui montait vers un bâtiment dont elle ignorait la nature. La jeune fille tourna à droite et gravit une petite pente. L'espace d'un instant, Elinborg aperçut une croix blanche dans le faisceau de la lampe. Puis, elle distingua une pierre taillée, enfoncée dans la terre, et qui portait une inscription.

– Nous sommes dans un cimetière ? murmura-t-elle.

Au lieu de lui répondre, la jeune femme continua d'avancer jusqu'à se poster auprès d'une croix blanche toute simple. Au centre, on voyait une plaque d'acier portant une inscription en lettres fines. Des fleurs fraîches reposaient sur la tombe.

– Qui est-ce ? interrogea Elinborg en essayant de déchiffrer l'inscription dans le vacillement de la lampe.

– C'était son anniversaire l'autre jour, murmura la jeune femme.

Elinborg fixait la tombe. La lumière de la lampe s'éteignit, elle entendit des pas s'éloigner et comprit qu'elle était seule dans le cimetière.

30

Elle dormit tard d'un sommeil aussi bref qu'agité et se leva tôt le lendemain matin. Le vent s'était calmé au cours de la nuit, elle était retournée au village sous quelques flocons de neige après son expédition nocturne. Elle ignorait si elle reverrait cette jeune fille et ne savait pas non plus pourquoi elle l'avait conduite jusqu'à cette tombe. Elle était parvenue à déchiffrer le nom gravé sur la croix, c'était celui d'une femme. Ensuite, elle avait longuement réfléchi à celle qui reposait sous la terre, à ce bouquet de fleurs que quelqu'un avait récemment déposé et à l'histoire enterrée sous la croix, cette histoire qu'elle ne connaissait pas.

Elle resta tranquillement dans sa chambre toute la matinée, passa quelques coups de fil à Reykjavik et organisa sa journée. Il était largement plus de midi quand elle se dirigea vers le restaurant. Il y avait encore un peu de monde, même si le coup de feu était passé. Lauga s'était adjoint une aide à la cuisine. Elinborg commanda des œufs au bacon en guise de déjeuner, accompagnés de café. Elle avait l'impression que les gens l'épiaient comme un intrus, mais elle ne s'en souciait pas. Elle n'était pas pressée ; elle termina son déjeuner en toute tranquillité et s'offrit une seconde tasse de café tout en observant la clientèle.

Lauga vint débarrasser son assiette et essuyer sa table.

– Quand pensez-vous repartir en ville ? lui demanda-t-elle.

– Cela dépend, répondit Elinborg. Ce village a quelques petites choses à offrir même s'il ne s'y passe jamais rien.

– En effet, confirma Lauga. J'ai cru comprendre que vous aviez passé la nuit dehors.

– Vous m'en direz tant.

– Simples commérages, observa Lauga. Et ce n'est pas ce qui manque. Il faut se garder de croire tout ce qu'on vous raconte dans ce genre de village. J'espère que vous n'allez pas vous mettre à collecter tous les ragots qui traînent.

– Ils ne m'intéressent pas du tout, répondit Elinborg. On a annoncé de la neige pour aujourd'hui ? interrogea-t-elle en jetant un œil par la fenêtre.

Le ciel bas et lourd ne lui disait rien qui vaille.

– Ce sont les prévisions météo. Il y a un avis de tempête pour ce soir et cette nuit.

Elinborg se leva de table. Il ne restait plus qu'elle dans le restaurant.

– Il est inutile de remuer le passé, observa Lauga. Ce qui est fait est fait et c'est terminé.

– En parlant du passé, vous avez dû connaître une jeune fille qui vivait ici, une certaine Adalheidur. Elle est décédée il y a deux ans.

Lauga hésita.

– Je la connaissais de vue, en effet, admit-elle finalement.

– De quoi est-elle morte ?

– De quoi ? répéta Lauga. Je n'ai aucune envie d'aborder le sujet.

– Et pourquoi donc ?

– Parce que cela ne m'intéresse pas.

– Pourriez-vous me donner le nom de certains de ses amis, de membres de sa famille, de personnes que je pourrais interroger ?

– Je ne peux rien pour vous dans ce domaine. Mon rôle se limite à diriger ce restaurant et je ne suis pas là pour raconter des histoires aux inconnus.

– Merci bien, conclut Elinborg tout en s'avançant vers la porte.

Lauga restait plantée au centre de la pièce et la regardait comme si elle avait encore quelque chose à lui dire.

– Je crois que vous nous rendriez à tous un immense service en repartant à Reykjavik et en ne remettant jamais les pieds ici, observa Lauga.

– À qui dites-vous que je rendrais service ?

– À nous tous, souligna Lauga. Vous ne trouverez rien ici.

– Qui vivra verra, renvoya Elinborg. Merci beaucoup pour ce repas, vous êtes une excellente cuisinière.

Elle avait l'intention de retourner au cimetière, mais décida de s'accorder une halte en chemin. Elle monta vers la maison où vivait la mère de Runolfur et appuya sur la sonnette. Elle entendit le son atténué retentir à l'intérieur et la porte s'ouvrit. Kristjana se souvint immédiatement d'elle et l'invita à entrer.

– Que revenez-vous faire ici ? interrogea-t-elle en s'installant dans le fauteuil qu'elle avait occupé lors de sa première visite. Pourquoi revenez-vous traîner au village ?

– Je m'efforce de trouver des réponses.

– Je doute que vous trouviez quoi que ce soit ici, observa Kristjana. Ce village est un trou, un trou mortel et je l'aurais quitté depuis belle lurette si j'en avais eu le courage.

– N'y fait-il pas bon vivre ?

– Bon vivre ? rétorqua Kristjana, une serviette en papier à la main. Elle s'essuya la bouche avant de lisser et d'étirer le papier. N'allez pas écouter les tissus de mensonges que racontent les gens.

– À propos de quoi iraient-ils me mentir ?

Elinborg se rappela la mise en garde de Lauga quant aux ragots du village.

– De tout, répondit Kristjana. Il vit ici un certain nombre de gens sans intérêt, je peux vous dire. Des gens qui vous traîneraient plus bas que terre. Vous a-t-on parlé de moi ? Cela doit dégoiser sec sur mon pauvre Runolfur. Ça leur plaît de salir mon garçon. N'allez pas croire tout ce qu'ils vous racontent.

– Je ne suis pas ici depuis bien longtemps, fit remarquer Elinborg.

L'accueil que lui réservait cette femme lui semblait nettement plus froid et sec que lors de leur première rencontre. Elle n'avait pas l'intention de lui parler du décès de son mari, elle ignorait si Kristjana connaissait la vérité à ce sujet. Elle s'accorda un moment de réflexion avant de poursuivre.

– Tout ce que j'ai entendu, annonça-t-elle, c'est que votre fils a reçu une éducation assez rigide et que vous vous montriez plutôt dure avec lui.

– Dure ? Avec Runolfur ? Ha ! Quel ramassis de foutaises ! Comme si ces gamins n'avaient pas besoin d'une bonne raclée de temps en temps ! Qui vous a raconté ça ?

– Je ne m'en souviens pas, répondit Elinborg.

– J'aurais été dure avec mon fils ?! Enfin, ce n'est pas la peine de demander d'où ça vient, ça vient de ceux-là mêmes qui élèvent les voyous. Les voyous ! Ils m'ont cassé une vitre l'autre jour. Personne n'a voulu se dénoncer. Je pensais connaître les coupables, je suis allée voir les parents, mais ils ont refusé de m'écouter. Voilà tout le respect qu'on a pour les vieux !

– Mais… l'avez-vous été ? reprit Elinborg.

Kristjana lui lança un regard acerbe.

– Vous allez peut-être me reprocher le genre d'homme qu'il était ?

– J'ignore le genre d'homme qu'était votre fils. Pouvez-vous me le dire ? demanda Elinborg.

Assise dans son fauteuil, Kristjana se taisait. Elle s'essuya les lèvres avec la serviette en papier avant de l'étirer et de la lisser à nouveau.

– Vous ne devez pas croire tout ce qu'on vous raconte au village, éluda-t-elle. Avez-vous trouvé celui qui l'a tué ?

– Non, hélas, répondit Elinborg.

– Des gens ont pourtant été arrêtés, j'ai vu ça aux actualités.

– C'est vrai.

– C'est pour me dire ça que vous êtes revenue ici ?

– Non, absolument pas. Je voulais savoir si vous pensiez qu'un des habitants du village aurait pu vouloir du mal à votre fils.

– Vous m'avez déjà posé cette question l'autre fois, vous m'avez demandé s'il avait des ennemis. Je ne le pense pas. Mais bon, je ne peux pas en être sûre, surtout s'il était le genre de pauvre type que vous imaginez.

– Je vous ai aussi posé des questions sur ses relations avec les femmes, nota Elinborg en choisissant prudemment ses mots.

– Eh bien, je ne suis pas au courant de ça, répondit Kristjana.

– Il y en a peut-être une sur laquelle j'aimerais

avoir quelques précisions. Une jeune fille du village qui s'appelait Adalheidur.

– Adalheidur ?

– Oui.

– Je me souviens d'elle, même si je ne l'ai pas connue. C'était la sœur du type qui tient le garage.

– Le garage ?

– Oui.

– Vous voulez dire qu'elle était la sœur de Valdimar ?

– Enfin, plutôt sa demi-sœur. Sa mère était une vraie Marie-couche-toi-là. Elle traînait pas mal avec les marins dans le temps. Ils l'avaient surnommée je ne sais plus trop comment. Enfin, ce n'était pas très beau, comme sobriquet. Elle avait eu ces deux enfants. Hors mariage, évidemment. Deux petits bâtards. Et elle buvait. Elle est morte dans la force de l'âge, si on peut dire, mais complètement usée. Une femme courageuse, quand même. J'ai travaillé avec elle dans le poisson. Une fille courageuse.

– Et votre fils, connaissait-il cette Adalheidur ?

– Runolfur ? Ils étaient du même âge, ils sont allés à l'école ensemble. Je ne l'ai vue que le peu de fois où elle était dans les jupes de sa mère à la conserverie, elle avait perpétuellement la morve au nez. Ce n'était pas une enfant bien solide. Elle a toujours été un peu drôle et maladive.

– Runolfur avait-il des relations avec elle ?

– Des relations ? Qu'entendez-vous par là ?

Elinborg hésita.

– Étaient-ils l'un pour l'autre plus que de simples connaissances, y avait-il… existait-il une autre forme de relation entre eux ?

– Non, rien de tel. Pourquoi cette question ? Runolfur n'a jamais ramené aucune fille à la maison.

– Il n'en a pas connu quelques-unes au village ?

– Non, très peu.

– On m'a dit que cette Adalheidur était décédée il y a environ deux ans.

– Elle s'est suicidée, annonça Kristjana sans ambages en passant sa main dans ses cheveux gris.

Elinborg se demanda s'ils avaient autrefois été bruns, ce que ses yeux marron tendaient à indiquer.

– Qui ça ? Adalheidur ?

– Oui, ils l'ont retrouvée sur le rivage en contrebas du cimetière, précisa-t-elle, comme si elle parlait de la pluie et du beau temps. Elle s'est jetée dans la mer.

– C'était réellement un suicide ?

– Oui, tout porte à le croire.

– Savez-vous pour quelle raison ?

– Pour quelle raison elle a mis fin à ses jours ? Aucune idée. Elle devait avoir quelque chose qui ne tournait pas rond, la pauvre. Elle était sans doute désespérée pour en arriver là.

31

La lumière du jour permettait à Elinborg de mieux distinguer la configuration du cimetière. Il était situé au nord du village, tout près de la mer et délimité par un muret de pierres qui semblait n'avoir pas été entretenu depuis bien longtemps. Certains blocs étaient tombés à terre et, par endroits, on apercevait à peine le tracé sous l'herbe jaunie. Une charmante église de campagne surmontée d'un petit clocher se tenait à l'une des extrémités. Elle était peinte en blanc et son toit recouvert de tôle ondulée de couleur rouge. On entrait dans le cimetière par une petite grille, entrouverte. Elinborg n'eut pas la moindre difficulté à retrouver la croix parmi les autres sépultures. Ici et là, des pierres tombales couvertes de mousse reposaient à même la terre glacée, leurs inscriptions rendues presque illisibles par le temps. D'autres s'élevaient et sortaient de l'herbe, luttant éternellement contre les vents et les tempêtes. Et entre tout cela, quelques pauvres croix blanches, semblables à celles de la tombe d'Adalheidur.

Elle était d'une parfaite sobriété, ornée de l'habituelle plaque noire portant l'épitaphe. Les mots *Repose en paix* étaient écrits sous les dates de naissance et de mort. Elinborg remarqua que l'anniversaire d'Adalheidur tombait le même jour que celui de l'assassinat de

Runolfur. Elle leva les yeux. Le ciel était menaçant, mais il n'y avait pas de vent et la mer était calme. La vision du fjord et des montagnes aux couleurs d'automne qui s'étendaient à perte de vue lui procuraient un calme apaisé que seul venait perturber le pépiement d'un merle égaré qui s'était posé un instant sur le clocher avant de reprendre sa route pour disparaître vers les sommets.

Elinborg eut l'impression qu'elle n'était plus seule. Elle leva les yeux vers la route, où se tenait la jeune fille en doudoune bleue qui la regardait. Elles restèrent silencieuses l'une face à l'autre un long moment jusqu'à ce que la jeune fille se décide à prendre la direction du cimetière et à enjamber l'entassement de pierres.

– C'est un bel endroit, observa Elinborg.

– Oui, c'est le plus beau de tout le village.

– Ils savaient ce qu'ils faisaient quand ils l'ont choisi pour y installer le cimetière. Au fait, merci beaucoup de m'avoir abandonnée toute seule ici en pleine nuit, reprocha Elinborg.

– Pardonnez-moi. Je ne sais pas ce que je fais. Je ne savais pas ce que je ferais quand vous reviendriez au village.

– Vous saviez que j'allais revenir ? s'étonna Elinborg.

– Cela ne m'a pas surprise. Je m'y attendais. Je m'attendais à ce que vous reveniez.

– Dites-moi ce qui vous inquiète. Il est évident que vous avez quelque chose à me dire.

– Je vous ai vue aller chez Kristjana.

– Décidément, peu de choses échappent à l'attention des gens de ce village.

– Je ne vous espionnais pas, je vous ai vue, c'est tout. Elle sait très bien ce qui s'est passé. Elle vous l'a raconté ?

– Et que s'est-il passé ?

– Tout le monde le sait.

– Quoi ? Et d'abord, qui êtes-vous ? Par exemple, quel est votre prénom ?

– Je m'appelle Vala.

– Vala, pourquoi toutes ces cachotteries ?

– Je crois que la plupart des gens du village devinent ce qui est arrivé, mais qu'ils ne le raconteront jamais. Et je ne veux pas non plus vous le dire, je ne veux pas lui attirer de problèmes. Voilà pourquoi… Enfin, je ne suis même pas sûre de bien agir en discutant avec vous. C'est simplement que… ce silence est insupportable. Je n'en peux plus.

– Pourquoi ne pas me dire ce que vous avez sur le cœur ? Ensuite, on avisera. De quoi avez-vous peur ?

– Personne n'aborde ce sujet au village, répondit Vala. Et je ne veux pas lui attirer d'ennuis.

– Quel sujet ? Des ennuis à qui ?

– Tout le monde se tait et agit comme si rien n'était arrivé, comme si jamais rien ne se produisait ici. Comme si tout était lisse, normal et beau.

– Et ce n'est pas le cas ?

– Non, vraiment pas.

– Alors, racontez-moi. Pourquoi m'avez-vous conduite ici la nuit dernière ?

La jeune fille ne lui répondit pas.

– Que voulez-vous que je fasse ? s'entêta Elinborg.

– Je ne suis pas une rapporteuse, je ne veux pas médire sur les autres. Surtout pas sur les défunts.

– Rien ne dit que les villageois apprendront de quoi nous avons discuté, observa Elinborg.

Vala changea brusquement de conversation.

– Il y a longtemps que vous êtes dans la police ?

– Oui, assez.

– Ce doit être un travail plutôt ennuyeux.

– Non, il l'est parfois, c'est vrai. Par exemple, quand on vous envoie dans un village aussi étrange que le vôtre. Mais cela s'arrange toujours. Surtout quand on rencontre une jeune fille comme vous et qu'on se dit qu'on peut sans doute l'aider. Alors, quels sont ces morts sur lesquels vous ne voulez pas médire ?

– J'ai laissé tomber le lycée, observa la jeune fille, qui hésitait encore à lui répondre. Peut-être que je passerai mon bac un jour et qu'ensuite, j'irai à l'université. J'aimerais bien faire des études.

– Qui était cette Adalheidur qui repose ici ? interrogea Elinborg, les yeux baissés sur la croix.

– J'étais encore petite quand c'est arrivé.

– Quoi donc ?

– Je devais avoir environ huit ans, mais je n'en ai entendu parler que vers douze, peut-être treize ans. Toutes sortes d'histoires bizarres traînaient dans le village, on les trouvait tristes, mais elles nous intriguaient. On disait qu'elle avait déraillé. Qu'elle souffrait d'une maladie mentale. Elle ne travaillait pas à plein temps, elle s'occupait de son frère, elle était mystérieuse et très solitaire. Elle ne parlait à personne. Dans un sens, elle s'isolait de ce qui constituait la vie au village, elle se tenait à l'écart de tout et de tout le monde. Elle n'avait pratiquement de relation avec personne, sauf avec son frère et il s'est drôlement bien occupé d'elle quand elle est tombée malade. Voilà ce qu'on me disait quand j'étais gamine. Cette pauvre Addy était bien malade. À mes yeux, elle était adulte, elle avait douze ans de plus que moi. Notre anniversaire tombe le même mois, à cinq jours d'écart. Elle avait l'âge que j'ai aujourd'hui quand c'est arrivé.

– Et vous l'avez un peu connue ?

– Oui, nous avons travaillé ensemble dans le poisson. Nous avions évidemment cette différence d'âge et c'était très difficile de communiquer avec elle. Elle ne laissait personne l'approcher de trop près. On m'a dit qu'elle avait toujours été comme ça, toujours été un peu spéciale, une solitaire qui ne s'occupait pas beaucoup des autres et dont les autres ne se souciaient guère, d'un caractère effacé, mais plutôt sensible. Elle était toujours très discrète. Une proie facile, je suppose.

Vala prit une profonde inspiration. Elinborg comprenait que ces confidences lui étaient pénibles.

– Plus tard, j'ai entendu d'autres choses au sujet d'Addy et de ce qui lui était arrivé. Certains le savaient, mais ils se taisaient. Peut-être parce qu'ils trouvaient cela impensable. Peut-être qu'ils trouvaient cela gênant, honteux, minable. Il a fallu des années pour que la nouvelle se répande à tout le village. Je crois qu'aujourd'hui, tout le monde est au courant. Je n'ai aucune idée de la manière dont la chose s'est sue puisque Addy n'en a jamais parlé à personne. Elle n'a jamais porté plainte. Peut-être que c'est lui qui en a parlé alors qu'il était ivre. Je suppose qu'il s'est vanté de ce qu'il lui avait fait. Quelque chose me dit qu'il n'éprouvait pas le moindre remords.

Vala s'interrompit. Elinborg attendait tranquillement qu'elle reprenne son récit.

– Addy ne s'est jamais confiée à personne, sauf à son frère, sans doute, peu avant la fin. Je pense qu'à cette époque-là, il devait déjà être plus ou moins au courant, d'ailleurs. Elle vivait enfermée dans une honte qu'elle s'était créée elle-même. J'ai lu beaucoup de choses où il est question de femmes comme elle. La plupart doivent subir un traitement bien précis. On affirme qu'elles se font des reproches, qu'elles vivent dans la colère et qu'elles s'isolent.

– Que s'est-il passé ?

– Il a abusé d'elle.

Vala fixait la croix des yeux.

– Peu à peu, le village a su qu'elle avait été violée, tout le monde savait par qui, mais elle n'a jamais rien dit. Elle n'a porté plainte contre personne, personne n'a été inculpé. Et personne n'a jamais rien fait pour l'aider, poursuivit Vala.

– Qui a fait ça ? demanda Elinborg. Qui l'a violée ?

– Je suis certaine que Kristjana sait ce qu'il a fait. Elle sait de quoi il est coupable. Elle vit dans un incroyable déni. Elle n'est pas à la fête ici, croyez-moi. Les gamins la harcèlent. Ils cassent les vitres de sa maison.

– Vous me parlez de Runolfur ?

– Oui, il a violé Addy et elle ne s'en est jamais remise. Ils l'ont découverte là, au pied de l'église. Elle avait dérivé jusqu'ici, jusqu'à trouver enfin le repos.

– Et Runolfur ?

– Ici, tout le monde sait qui l'a assassiné.

Elinborg regarda longuement Vala. Elle vit un homme d'âge mûr tourner tranquillement le volant de sa voiture pour la mettre sur le mauvais côté de la route avant d'adresser un large sourire à l'énorme camion qui arrivait en sens inverse.

32

À son retour à la pension, Elinborg travailla quelques heures dans sa chambre dont elle s'était fait un bureau de fortune. Elle passa une autre série d'appels téléphoniques à Reykjavik pour rassembler des renseignements complémentaires. Elle parla entre autres à Sigurdur Oli et ils prirent les dispositions qui s'imposaient. Des policiers seraient envoyés au village, mais le trajet leur demanderait un certain temps. Sigurdur Oli l'encouragea à ne rien entreprendre avant leur arrivée. Elle le pria de ne pas s'inquiéter pour elle. Konrad et Nina étaient toujours en garde à vue. Elinborg ne s'étonna pas de constater que Konrad était revenu sur ses aveux et qu'il déclarait désormais n'avoir joué aucun rôle dans le décès de Runolfur. Il continuait par ailleurs à nier que Nina ait pu être impliquée.

Il commençait à faire sombre quand Elinborg quitta la pension pour descendre au village. Elle traversa la rue et prit la direction du port. Elle avait déjà effectué ce trajet à sa première visite. Le garage était situé tout au nord du bourg. Tandis qu'elle marchait, elle pensait à cette tempête de neige prévue à la météo et espérait bien ne pas se retrouver bloquée là. Elle regarda le panneau installé au-dessus de la porte du bâtiment et savait désormais qu'un jour, quelqu'un y avait tiré un coup de fusil. C'était Vala qui le lui avait raconté. Le propriétaire, Valdimar, l'avait fait lui-même à l'époque où il buvait. Depuis quelques années, il avait renoncé à l'alcool.

Elle se dirigea vers l'accueil où rien n'avait bougé. Elinborg s'imaginait qu'il en avait été ainsi depuis l'ouverture de l'entreprise. Un calendrier illustré d'une femme légèrement vêtue était accroché au mur derrière le comptoir. Il datait de 1998. Ici, on aurait dit que les jours, les semaines et les années n'avaient plus d'importance. On aurait dit que le temps s'était arrêté. Sur l'ensemble de l'espace, le comptoir, le vieux fauteuil en cuir, la calculette, le livre de commandes, reposait un léger voile de crasse, semblable à ce noir qu'on trouve sur les moteurs, les pièces détachées, les huiles et les jantes.

Elle appela dans l'atelier, mais ne reçut aucune réponse et décida d'entrer. Le Ferguson était à sa place. Par ailleurs, l'atelier était vide comme lors de sa première visite. Deux armoires à outils collées contre le mur étaient ouvertes.

– J'ai appris que vous étiez revenue, annonça une voix dans son dos.

Elle se tourna lentement.

– Je suppose que vous m'attendiez, observa-t-elle.

Valdimar se tenait derrière elle, vêtu d'une chemise à carreaux et d'un jeans usé. Il avait son bleu de travail à la main et commençait à l'enfiler.

– Vous êtes toute seule ? s'enquit-il.

Il savait sûrement qu'elle n'était pas venue accompagnée par d'autres policiers. Il n'y avait aucune forme de menace dans sa question, aucun sous-entendu. Il la posait plutôt afin de la mettre en confiance que de l'effrayer.

– Oui, répondit-elle sans hésitation.

Elle tenait à être honnête avec lui. En le voyant enfiler sa combinaison par les épaules, avec ses mains qui dépassaient des manches, elle pensa à Teddi.

– J'habite au-dessus, informa-t-il, un doigt pointé vers le plafond. Je n'avais pas grand-chose à faire, alors je suis monté m'allonger un peu. Quelle heure est-il ?

Elinborg répondit à sa question. Elle n'avait pas l'impression de courir le moindre risque. Valdimar était courtois et calme.

– Cela ne vous fait pas trop de route pour aller au travail, observa-t-elle, un sourire aux lèvres.

– En effet, c'est très confortable, convint-il.

– Je suis passée au cimetière, annonça Elinborg. J'y ai vu la tombe de votre sœur. J'ai cru comprendre qu'elle avait mis fin à ses jours il y a deux ans.

– Avez-vous déjà vécu dans ce genre de village ? demanda Valdimar qui s'était soudainement placé de manière à ce qu'elle se retrouve collée contre l'une des armoires à outils.

– Non, je n'ai jamais vécu dans aucun village de ce genre.

– Ce sont des lieux parfois bien étranges.

– Je me l'imagine sans peine.

– Ceux qui viennent d'ailleurs comme vous ne parviennent jamais à vraiment les cerner.

– Je suppose que non.

– Il y a ici certaines choses que j'ai du mal à saisir, même si j'y habite. J'aurais beau vous les expliquer pendant des heures, cela ne vous donnerait qu'une partie de la vérité. Et cette part de vérité serait un mensonge aux yeux de Haddi, le gars qui travaille à la station-service d'en bas. Même si vous interrogiez tous ceux qui vivent ici et que vous y consacriez vingt ans de votre vie, vous n'engrangeriez que quelques frag-ments de ce qui fait cette communauté. Le mode de pensée des gens. La manière dont ils sont intimement liés. Les liens de toute une année ou de toute une vie qui unissent les uns et les autres ou qui les séparent. J'ai passé toute mon existence ici et il me reste encore d'innombrables choses à comprendre. Et pourtant, c'est ici que j'ai ma place. Vos amis sont susceptibles de se transformer en salauds en l'espace d'un instant. Et les gens emportent les secrets jusque dans leur tombe.

– Je ne suis pas sûre de…

– Vous ne voyez pas où je veux en venir, n'est-ce pas ?

– Je crois connaître certains événements.

– Ils savent tous que vous êtes ici, au garage, en ce moment, reprit Valdimar. Ils savent pour quelle raison vous êtes revenue. Ils savent que vous êtes venue pour m'interroger. Tous savent ce que j'ai fait. Et pourtant, ils se taisent. Personne ne dit rien. Vous ne trouvez pas cela fascinant ?

Elinborg ne lui répondit rien.

– Addy était ma demi-sœur, poursuivit-il. Elle avait quatre ans de plus que moi et nous étions très proches. Je n'ai jamais connu mon père. J'ignore qui il est et je me fiche de le savoir. Celui de ma sœur était un Nor-végien, un marin qui avait fait une brève escale ici, juste le temps de mettre ma mère enceinte. Maman n'était pas très estimée au village. Cela fait partie de ces choses que tout le monde sait bien avant que vous ne les appreniez. Peu à peu, on comprend parce qu'on essuie des moqueries. Sinon, on ne le saurait jamais. Elle nous a élevés convenablement et nous n'avons jamais eu à nous plaindre même s'il arrivait que l'assistant social passe à la maison. C'était un drôle de visiteur, différent de tous les autres, qui avec son attaché-case à la main, nous examinait tous les deux et nous posait des questions d'un ridicule achevé. Il n'a jamais rien trouvé qui clochait. Ma mère était quelqu'un de bien, pourtant elle se débattait avec un certain nombre de difficultés. Elle a toujours été très courageuse, elle travaillait à la conserverie et nous n'avons jamais manqué de quoi que ce soit, même si nous étions pauvres. Avec nous, ses deux petits bâtards, elle était surnommée de diverses manières par les autres villageois, mais je ne vous dirai pas comment. Je me suis retrouvé impliqué dans trois grosses bagarres à cause de ça. Une fois, je me suis même cassé un bras. Puis elle est morte dans la paix de Dieu. Elle repose là-bas, au cimetière, à côté de sa fille.

– Il ne règne pas autour de votre sœur la même paix divine, fit remarquer Elinborg.

– Qui avez-vous interrogé ?

– Cela n'a aucune importance.

– Il y a également ici de très braves gens, ne vous méprenez pas sur mes propos.

– J'en ai rencontré, confirma Elinborg.

– Addy ne m'a raconté cela qu'au moment où il était trop tard, reprit Valdimar.

Les traits de son visage se durcirent d'un coup. Il saisit l'imposante clef à molette posée sur l'un des pneus avant du tracteur et la soupesa au creux de sa main.

– Cela faisait partie d'une de ces choses qui sont arrivées. Elle s'est complètement refermée sur elle-même. Elle était seule quand il s'en est pris à elle. Nous avions besoin d'argent, je m'étais engagé sur un bateau-usine et la campagne de pêche était longue. Je venais juste de prendre la mer quand c'est arrivé.

Valdimar s'interrompit. Tête inclinée, il frappait doucement la clef à molette aux creux de sa paume.

– Elle ne m'a rien dit. Elle n'a rien dit à personne, mais elle n'était plus elle-même à mon retour à terre. Elle avait changé d'une manière totalement incompréhensible. C'était tout juste si je pouvais l'approcher. Je ne savais pas ce qui se passait, je n'étais qu'un adolescent, j'avais seize ans. Elle osait à peine mettre le nez dehors. Elle s'enfermait complètement. Je voulais qu'elle aille consulter un médecin, mais elle a refusé catégoriquement. Elle m'a demandé de la laisser tranquille, elle se remettrait. Elle a refusé de me dire de quoi. Et, d'une certaine manière, elle s'est effectivement remise. Un an ou deux ont passé, mais elle n'est jamais redevenue celle qu'elle avait été. Elle avait toujours peur. Parfois, elle entrait dans des colères noires pour des raisons qui m'étaient inconnues. Parfois, elle restait simplement assise à pleurer, dépressive et angoissée. Je me suis documenté sur la question depuis cette époque. On peut dire qu'elle était un cas d'école.

– Que lui était-il arrivé ?

– Elle avait été violée par un homme du village qui l'avait souillée d'une terrible manière, d'une façon si affreuse qu'elle était incapable de décrire l'événement en détail, ni à moi, ni à qui que ce soit d'autre.

– Runolfur ?

– Oui. Il y avait un bal au village. Il l'a attirée jusqu'à la rivière qui coule ici, au nord du bourg, pas très loin de la salle des fêtes. Elle ne se doutait de rien, elle le connaissait bien. Ils avaient fréquenté la même classe pendant toute l'école primaire. Il considérait sans doute qu'elle serait une proie facile. Il est retourné au bal dès qu'il a eu fait son affaire. Il a continué à s'amuser comme si de rien n'était et il a

337

raconté son exploit à l'un de ses camarades. Puis cette histoire s'est peu à peu répandue dans tout le village, même si je n'en ai jamais entendu parler.

– C'est donc là que tout a commencé, observa Elinborg à voix basse, comme en elle-même.

– Vous connaissez d'autres femmes qu'il aurait violées ?

– Il y a celle que nous avons placée en garde à vue, mais aucune autre ne s'est manifestée.

– Peut-être y en a-t-il plusieurs comme Addy, observa Valdimar. Il a menacé de la tuer si elle parlait.

Il cessa de tapoter la paume de sa main avec la clef à molette, il leva les yeux pour fixer ceux d'Elinborg.

– Toutes ces années durant, elle n'était plus qu'une femme brisée et le temps qui passait n'y changeait rien.

– Je l'imagine bien.

– Quand elle a enfin été prête à me confier ce qui s'était passé, il était trop tard.

Le frère et la sœur étaient restés un long moment silencieux dans l'appartement au-dessus de l'atelier quand Addy eut achevé son récit. Valdimar lui tenait la main et lui caressait les cheveux. Il s'était assis à côté d'elle quand l'histoire qu'elle lui racontait avait pris une tournure de plus en plus dure et oppressante.

– Tu n'imagines pas à quel point cela a été difficile, avait-elle dit à voix basse. Plus d'une fois, j'ai failli abandonner la lutte.

– Pourquoi ne m'en as-tu rien dit ? avait interrogé Valdimar, assommé. Pourquoi ne m'en as-tu pas parlé plus tôt ? J'aurais pu te venir en aide.

– Qu'est-ce que tu aurais pu y faire, Valdi ? Tu étais si jeune. Moi-même, j'étais presque encore une enfant. Qu'est-ce que je pouvais faire ? Qui allait nous aider à nous battre contre ce monstre ? Cela aurait-il servi à quoi que ce soit de le voir aller en prison pour quelques mois ? Ces choses-là ne sont pas graves, Valdi. En tout cas, elles ne le sont pas dans l'esprit de ceux qui nous gouvernent. Tu le sais très bien.

– Comment as-tu pu garder cela au fond de toi pendant tout ce temps ?

– Je me suis efforcée de vivre avec. Certains jours sont meilleurs que d'autres. Tu m'y as aidé infiniment, Valdi. Je doute que quiconque puisse avoir un frère aussi bon que toi.

– Runolfur, avait marmonné Valdi.

Sa sœur s'était alors tournée vers lui.

– Ne fais surtout pas de bêtise, Valdi. Je ne voudrais pas qu'il t'arrive quoi que ce soit. Sinon, je ne t'aurais rien dit.

– Elle ne m'a confié tout cela qu'au moment où elle avait renoncé à lutter, reprit Valdimar, les yeux levés vers Elinborg. Je lui ai lâché la main l'espace d'un instant et cela a suffi. Je ne me suis pas rendu compte à quel point elle en était arrivée, je n'ai pas mesuré la profondeur de la blessure qu'il lui avait infligée. On l'a retrouvée le soir même sur le rivage, en bas du cimetière. Runolfur a déménagé à Reykjavik très peu de temps après et il n'est jamais revenu s'installer au village. Il ne s'arrêtait à chaque fois que très brièvement.

– Vous avez besoin que quelqu'un vous assiste, il faut que vous contactiez un avocat, informa Elinborg. Je vais vous demander de ne pas m'en dire plus.

– Je n'ai besoin d'aucun avocat, répondit Valdimar. Ce dont j'avais besoin, c'était de la justice. Je suis allé le voir chez lui et j'ai compris qu'il continuait.

33

Les effets apparurent plus vite que Runolfur ne l'avait escompté et il dut soutenir Nina alors qu'ils remontaient chez lui, dans le quartier de Thingholt. Elle semblait extrêmement réceptive au produit. Accrochée à son bras, il dut presque la porter sur les derniers mètres du trajet. Il passa par le jardin plutôt que par la rue, ainsi, personne ne les verrait. Il n'alluma pas la lumière quand ils entrèrent dans l'appartement et il l'allongea doucement sur le canapé du salon.

Il ferma la porte, se rendit à la cuisine où il alluma une bougie, en plaça quelques autres dans la chambre à coucher et deux au salon. Ensuite, il retira sa veste. Les bougies projetaient une clarté inquiétante sur les lieux. Il avait soif. Il vida un grand verre d'eau et mit la bande originale d'un de ses films préférés. Il se pencha sur Nina, roula le châle en boule, le balança dans la chambre et commença à lui enlever son t-shirt de San Francisco. Elle n'avait pas de soutien-gorge.

Runolfur la porta jusqu'à la chambre où il acheva de la dévêtir avant de se déshabiller. Elle était complètement inconsciente. Il enfila le t-shirt de la jeune femme et regarda ce corps nu, inerte. Il sourit, puis mordit le coin de l'emballage du préservatif.

À ce moment-là, il n'y avait de place dans son esprit que pour cette jeune femme.

Il s'allongea sur elle, lui caressa la poitrine et lui enfonça sa langue dans la bouche.

Une demi-heure plus tard, il sortit de la chambre pour changer la musique. Il prit tout son temps. Il choisit la bande originale d'un autre film et se permit d'augmenter légèrement le volume.

Il allait retourner à la chambre quand il entendit quelqu'un frapper. Il jeta un regard en direction de la porte : il en croyait à peine ses oreilles. Depuis qu'il avait emménagé dans le quartier, il ne lui était arrivé que deux fois d'être dérangé par des gens descendus boire au centre-ville et qui se rendaient dans des fêtes privées afin d'y poursuivre leur nuit. Ils avaient oublié l'adresse ou s'étaient perdus et ne l'avaient laissé tranquille qu'une fois qu'il était allé leur répondre. Debout dans le salon, il regarda vers la chambre puis vers l'entrée. Il entendit de nouveaux coups, plus forts encore. Son visiteur nocturne ne semblait pas disposé à renoncer. La deuxième fois que quelqu'un était venu perturber sa tranquillité, l'intéressé avait crié depuis la rue le prénom d'une certaine Sigga, persuadé que celle-ci vivait à cette adresse.

Runolfur se dépêcha d'enfiler un pantalon, tira la porte de la chambre et entrouvrit celle de l'entrée. Le perron n'était pas éclairé et il ne distinguait que très vaguement la silhouette qui lui faisait face.

– Qu'est-ce que… ?

Il n'eut pas le temps d'achever sa phrase. Le visiteur poussa violemment la porte, se précipita dans l'appartement et referma d'un coup sec derrière lui.

Runolfur fut tellement pris au dépourvu qu'il n'eut même pas le temps de réagir.

– Tu es seul ? interrogea Valdimar.

Il le reconnut immédiatement.

– Toi ? s'alarma Runolfur. Comment… ? Que…
Qu'est-ce que tu veux ?

– Il y a quelqu'un chez toi ? demanda Valdimar.

– Sors d'ici ! éructa Runolfur.

Il aperçut le manche d'un rasoir dans la main de
Valdimar et, l'instant d'après, la lame scintilla. Avant
même qu'il n'ait le temps de s'en rendre compte, Valdimar le saisit d'une main par la gorge et le plaqua
contre le mur du salon en plaçant la lame sur son cou.
Il était nettement plus grand et costaud que Runolfur, paralysé par la peur. Valdimar jeta un coup d'œil
rapide sur les lieux et aperçut les pieds de Nina par
la porte entrouverte de la chambre.

– Qui est-ce ? demanda-t-il.

– Mon amie, bredouilla Runolfur, peinant à articuler
tant l'autre le serrait fort. Il lui semblait que son cou
était pris dans un étau. Il parvenait à peine à respirer.

– Ton amie ? Dis-lui de déguerpir !

– Elle dort.

– Réveille-la !

– Je… je ne peux pas, répondit Runolfur.

– Toi, là-bas ! cria Valdimar en direction de la
chambre. Tu m'entends ?

Nina ne réagit pas.

– Pourquoi est-ce qu'elle ne répond pas ?

– Elle dort profondément, expliqua Runolfur.

– Elle dort ?

Valdimar changea sa prise et se retrouva brusquement dans le dos de Runolfur, le coupe-chou posé sur
sa gorge et l'autre main agrippée à ses cheveux pour
le pousser jusqu'à la chambre. Il ouvrit la porte d'un
coup de pied.

– Je peux enfoncer cette lame quand bon me semble, murmura-t-il à l'oreille de Runolfur.

Il donna une petite tape du pied à Nina qui ne bougea pas.

– Qu'est-ce qu'elle a ? Pourquoi ne se réveille-t-elle pas ?

– Elle dort, c'est tout, répondit Runolfur.

Valdimar enfonça légèrement la lame dans son cou, cette morsure le brûlait terriblement.

– Ne me fais pas de mal, plaida Runolfur.

– Personne ne dort aussi profondément que ça. Est-elle droguée ? Tu lui as fait prendre quelque chose ?

– Ne me blesse pas, supplia Runolfur d'une voix tremblante.

– Tu lui as fait avaler quelque chose ?

Runolfur ne lui répondit pas.

– C'est toi qui l'as droguée ?

– Elle...

– Où tu as mis ce truc ?

– Ne me coupe pas. Il est dans la poche de ma veste.

– Donne-le-moi.

Valdimar le fit avancer devant lui pour retourner au salon.

– Tu continues, observa-t-il.

– C'est elle qui veut qu'on fasse comme ça.

– Comme ma sœur, siffla Valdimar. N'est-ce pas elle qui t'a demandé de lui faire ça ? N'est-ce pas elle qui t'a demandé de la violer, espèce de sale petit connard ?!

– Je... je ne sais pas ce qu'elle t'a dit, couina Runolfur. Je ne voulais pas... Pardonne-moi, je...

Runolfur sortit les pilules de la poche de sa veste pour les lui tendre.

– C'est quoi ? demanda Valdimar.

– Je ne sais pas, répondit Runolfur, terrifié.

– Qu'est-ce que c'est que ce truc-là ?

Il lui fit une nouvelle entaille sur le cou.

– Du... du Rohypnol, soupira Runolfur. Des somnifères.

– C'est la drogue du viol ?!

Runolfur ne lui répondit pas.

– Bouffe-moi ça !

– Non... s'il te...

– Bouffe-les, ordonna Valdimar, en lui infligeant une nouvelle entaille.

Le sang commençait à couler le long de son cou.

Runolfur avala l'une des pilules.

– Une autre ! commanda Valdimar.

Runolfur s'était mis à pleurer.

– Que... qu'est-ce que tu vas me faire ? interrogeat-il en avalant le second cachet.

– Allez, encore une.

Runolfur renonça à protester et s'exécuta.

– Ne me fais pas de mal, supplia-t-il.

– Ta gueule.

– Si j'en prends trop, ça me tuera.

– Enlève ton pantalon.

– Valdi, tu...

– Enlève-le, répéta Valdimar en lui faisant une nouvelle entaille.

Runolfur pleurait de douleur. Il déboutonna son pantalon et le laissa tomber sur ses chevilles.

– Quelle impression est-ce que ça fait ? interrogea Valdimar.

– Quelle impression ?

– Oui, qu'est-ce que ça fait ?

– Comment... ?

– Quelle impression ça fait d'être victime d'un viol ?

344

– S'il te plaît, ne…

– Tu ne trouves pas ça… intéressant ?

– S'il te plaît, ne fais pas ça, supplia Runolfur.

– Quelle impression crois-tu qu'elle ait eue, ma sœur ?

– S'il te plaît…

– Allez, dis-moi. Qu'est-ce que tu crois qu'elle a ressenti pendant toutes ces années ?

– Ne me fais pas…

– Dis-le-moi ! Tu crois qu'elle a ressenti ce que tu ressens maintenant ?

– Pardonne-moi, je ne savais pas… Je ne voulais pas…

– Espèce d'ordure, murmura Valdimar à son oreille.

Ce furent les derniers mots que Runolfur entendit.

D'un geste rapide, Valdimar lui entailla profondément toute la largeur du cou en partant de l'oreille gauche. Puis il lâcha Runolfur qui s'effondra à terre, avec une plaie béante d'où s'écoulait le sang. Il resta un moment immobile au-dessus du cadavre avant de rejoindre la porte pour disparaître dans l'obscurité.

Elinborg écouta sans rien dire le récit de Valdimar tout en observant les expressions de son visage et les inflexions de sa voix : il lui semblait qu'il n'éprouvait aucun remords. On aurait plutôt dit qu'il avait accompli une tâche dont il devait s'acquitter afin de retrouver la paix en son âme. Il lui avait fallu deux ans, mais désormais, c'était fait. Elinborg avait même l'impression que la confidence qu'il lui avait livrée représentait pour lui une forme de soulagement.

– Vous ne regrettez pas votre geste ? lui demanda-t-elle.

– Runolfur a eu ce qu'il méritait, observa-t-il.

– Vous vous êtes posé à la fois en juge et en bourreau.

– Lui aussi, il était en même temps juge et bourreau dans le procès de ma sœur, répondit-il immédiatement. Je ne vois aucune différence entre ce que je lui ai fait et ce qu'il a fait à Addy. J'avais simplement peur de me dégonfler. Je pensais que ce serait plus difficile et que je n'arriverais pas à aller jusqu'au bout. Je m'attendais à plus de résistance de sa part, mais Runolfur n'était qu'un pauvre type, un lâche. Je suppose que les hommes de son genre sont tous comme lui.

– Il existe d'autres moyens d'obtenir que justice soit faite.

– Lesquels ? Addy avait raison. Les individus de ce genre sont condamnés à deux ou trois ans de taule. Si tant est qu'ils soient traduits en justice. Addy… m'a avoué qu'il aurait tout aussi bien pu la tuer et qu'à ses yeux cela ne faisait aucune différence. Je n'ai pas l'impression d'avoir commis un crime si affreux. En fin de compte, les choses se retrouvent entre vos mains et vous devez bien agir pour apaiser votre conscience. Aurait-il mieux valu que je reste les bras croisés et que je le laisse continuer à sévir ? Je me suis débattu avec cette question jusqu'à ne plus pouvoir la supporter. Que peut-on faire quand le système est de mèche avec les salauds ?

Elinborg pensa à Nina, à Konrad et à leur famille sous les pieds desquels le sol s'était tout à coup dérobé. Elle se souvint du triste cortège qu'elle avait vu à côté de la maison de Thingholt, la famille d'Unnur à qui il ne restait plus qu'à souffrir en silence.

Pour Valdimar, cette tristesse muette n'avait pas suffi.

– Vous prépariez votre geste depuis longtemps ? demanda-t-elle.

346

– Depuis le moment où Addy m'a raconté ça. Elle ne voulait pas que je fasse quoi que ce soit, elle ne voulait pas que je m'attire des ennuis. Elle s'est toujours beaucoup inquiétée pour moi, j'étais son petit frère. Je ne suis pas sûr que vous compreniez très bien tout cela. Tout ce qu'elle a traversé, aussi bien quand il l'a souillée qu'au cours des années qui ont suivi. Ces interminables années. Ce n'était plus ma sœur, ce n'était plus Addy, elle n'était plus que l'ombre d'elle-même, un être qui s'étiolait peu à peu et qui a fini par mourir.

– Un père et sa fille innocents sont en garde à vue à cause de vous, fit remarquer Elinborg.

– Je le sais et j'en suis désolé, répondit Valdimar. J'ai suivi les informations et j'avais l'intention de me livrer. Je ne voulais pas voir deux innocents payer pour mes actes. J'allais me livrer à la police. J'étais en train de m'y préparer, je devais régler quelques petites choses ici et c'est ce à quoi je me suis occupé ces derniers jours. Je suppose que je ne reviendrai jamais au village.

Valdimar reposa la clef à molette.

– Qu'est-ce qui vous a mis sur la piste ? Comment avez-vous découvert que c'était moi ? demanda-t-il.

– Mon compagnon est garagiste, répondit Elinborg.

Valdimar la regarda hébété, comme s'il ne voyait absolument pas le rapport.

– Le père de la jeune fille, l'homme qui est en garde à vue, nous a affirmé avoir senti comme une odeur de pétrole chez Runolfur. La jeune femme a dû se réveiller juste après votre départ et son père a perçu l'odeur de vos vêtements dans l'appartement quand il est entré. Il pensait que Runolfur avait fait brûler quelque chose avec du pétrole. Je me suis dit que c'était une odeur qui m'était familière et j'ai à nouveau posé la question au père de la jeune femme. Il pouvait s'agir d'huile de vidange, c'était une odeur d'atelier de mécanique. J'ai tout de suite pensé à vous : un homme qui passe son temps à travailler dans son garage. Je me suis penchée sur le passé de Runolfur, sur ce village et j'ai vérifié des détails.

– J'ai quitté mon atelier sans même me changer pour aller à Reykjavik, expliqua Valdimar. Addy aurait dû fêter son anniversaire ce dimanche-là. Je me suis dit que c'était le moment idéal pour lui rendre justice. Je crois que personne n'a remarqué mon absence. Je me suis mis en route tôt dans la soirée et j'étais rentré à l'aube. Je ne m'étais pas vraiment préparé, je n'avais rien décidé de précis, je savais à peine ce que j'allais faire. Je suis parti en bleu de travail et j'ai emporté avec moi un de ces vieux rasoirs, un coupe-chou.

– Mes collègues affirment que l'entaille était douce, ils l'ont décrite comme presque féminine.

– J'ai gardé le coup de main pour égorger le bétail, précisa Valdimar.

– Ah bon ?

– Je participais à l'abattage des moutons en automne, à l'époque où on le pratiquait encore au village, précisat-il.

– Les gens n'ont pas dû tarder à faire le rapprochement quand ils ont appris la nouvelle de l'assassinat de Runolfur.

– C'est bien possible, mais rien ne m'est revenu aux oreilles. Peut-être se sont-ils simplement dit que, comme ça, les livres de comptes étaient à jour.

– Croyez-vous que son père était au courant du viol qu'il avait commis ?

– Il le savait, j'en suis certain.

– Vous m'avez dit l'autre fois que vous lui aviez

rendu visite, alors qu'il avait déjà déménagé à Reykja-vik, déclara Elinborg. À cette époque-là, vous ne saviez pas pour le viol ?

– Non, je l'ai croisé là-bas, au centre-ville et il m'a invité chez lui. C'était le plus pur des hasards. Je ne suis pas resté bien longtemps. Nous étions deux campagnards et je ne le connaissais pas très bien mais… il m'était sympathique.

– Il louait un appartement ?

– Il habitait chez l'un de ses amis. Un certain Edvard.

– Edvard ?

– Oui, le gars en question s'appelait Edvard.

– À quand cela remonte-t-il ?

– Il y a cinq ou six ans.

– Pourriez-vous être un peu plus précis ? Combien d'années cela fait-il exactement ?

Valdimar s'accorda un instant de réflexion.

– Il y a six ans : c'était en 1999. J'étais allé là-bas pour m'acheter une voiture d'occasion.

– Runolfur vivait chez cet homme il y a six ans ? interrogea Elinborg, se rappelant sa conversation avec un voisin d'Edvard qui lui avait confié que ce dernier avait, un temps, loué une chambre à quelqu'un.

– Oui, c'est ce qu'il m'a dit.

– C'était au centre-ville ?

– Oui, pas très loin, juste à côté des chantiers navals. Runolfur y travaillait.

– Il travaillait où, dites-vous ?

– Aux chantiers navals.

– Runolfur travaillait là-bas ?

– Oui, il m'a dit qu'il le faisait parallèlement à ses études.

– Et vous avez vu cet Edvard ?

– Non, il m'en a simplement parlé. D'ailleurs, pour

s'en moquer. Je m'en souviens parfaitement parce que j'ai été frappé par la méchanceté de ses propos. Il m'a dit que ce n'était qu'un pauvre type. Mais Runolfur était évidemment...

Valdimar n'eut pas le temps d'achever sa phrase. Elinborg avait sorti son téléphone portable et, au même moment, une voiture de police arriva devant le garage. Deux policiers descendirent du véhicule et elle leva les yeux vers Valdimar.

Il hésita un instant, parcourut l'atelier du regard, passa sa main calleuse sur le siège du tracteur et scruta l'armoire à outils entrouverte.

– Ce sera long ? demanda-t-il.

– Je l'ignore.

– Je ne regrette pas ce que j'ai fait. Je ne le regretterai jamais, déclara Valdimar.

– Venez, nous devons en finir.

34

Edvard passa sept heures dans la salle d'interrogatoire tandis qu'une vaine perquisition avait lieu à son domicile. Elinborg lui posa des questions répétées sur l'époque où Runolfur avait habité chez lui. Il ne tarda pas à reconnaître qu'il avait, pendant une brève période, loué une chambre à son ami, le temps que celui-ci trouve un appartement. Cela remontait à l'époque de la disparition de Lilja. Il confirma également que Runolfur avait travaillé aux chantiers navals, situés à deux pas, mais affirma ne pas savoir si Lilja était venue à son domicile et si elle y avait rencontré son locataire. Il était incapable de dire si Runolfur lui avait fait du mal. Pour sa part, il ne s'était rendu coupable de rien envers cette jeune fille.

– Avez-vous emmené Lilja à Reykjavik ?
– Non.
– L'avez-vous déposée au centre commercial de Kringlan ?
– Non, je n'ai rien fait de tel.
– De quoi avez-vous discuté en chemin ?
– Je ne l'ai pas emmenée à Reykjavik.
– Elle cherchait un cadeau pour son grand-père, vous en a-t-elle parlé ?
Edvard ne lui répondit pas.

– Reprenons depuis le début ! Vous a-t-elle confié qu'elle avait envie de vous rendre une petite visite ?

Edvard secoua la tête.

– Lui avez-vous proposé de la ramener à Akranes ?

– Non.

– Pourquoi proposiez-vous à certaines lycéennes de les déposer en ville ? Qu'aviez-vous en tête ?

– Je ne l'ai jamais fait.

– Nous connaissons une personne qui affirme le contraire.

– C'est un mensonge. On vous a menti.

– C'était à la demande de Runolfur que vous avez proposé à Lilja de l'emmener en ville ?

– Non, je ne lui ai jamais fait ce genre de proposition.

– Est-il arrivé que Runolfur vous parle de Lilja ?

– Non, répondit Edvard, jamais.

– Et vous, lui avez-vous parlé d'elle ?

– Non plus.

– Avez-vous assassiné Lilja à votre domicile ?

– Non, elle n'a jamais mis les pieds chez moi.

– Runolfur avait-il un comportement étrange à cette époque ?

– Non, il était égal à lui-même.

– Avez-vous invité Lilja chez vous après qu'elle a fini ses achats ?

Edvard garda le silence.

– Avait-elle une raison quelconque de vous rendre visite ?

Il continuait de se taire.

– Savait-elle à quel endroit vous habitiez ?

– Elle a très bien pu consulter l'annuaire, mais je n'ai aucun moyen de le savoir.

– Runolfur a-t-il assassiné Lilja à votre domicile ?

– Non.

– A-t-il caché son corps dans les chantiers navals ?

– Dans les chantiers navals ?

– Il y travaillait.

– Je ne vois absolument pas de quoi vous parlez.

– L'avez-vous aidé à se débarrasser du corps ?

– Non.

– Avez-vous soupçonné que Lilja puisse être tombée entre ses griffes ? Ou vous en êtes-vous peut-être inquiété plus tard ?

Edvard hésita.

– Avez-vous soupçonné que…

– J'ignore parfaitement ce qui a pu arriver à Lilja. Je n'en ai pas la moindre idée.

Elinborg continua ainsi pendant des heures et des heures sans parvenir à tirer quoi que ce soit de lui. Elle n'avait en main aucune preuve ni rien qui puisse venir confirmer ses soupçons sur le fait que Lilja avait croisé son destin en la personne de Runolfur, six ans plus tôt. Même si tel avait été le cas, il était du reste incertain qu'Edvard ait pu être au courant. Peut-être mentait-il, mais la chose serait extrêmement difficile à prouver.

Une journée s'était écoulée depuis qu'Elinborg était revenue du village de pêcheurs avec Valdimar. On l'avait emmené à Reykjavik pour le mettre en détention provisoire. Konrad et Nina avaient été libérés ; ils avaient retrouvé leur famille dans le bureau d'Elinborg, au commissariat de Hverfisgata. Le fils aîné était rentré de San Francisco pour les soutenir. Ils ne montraient aucune joie. Nina était encore en état de choc après avoir cru qu'elle avait tué un homme et, même si elle était sans doute soulagée de savoir qu'elle et son père étaient innocentés, il lui restait encore bien des épreuves à affronter.

– Je connais une jeune femme avec laquelle cela

pourrait vous aider de parler, avait déclaré Elinborg. Elle se prénomme Unnur.

– De qui s'agit-il ?

– Elle comprendra ce que vous avez traversé et je suis sûre qu'elle aimerait également vous connaître.

Les deux femmes s'étaient saluées d'une poignée de main.

– Vous n'avez qu'à me faire signe et je lui en parlerai, avait conclu Elinborg.

Elle raccompagna Edvard devant le commissariat et monta dans sa voiture, mais au lieu de rentrer retrouver sa famille, elle prit la direction du quartier de Thingholt pour se rendre à l'appartement de Runolfur. Elle avait gardé une clef. Les lieux seraient bientôt rendus au propriétaire et d'ici peu, d'autres locataires emménageraient. En route, elle pensa à Erlendur. Le coup de téléphone qu'elle avait reçu dans la matinée n'était pas sans l'inquiéter.

– Vous êtes bien Elinborg ? avait demandé une voix masculine fatiguée.

– Elle-même.

– On m'a conseillé de vous contacter à propos d'une voiture de location qui stationne chez nous, à côté du cimetière.

– Chez vous ?

– Oui, je vous appelle d'Eskifjördur. Ce véhicule est garé à côté du cimetière et semble abandonné.

– Et… ? En quoi cela me concerne-t-il ? avait interrogé Elinborg.

– J'ai vérifié le numéro d'immatriculation et j'ai découvert qu'il s'agissait d'une voiture de location.

– Oui, vous venez de me le dire. Vous êtes policier, là-bas, dans l'Est ?

– Oh, pardonnez-moi, où avais-je la tête ? En tout

cas, cette voiture est enregistrée au nom d'un homme qui travaille avec vous.

– De qui s'agit-il ?

– L'emprunteur est un certain Erlendur Sveinsson.

– Erlendur ?

– Oui, le personnel de la compagnie de location m'a affirmé que vous étiez collègues.

– C'est exact.

– Savez-vous précisément à quel endroit il s'est rendu dans la région ?

– Non, avait répondu Elinborg. Il est parti en vacances il y a deux semaines, il comptait aller dans les fjords de l'Est, mais je n'en sais pas plus.

– Je vois. Cette voiture est garée ici, immobile depuis plusieurs jours, elle est devant la grille du cimetière et il faudrait la déplacer. Nous avons essayé de joindre cet homme, mais en vain. Ce n'est pas si grave, mais j'ai quand même préféré me renseigner puisqu'elle a été laissée comme ça, juste à côté du cimetière.

– Je ne peux hélas pas grand-chose pour vous.

– Eh bien, dans ce cas, je laisse tomber. Merci beaucoup.

– Au revoir.

Elinborg alluma la lumière de la cuisine, du salon et de la chambre à coucher tandis qu'elle pensait encore à ce coup de fil reçu d'Eskifjördur auquel elle ne comprenait toujours rien. L'appartement de Runolfur était toujours en l'état. Maintenant, elle connaissait le détail des faits dont il avait été le théâtre : elle savait comment Nina y avait été conduite, comment Valdimar était venu déranger Runolfur, mû par son désir de vengeance, comment Konrad était arrivé sur les lieux du crime où il avait trouvé sa fille complètement désorientée. Elle ne parvenait pas à décider si Runolfur avait connu ou non le destin qu'il méritait. Elle ne croyait pas non plus au jugement des puissances supérieures en la matière.

Elle n'avait qu'une vague idée de ce qu'elle cherchait et, même si elle ne s'attendait pas à trouver quoi que ce soit, il lui semblait devoir essayer. La Scientifique avait examiné avec soin l'ensemble de ce que Runolfur possédait, mais la recherche qu'elle voulait faire concernait d'autres indices.

Elle commença par la cuisine où elle ouvrit chaque tiroir, chaque placard, regarda chaque casserole, chaque saladier, chaque récipient. Elle chercha dans le réfrigérateur et dans le compartiment à glaçons, ouvrit une vieille boîte de glace à la vanille, inspecta la petite penderie à côté de la porte d'entrée, le tableau d'électricité, explora le parquet à la recherche d'une cachette. Elle ne progressa qu'avec lenteur dans le salon. Elle tourna le fauteuil, retira les coussins, sortit les livres des bibliothèques. Elle prit les statues des super-héros pour les secouer.

Elle alla dans la chambre, souleva le matelas, inspecta le contenu des tables de nuit disposées de part et d'autre du lit. Elle ouvrit le placard, en sortit les vêtements pour les fouiller avant de les poser sur le lit, déplaça les chaussures, entra dans la penderie, frappa sur les cloisons et sur le sol. Elle pensait à Runolfur, à cette méchanceté qui l'habitait et qui coulait au fond de sa conscience telle une rivière noire, profonde, froide et tourmentée.

Elle procéda avec lenteur, explorant soigneusement chaque recoin afin d'éliminer toute possibilité qu'un détail lui échappe et n'eut fini que tard dans la nuit.

Elle ne trouva pas ce qu'elle cherchait.

Il n'y avait en ces lieux rien qui pût expliquer le destin de la jeune fille d'Akranes.

35

Elinborg s'allongea dans le lit à côté de Teddi et tenta de trouver le sommeil. Son esprit aspirait à la paix, mais il était empli d'une douloureuse angoisse et d'une profonde tristesse.

– Tu n'arrives pas à dormir ? demanda son compagnon dans l'obscurité.

– Et toi, tu es encore éveillé ? s'étonna-t-elle.

Elinborg l'embrassa et vint se blottir tout contre lui. Elle savait que sa nuit serait brève et agitée.

Elle pensa à Theodora.

Quel genre de travail fais-tu, maman ?

Derrière cette question, il y en avait une autre, plus importante, plus pressante à propos d'un monde qui s'ouvrait peu à peu à sa fille et qui générait chez Elinborg une certaine inquiétude.

Elle ferma les yeux.

Elle vit Addy quitter furtivement le lit de la rivière. La jeune fille jetait des regards apeurés autour d'elle, craignant d'apercevoir son agresseur. Et s'il revenait. Et s'il avait l'intention de recommencer. À la salle des fêtes, le bal se poursuivait. La seule pensée qui se frayait un chemin dans son cerveau était de rentrer à la maison sans croiser la route de personne. Elle voulait n'être vue de personne, voulait que personne ne sache, ne voulait dire à personne ce qui s'était passé. Elle barricadait les portes à double tour et fermait les fenêtres, allait s'asseoir sur une chaise dans la cuisine et se balançait d'avant en arrière en s'efforçant d'effacer cette infamie de son esprit. Elle pleurait, tremblait, pleurait encore et encore.

Elinborg s'enfonça profondément le visage dans l'oreiller.

Elle entendit dans le lointain quelqu'un qui frappait doucement à une porte, vit un petit poing s'élever en l'air pour frapper un peu plus fort, vit Lilja sur le perron de la maison d'Edvard au moment où Runolfur apparaissait.

– Oh, s'étonnait-elle, est-ce que… je suis bien chez Edvard ?

Runolfur la toisait, souriant. Il regardait alentour pour vérifier si personne ne l'accompagnait ou si quelqu'un avait remarqué qu'ils se tenaient là.

– Si, il ne va pas tarder à rentrer, tu ne veux pas l'attendre ?

Elle hésitait.

– Je voulais juste…

– Il sera là d'ici trois minutes.

Lilja regardait la mer ; on voyait jusqu'à Akranes. Elle avait appris à faire confiance aux gens. Elle était polie.

– Je t'en prie, entre, disait Runolfur.

– D'accord, répondait-elle.

Elinborg vit le battant se refermer derrière eux et s'endormit enfin, animée d'une unique certitude : cette porte était close à jamais.